BRIEF AN EINEN JÜDISCHEN FREUND

Rödermark, Januar 2008

Für Herrn Friedrich

von Ilse und Wilhelm Jorsch

- Raube das Licht aus dem Rachen der Schlange! -

(Hans Carossa)

Sergio Romano

BRIEF AN EINEN JÜDISCHEN FREUND

Aus dem Italienischen von Martina Kempter
Mit einem Beitrag von Jens Petersen

LANDTVERLAG

INHALTSVERZEICHNIS

7 Vorwort zur deutschen Ausgabe

Brief an einen jüdischen Freund

15 Vorbemerkung

23 Der Völkermord und die Geschichte

27 Ein kriminelles Jahrhundert?

31 Das Jahrhundert der Ideologien

37 Eine europäische Schuld?

43 Hundert Jahre Zionismus

49 Für die Entstehung des Judenstaates

55 Nach dem Tod des »Propheten«

61 Nach dem Zweiten Weltkrieg

67 Die Krise des italienischen Judentums: Das Lebensdrama Arnaldo Momiglianos

73 Das Buch von Paolo Orano

83 Die Rückkehr zur Vergangenheit

87 Die Marranen und das Ende der marranischen Intelligenz

101 Völkermord und Loyalität: Ein gescheitertes Schisma?

107 Die Mehrdeutigkeit des Antisemitismus

113 Die Juden und die Linke

123 Die Feinde der Freunde

127 Primo Levi

137 Das Judentum und die Kirche

145 Johannes Paul II.

151 Die Strategie des Papstes

157 Die Eroberung der Vergangenheit

163 Bibliographische Notiz

Anhang

171 Vorwort zur Neuausgabe 2002

203 Vorwort 2004

213 Jens Petersen: Die Reflexionen Sergio Romanos

231 Editorische Nachbemerkung

233 Personenregister

VORWORT ZUR DEUTSCHEN AUSGABE

Walther Rathenau – ein Jude, der sein Land leidenschaftlich liebte – hat einst die Juden im wilhelminischen Deutschland, in dem er aufgewachsen war, als einen von vielen deutschen Stämmen bezeichnet. Heute, da die Bundesrepublik das Judentum als integralen Bestandteil ihrer Geschichte, als täglichen Gesprächspartner und als nicht wegzudenkendes Gegenüber des eigenen Nationalbewußtseins akzeptiert, erscheint diese Bemerkung (nach dem Holocaust müßte man sagen: paradoxerweise) noch zutreffender. Besucht ein Gast aus dem Ausland das Jüdische Museum in Berlin oder eine der vielen Ausstellungen, die in den letzten Jahren über Leben und Schicksal der deutschen Juden organisiert wurden, so gewinnt er den Eindruck, Reue und innere Genugtuung, Bedürfnis nach Versöhnung und Stolz auf die alten und tiefen Verwandtschaftsbeziehungen, die die Geschichte zwischen Deutschen und Juden auch geschaffen hat, seien kaum voneinander zu trennen. Nach dem Erscheinen der jüngsten italienischen Auflage dieses Buches wurde in Berlin das zentrale Holocaustmahnmal eröffnet. Es ist möglicherweise das größte der Welt, errichtet im »Germania« Albert Speers, ganz in der Nähe jener monumentalen Gebäude, die den Triumph eines lupenrein »arischen« Staates hätten feiern sollen. Erst kürzlich hat die Bundesregierung im Rahmen ihrer Ratspräsidentschaft der EU einen Gesetzentwurf angekündigt, der die Leugnung des Holocaust europaweit verbietet und unter Strafe stellt.

Deutschland ist natürlich ein Sonderfall. Aber der italienische Justizminister gab ebenfalls bekannt, er wolle anläßlich der »giornata della memoria« dem Parlament in Rom einen entsprechenden Entwurf vorlegen; auch Italien gedenkt des Einzugs der sowjetischen Truppen in Auschwitz alljährlich am 27. Januar. Daraufhin unterzeichneten 150 Historiker – Vertreter sämtlicher Denkrichtungen Italiens – ein Protestschreiben, das sich gegen die Kodifizierung einer »staatlich verordneten historischen Wahrheit« richtet. Ähnliche Gesetze gibt es freilich in vielen europäischen Ländern (Österreich, Belgien, Tschechische Republik, Frankreich, Deutschland, Litauen, Polen, Rumänien, Slowakei, Spanien, Schweiz) und gelegentlich haben sie auch bereits etwas bewirkt, wie die Verurteilung des britischen Historikers David Irving, den ein österreichisches Gericht 2006 der Holocaustleugnung für schuldig befand. Die Äußerungen, mit denen der iranische Präsident Mahmoud Ahmadinedschad jüngst den Völkermord an den europäischen Juden anzweifelte, und die Einberufung eines Kongresses von Holocaustleugnern nach Teheran haben in der westlichen Presse Empörung ausgelöst. Und die Vereinigten Staaten haben den Vereinten Nationen eine ähnliche Resolution zur Holocaustleugnung vorgeschlagen, wie sie die deutsche Kanzlerin der Europäischen Union anträgt.

Seit der letzten Ausgabe dieses Buches sind weitere Skandale und Debatten hinzugekommen. So hat die italienische Tageszeitung *Il Corriere della Sera* Anfang des Jahres 2006 einige Wochen lang ihre Kulturseiten der Diskussion über ein Dokument geöffnet, das Papst Pius XII. im Jahr 1946 angeblich an Monsignor Angelo Roncalli, den damaligen Nuntius in Paris, geschickt hat. Dem Text dieses auf französisch abgefaßten Memorandums zufolge soll Pius XII. ein Jahr nach Ende des Zweiten Weltkriegs den zukünftigen

Papst Johannes XXIII. angewiesen haben, jüdische Kinder, die während des Krieges in christlichen Einrichtungen untergebracht und getauft worden waren, nicht an ihre Familien zurückzugeben. Die Reaktionen folgten prompt. Der Vatikan wurde sogar aufgefordert, das Seligsprechungsverfahren für Pius XII. auszusetzen. Abe Foxman, Direktor der Anti Defamation League, verlangte Einsicht in die Taufregister aus den Kriegsjahren. Daniel J. Goldhagen, Verfasser zweier vielbeachteter Bücher (*Hitlers willige Vollstrecker*, 1996, und *Die katholische Kirche und der Holocaust*, 2002), schlug die Einrichtung einer internationalen Untersuchungskommission vor. Später stellte sich heraus, daß das Dokument gar nicht vom Heiligen Stuhl stammte und daß das Päpstliche Staatssekretariat die Nuntiatur lediglich angewiesen hatte, getaufte Kinder nicht an jüdische Institutionen zu überstellen, die keinerlei Rechtsanspruch auf sie besaßen. Dies war in den letzten Jahren nicht die einzige Debatte. Zu erinnern ist auch an die heftige Diskussion im Anschluß an die Veröffentlichung eines langen Essays in der *London Review of Books* (23. März 2006), in dem sich die amerikanischen Wissenschaftler John Mearsheimer und Stephen Walt zum Einfluß der jüdischen Lobby in den Vereinigten Staaten äußerten.

Unterdessen dauert die unermüdliche Erforschung der Vergangenheit durch die europäischen Intellektuellen an. Es ist, als würden auf Betreiben eines Staatsanwalts abgeschlossene Gerichtsverfahren wieder aufgenommen, Leichen ausgegraben und erneut einer Autopsie unterzogen, um festzustellen, wieviel Antisemitismus in ihnen zu finden sei. In jenen Ländern, die einst Rassengesetze erließen, wird die Glaubwürdigkeit von Antifaschismus und Antinazismus heute nach rein zeitlichen Kriterien beurteilt. Im Besitz glaubwürdiger Antifaschismuspatente ist nur, wer Faschismus und Nazismus schon zu der Zeit ablehnte, da sein Land die Verfolgung der Juden beschloß. Als Pseudo-Antifaschisten hingegen stehen diejenigen da, die erst später Antifaschisten wurden. Dazu gibt es eine Parallele: In zwei kürzlich erschienenen Büchern über die italienische Intelligenz jener Jahre bemerken die Autoren Mirella Serri und Pierluigi Battista, daß für die einst faschistischen Intellektuellen, die nach dem Krieg in die Kommunistische Partei eintraten, alles darauf ankam, ihre »Bekehrung« auf das Jahr 1938 (in dem die Rassengesetze erlassen wurden) oder einen früheren Zeitpunkt zurückzudatieren.

Dies sind nur einige Anzeichen dafür, daß das in diesem Buch behandelte Thema in Europa nach wie vor virulent ist. Niemand, es sei denn, er hat den Verstand verloren oder ist politisch verblendet, kann die Tragödie des Genozids an den europäischen Juden und dessen bleibende Bedeutung für die europäische Geschichte bestreiten. Aber es stellt sich die Frage, ob dieses Ereignis im politischen und kulturellen Leben unserer Länder noch zu Recht als wichtigster Maßstab für die Beurteilung von Ehre, moralischer Integrität und bürgerlicher Tugendhaftigkeit gelten soll – als Maßstab also zur Beurteilung von Personen, Firmen und Institutionen, die keinerlei persönliche und direkte Verantwortung für die historischen Verbrechen tragen, aber jederzeit Rechenschaft über ihre diesbezügliche Meinung ablegen müssen. Und es stellt sich die Frage, ob dies zu Recht noch in einer Zeit geschieht, in der der Staat Israel sein fünfzigjähriges Jubiläum feiert und die »Judenfrage« eigentlich als gelöst zu gelten hätte.

Diese letzte Frage versuche ich nicht zu beantworten, sondern ich begnüge mich mit der Beobachtung, daß die Intensität der genannten Auseinandersetzungen mit einer schweren Krise des zionistischen Staates korrespondiert. Es war uns seit Beginn seiner Geschichte immer bewußt, daß der Staat Israel ein anderes, zur Entwicklung der westlichen Demokratien nach dem Zweiten Weltkrieg in vielerlei Hinsicht gegenläufiges Gepräge haben würde. Während die westlichen Demokratien Staaten schufen, deren Bürger nicht nur im Hinblick auf ihre historischen Bindungen, sondern auch und vor allem auf gemeinsame universelle Prinzipien vereint sein sollten, stützt sich Israel auf die religiöse Tradition und die Zugehörigkeit zu einer Abstammungsgemeinschaft. Es war uns bewußt, daß diese Anomalie ein Ergebnis der Geschichte des 20. Jahrhunderts ist, aber wir erinnerten uns auch daran, daß Theodor Herzl zufolge die Gründung des Judenstaates eine endgültige Klärung herbeiführen sollte: Die Zionisten würden sich in Palästina ansiedeln, und die übrigen Juden würden von den Gesellschaften, in denen sie weiterhin leben wollten, assimiliert werden. Die heutige Wirklichkeit sieht ziemlich anders aus, als Herzl vorhergesagt und beabsichtigt hat. Im jüngsten Bericht über die jüdische Weltbevölkerung, den das *American Jewish Yearbook* veröffentlichte, schreibt der bedeutendste israelische Demograph, Sergio Della Pergola, daß im Jahr 2006 weltweit 13 089 800 Juden lebten, davon 5 313 800 in Israel und 5 272 000 in den Vereinigten Staaten. Demnach leben 60 Prozent der jüdischen Weltbevölkerung in der Diaspora. Della Pergola stellt zufrieden fest, daß die jüdische Bevölkerung des Staates Israel die der Vereinigten Staaten erstmals leicht übersteigt. Aber die beiden Gruppen sind nicht vergleichbar, denn wie der Wissenschaftler anmerkt, zählen zur jüdischen Bevölkerung Israels auch nichtjüdische Kinder, Enkel und Ehegatten. Würden diese Kriterien in den Vereinigten Staaten angewandt, beliefe sich die jüdische Bevölkerung dort auf rund 10 Millionen Personen. Noch komplizierter wird die Situation durch die Tatsache, daß in

Israel über 1,5 Millionen Nichtjuden (überwiegend Araber) leben und weitere 3 640 000 Araber in den besetzten Gebieten. Auf dem Territorium, das *grosso modo* dem Mandatsgebiet Palästina entspricht, leben heute Della Pergola zufolge 10 320 700 Menschen, darunter 5 313 800 Juden; eine demographisch und politisch unhaltbare Situation, ein Problem, das wie ein Damoklesschwert über der Zukunft des Judenstaates schwebt. Vielleicht ist auch das – der Mangel einer vernünftigen politischen Perspektive – einer der Gründe, weshalb man sehr viel mehr über die Vergangenheit als über die Zukunft spricht.

S. R., Januar 2007

BRIEF AN EINEN JÜDISCHEN FREUND

VORBEMERKUNG

Der Satz »Viele meiner besten Freunde sind Juden« ist nicht zu gebrauchen. In den meisten Fällen handelt es sich um eine anbiedernde, heuchlerische Mitteilung oder um ein pathetisches Alibi, mit dem man seinen Antisemitismus rechtfertigen will. Es kommt darin eine paternalistische Arroganz zum Ausdruck, wie bei den Adligen des Südens, die sich von Zeit zu Zeit darin gefallen mochten, mit ihren schwarzen Bediensteten vertraulich zu tun. Der Satz ist eine Maske, hinter der sich die Ansicht verbirgt, wonach die Juden, wie die römischen Senatoren, *boni viri* seien, das Judentum freilich, wie der Senat, eine *mala bestia*. Im übrigen weiß ich nicht, ob ich viele oder wenige jüdische Freunde habe, und ich habe den Eindruck, daß ihr Judentum meistens keine große Rolle gespielt hat. Allerdings gab es Ausnahmen, und dann hatte ihre Herkunft durchaus eine gewisse Bedeutung. Dabei denke ich vor allem an zwei Menschen.

Roger Weiss traf ich an Deck der *Liberté*, eines französischen Überseedampfers, der uns in die Vereinigten Staaten brachte. Das war im September 1952. Ich hatte mich in Le Havre mit dem *fellowship* einer amerikanischen Stiftung eingeschifft. Roger hatte, ausgestattet mit einem Rhodes-*scholarship*, in Cambridge Wirtschaft studiert und war in Southampton an Bord gegangen. Wir wollten beide nach Chicago. Ich, um bei Hans Morgenthau, dem vielleicht bedeutendsten Realpolitiker jener Jahre, Politikwissenschaften zu studieren, er, um zu seiner Familie zurückzukehren und sein Studium mit einer Doktorarbeit abzuschließen.

Die Familie Weiss hieß ursprünglich Weissburg und hatte ihren Namen bei der Emigration von Ungarn in die Vereinigten Staaten verkürzt. Der Vater war ein bescheidener Industrieller, klein, dick, jovial. Ständig ließ er augenzwinkernd durchblicken, daß er im Unterschied zu seinem Sohn kein Intellektueller sei. Die Mutter war eine feine, zierliche Frau von sanfter Ausstrahlung, zugleich stark und klug. Die religiösen Gefühle des Vaters sind mir nicht bekannt. Von der Mutter weiß ich, daß sie in eine Synagoge der South Side ging, die so stark »reformiert« war, daß die Gottesdienste am Sonntag statt am Sonnabend abgehalten wurden. Nach dem Tod ihres Mannes blieb sie in Chicago und bezog dort eine kleine Wohnung, vielleicht, um in Rogers Nähe zu sein, dem sie sehr nahe stand. Als ich sie das letzte Mal sah, war sie 92 Jahre alt und erzählte mir von ihren älteren Cousins, die Ende des 19. bzw. Anfang des 20. Jahrhunderts aus Ungarn emigriert waren. »Die Jungs«, sagte sie mit einer Spur Rührung und Stolz, »waren tapfer, sie schlugen sich wacker.« Der berühmteste dieser »Jungs« hieß Adolph Zukor, geboren 1873. Wie ein gleichaltriger Pole – Samuel Goldfish, bekannt als Samuel Goldwin – begriff er früh die Bedeutung der Filmindustrie und überredete große New Yorker Bühnenschauspieler, in seinen Produktionen wie *The Count of Monte Cristo*, *The Prisoner of Zenda* oder *Tess of the Storm Country* mitzuwirken. So entstanden die Famous Players Company und 1916 die Paramount Pictures, denen Zukor viele Jahre lang vorstand. Seine Erfolgsgeschichte ist in seiner Autobiographie von 1953 nachzulesen: *The Public is Never Wrong* (Das Publikum irrt sich nie).

Roger hörte sich die Erzählungen seiner Mutter lächelnd an und kommentierte sie mit zärtlicher Ironie, als fände er bestimmte Erscheinungsformen des jüdischen Patriotismus allzu »tribalistisch«. Nach dem Tod des Vaters hatte er sich einige Jahre um dessen Firma gekümmert, aber nur, um sie zu möglichst günstigen Bedingungen zu verkaufen. Als Schüler von Milton Friedman setzte er schließlich seine akademische Laufbahn fort und übernahm am College der University of Chicago einen Lehrstuhl für Wirtschaft. Politisch und ökonomisch war er Republikaner, aber in internationalen Angelegenheiten dachte er eher liberal und fortschrittlich. Er ging nicht in die Synagoge, hielt sich nicht an die Speisevorschriften und geriet keinen Augenblick lang in die zionistische Versuchung, nach Israel auszuwandern. Er war ein vollkommen emanzipierter, integrierter amerikanischer Jude und er liebte die Stadt, in der er lebte.

Aber zu Beginn der siebziger Jahre beschloß er, anhand des in die Vereinigten Staaten gelangten Familienarchivs eine Hommage an die Weissburgs zu verfassen. Im Privatdruck veröffentlichte er zwei sehr elegante, auf dem Deckel mit einem jüdischen Siegel verzierte kleine Bücher. Das erste, von 1975 *(The Weissburgs, A Social History)*, bietet eine kurze Geschichte der Familie – Landwirte, Pächter von Weinbergen, Kleinstadtbankiers – in der ländlichen Ökonomie Ungarns der zweiten Hälfte des 19. Jahrhunderts. Das zweite, das 1988, zwei Jahre vor seinem Tod, erschien *(The Weissburgs, A Memorial to Lili and Béla)*, ehrt das Andenken der beiden Personen, die sich am intensivsten der Bewahrung der Familienerinnerungen gewidmet hatten. Nach ihrer Vertreibung aus den deutsch besetzten tschechoslowakischen Gebieten, die vor dem Ersten Weltkrieg noch ungarisch gewesen waren, hatten sich Béla und Lili nach Budapest geflüchtet. Béla verschwand bei Kriegsende, als er bereits die Zusage erhalten hatte, daß das britische Konsulat in Istanbul ihm ein Visum für Palästina ausstellen würde. Lili gelang es, nach Tel Aviv zu emigrieren, wo Roger sie 1968 zum ersten Mal traf.

Dies war nicht das einzige Anzeichen für Rogers jüdische Identität. Er sammelte und publizierte die verstreuten Schriften, die der Chicagoer Professor Arcadius Kahan von 1958 bis zu seinem Tod 1982 der Wirtschafts- und Sozialgeschichte des Ostjudentums vom Zarenreich bis in die Zeit der Sowjetunion gewidmet hatte. Das Buch erschien 1986 mit einer Einführung von Jonathan Frankel, Professor an der Hebräischen Universität in Jerusalem und Verfasser einer schönen Geschichte des russischen Judentums »zwischen Sozialismus und Nationalismus« (publiziert 1981). Wie Kahans gesamtes Werk sind auch seine von Roger Weiss herausgegebenen Essays interessant und wichtig. Doch Roger ging es bei der Edition nicht allein um Kahans wissenschaftlichen Beitrag zur Geschichte Mittel- und Osteuropas. Vielmehr zollte er damit auch seinen eigenen kulturellen Wurzeln und Familientraditionen Tribut. Ich hatte den Eindruck, daß sein viele Jahre lang schlummerndes Judentum mit der Zeit immer mehr erwachte.

Bei Vittorio Segre kam es schon seit seiner Jugend deutlich zum Ausdruck. Wie die Weissburgs waren auch die Segres eingewandert, aber um einiges früher aus Südfrankreich kommend nach Italien. Vittorios Eltern wurden als piemontesische Juden Bürger eines geeinten Italiens, an dessen Aufbau seine Großeltern und Großonkel beteiligt gewesen waren und an das sie begeistert geglaubt hatten. Gekränkt von den italienischen Rassengesetzen (1938) und fasziniert von der zionistischen Propaganda, beschloß der sechzehnjährige Vittorio, nach Palästina auszuwandern. Die Eltern hinderten ihn nicht daran, vermochten sich selbst jedoch nie von Italien zu lösen und hatten das Glück, ihren Sohn bei Kriegsende in britischer Uniform wiederzusehen.

Kurz nach seiner Abreise konvertierte die Mutter zum Christentum. Am Ende emigrierte auch sie, aber in ein ganz anderes Jerusalem, als es ihr Sohn 1939 kennengelernt hatte. »Meine als Jüdin geborene Mutter«, erzählt Segre in seiner Autobiographie, »liegt wie mein Onkel auf einem christlichen Friedhof begraben. In ihrem Fall scheint mir das Schicksal wirklich sein Spiel mit meiner Familie getrieben zu haben. Sicher, sie reiste lieber als mein Vater, aber niemand hätte sich vorstellen können, daß ausgerechnet sie, die als Reaktion auf meine Auswanderung nach Palästina unter großem Aufsehen zum Christentum übergetreten war, nach zweitausend oder mehr Jahren das erste Mitglied unserer Familie sein würde, das sich, wie es nur unter den frömmsten Juden Brauch ist, zum Sterben ins Heilige Land begab. Meine Mutter hat ihre letzte Ruhestätte auf einem kleinen Klosterfriedhof in Ein Karem gefunden, an jenem Ort also, wo den Evangelien zufolge die Begegnung zwischen Maria und Elisabeth stattfand. Sie liegt im Schatten hoher Zypressen in einem Geviert begraben – umgeben von hohen Mauern, die den Blick ganz selbstverständlich nach oben lenken.«

Als er im September 1939 in Tel Aviv landete, tat Segre in gewisser Hinsicht dasselbe wie seine Vorfahren in den Jahren des Risorgimento: Er arbeitete mit am Aufbau eines neuen Staates. Er war Siedler und er war Soldat der Jüdischen Brigade; nach der Gründung des Staates Israel wurde er Diplomat. Er war nicht der einzige israelische Diplomat italienischer Abstammung. Neben der Universität ist die Diplomatie anscheinend eines der Berufsfelder, in denen die Italiener seit der Unabhängigkeitserklärung am stärksten vertreten sind. Dann veränderte ein unvorhergesehener Zwischenfall sein Leben. 1960, Segre war Pressesprecher der israelischen Botschaft in Paris, denunzierte ein zu den Franzosen übergelaufener sowjetischer Agent einen in der israelischen Diplomatie tätigen Maulwurf namens Avni. Dan Avni war ausgerechnet der jüdische Name, den Segre bei seiner Anmeldung zur britischen Kolonialarmee benutzt hatte. Von den Franzosen informiert, ließ ihn der israelische Geheimdienst nicht mehr aus den Augen und rückte ihm massiv zu Leibe. Die Situation wurde schließlich geklärt, als Segre eine Versetzung nach Rio de Janeiro ablehnte und sich mit der Bitte um eine reguläre Untersuchung an Ben Gurion wandte. Ein halbes Jahr später enttarnten die Geheimdienste Avni als Obersten des NKWD (Vorläuferorganisation des KGB), der als Erster Botschaftssekretär im Dienst der israelischen Botschaft in Belgrad stand. Entlastet und rehabilitiert, wurde Segre als Wiedergutmachung der Botschafterposten im Kongo angeboten. Aus Stolz, aus einem Bedürfnis nach Unabhängigkeit oder einfach, weil er eine andere Berufung für sich entdeckt hatte, entschied er sich, abzulehnen und den Dienst zu quittieren. Er wechselte von den Botschaftsbüros in Universitätshörsäle und zu Zeitungsredaktionen. Seine Zusammenarbeit mit dem *Figaro* begann, aber auch mit Indro Montanelli, für den er zunächst im *Corriere della Sera*, später in der von Montanelli gegründeten Zeitung *Giornale* schrieb. So begann seine wissenschaftliche und journalistische Beschäftigung mit dem Nahen Osten und mit Afrika, dem Kontinent, den er in seinen Jahren als Handelsbeauftragter in Madagaskar persönlich kennengelernt hatte. Als erste Studien erschienen 1967 in Tel Aviv eine *Geschichte des Schwarzen Kontinents*, 1971 in Oxford ein Buch über den Wandel der israelischen Gesellschaft, 1974 in London eine Arbeit über das Prinzip von Autorität und Legitimität in den Entwicklungsländern und in Oxford 1980 ein Essay über die »Identitätskrise« der Nationalstaaten.

Segre unterrichtete in Haifa, am MIT (Massachusetts Institute of Technology), in Stanford, Turin, Mailand und Neapel. Und während er eine ganze Generation israelischer Politologen prägte, interpretierte er die Ereignisse in Nahost für italienische, französische und deutsche Zeitungsleser.

Segre ist aber auch Schriftsteller im literarischen Sinn des Wortes. Seine Autobiographie *Storia di un ebreo fortunato* (dt. Titel: *Ein Glücksrabe*, 1996) ist ein scharfsinniges, ironisches und wehmütiges Buch, in dem der Autor mit zärtlicher Distanziertheit von sich und seinen pikaresken Abenteuern erzählt. Sein Buch über Amedeo Guillet, einen Offizier der Kavallerie und italienischen Diplomaten, ist eine epische Erzählung, deren dokumentarische Genauigkeit ihn nicht daran hindert, die Geschichte des italienischen Widerstandes in Ostafrika von 1940 bis 1942, nach dem Sieg der Engländer, mit Eleganz und Anteilnahme darzustellen.

Persönlich begegnete ich ihm Ende der siebziger Jahre in Jerusalem. Ich war im italienischen Außenministerium für kulturelle Beziehungen zuständig und hatte soeben eine *Geschichte Italiens vom Risorgimento bis zur Gegenwart* publiziert. Segre war Professor für Geschichte an der Universität Haifa und interessierte sich für den Vergleich der Nationwerdung Israels und Italiens. Seit damals kreuzten sich immer wieder unsere Wege, aus Zufall oder aus beiderseitigem Interesse: in Jerusalem, in Haifa, in einem Kibbuz, in Stanford, am ISPI (Istituto per gli Studi di Politica Internazionale), an der Universität Bocconi oder dem Aspen Institute in Mailand, in einer von Giovanni Periale gegründeten kleinen »Ethikschule« in Asti oder in den Redaktionsräumen von Zeitschriften und Verlagen.

Der Leser wird inzwischen verstanden haben, warum Roger Weiss und Vittorio Segre gewissermaßen in Personalunion der »jüdische Freund« dieses Buches sind. Ich habe die persönliche Anrede oder den Briefstil gemieden, weil sie mir rhetorisch und künstlich erschienen. Aber beim Schreiben habe ich mich als heimliche Ansprechpartner meiner Überlegungen und Thesen mehrmals auf Weiss und Segre bezogen. Und ihre Freundschaft habe ich mir zunutze gemacht, um Dinge zu sagen, die einige Juden – wie ich hoffe, nicht diese beiden – ungern hören werden.

DER VÖLKERMORD UND DIE GESCHICHTE

Der Raum auf der Bühne der Geschichte ist beschränkt. Unmöglich kann man alle Ereignisse der letzten hundert Jahre gleichzeitig darstellen. Um Platz zu schaffen, muß ein neuerer Krieg den früheren verdrängen, muß ein Protagonist seinen Vorgänger hinter die Kulissen schicken. Je weiter die einzelnen Fakten in den Hintergrund rücken, desto blasser und unbedeutender werden sie. Dafür erkennt man umso deutlicher, wie die Einzelheiten untereinander und mit ihrer Epoche insgesamt zusammenhängen. Der Abstand ist förderlich für das Verständnis. Er ermöglicht den Historikern, endlich ihre Brille aufzusetzen und sich *sine ira et studio* an die Arbeit zu machen. Die Geschichtsschreibung ist ein umgekehrtes Fernglas – kein Vergrößerungsglas. Aufsehen schätzt sie nicht; die Ruhe von Bibliotheken und der Staub von Archiven sind ihr lieber.

Aber die Regel, wonach alle historischen Fakten früher oder später in den Hintergrund rücken müssen, kennt eine Ausnahme. Es gibt ein Ereignis – den Völkermord an den Juden während des Zweiten Weltkrieges –, das mit der Zeit immer auffälliger, vordringlicher und »sperriger« wird. In dem Buch *The Holocaust in History* von Michael R. Marrus ist zu lesen, daß »eine aktuelle Auswahlbibliographie nahezu zweitausend Buchtitel in den verschiedensten Sprachen und mehr als zehntausend Publikationen allein über Auschwitz auflistet«. Diese Angaben beziehen sich auf das Jahr 1987. Geht man heute, zehn Jahre später, ins Internet und ruft die

Seiten der Buchhandlung *amazon.com* auf, die ihren Kunden eineinhalb Millionen Titel anbietet, braucht man nur das Stichwort *Holocaust* einzugeben, um allein auf dem englischsprachigen Buchmarkt mehr als tausend Werke zu finden, die das Wort »Holocaust« entweder im Titel führen oder in den Kurzeinträgen, die die Verlage nach den Regeln der Library of Congress für die Kataloge mitliefern. Zählt man die vergriffenen, nur noch in Bibliotheken vorhandenen Bücher hinzu oder erweitert man die Suche auf andere Themen, die das Problem ebenfalls streifen – Politik im Europa der Zwischenkriegszeit, Zionismus, Geschichte des Nahen und Mittleren Ostens, arabisch-israelischer Konflikt, Sozialwissenschaften und Demographie, mitteleuropäische Literatur, Kunstströmungen des 20. Jahrhunderts –, so wird man feststellen, daß eine Bibliographie über die antisemitischen Verfolgungen inzwischen uferlos wäre und die Zahl der Veröffentlichungen in den letzten Jahren immer weiter gestiegen ist. Heute gibt es weit mehr Forschungsarbeiten und Erinnerungsliteratur zum Holocaust als noch vor zwanzig Jahren. Um dies zu bemerken, braucht man nicht einmal bei *amazon.com* oder andernorts im Internet zu recherchieren. Ein Blick in die Zeitung oder ins Schaufenster der Buchhandlung genügt. Und es vergeht kein Tag, an dem das Thema nicht erwähnt oder besprochen würde.

Der widersprüchlichste Aspekt dieser gewaltigen historiographischen Produktion ist vielleicht, daß jüdische Kreise dieser Art Aufarbeitung anfänglich oft ablehnend gegenüberstanden. Viele Juden meinten, durch die Forschungen würde das Geschehene verzerrt oder banalisiert. »Ich schreibe, um das Schreiben zu denunzieren«, sagte Elie Wiesel. »Ich spreche von der Unmöglichkeit, über die man stolpert, sobald man zu erzählen versucht.« Marrus führt dieses Mißtrauen gegenüber der Forschung auf drei Bedenken zurück:

»Erstens ist da das Gefühl, die Arbeit der Historiker sei zwangsläufig unvollständig, weil sie wesentliche Aspekte des Leidens und des Verbrecherischen ausläßt und sich daher als Beschreibung dessen, was wirklich geschehen ist, falsch anhört. Zweitens gibt es die Befürchtung, daß Ungenauigkeiten, selbst kleine, diese Erzählungen unweigerlich verderben und daß der Aufwand des wissenschaftlichen Apparats einem historischen Urteil Gültigkeit verleiht, das in der Darstellung der Vergangenheit fehlerhaft ist. Drittens ist da die Angst, daß jegliche Revision der traditionellen Interpretationen des Nazismus und des Angriffs auf die europäischen Juden den Apologeten des Dritten Reiches den Weg bereiten könnte, indem sie das Böse des Regimes verharmlost.« Diese Bedenken laufen im wesentlichen auf dasselbe hinaus: auf die Befürchtung, die historischen Studien würden den Völkermord letzten Endes »zu Geschichte machen« und ihn früher oder später auf eine gigantische Bartholomäusnacht reduzieren. Wenn es heute keinem Katholiken mehr in den Sinn kommt, Protestanten abzuschlachten wie in der Nacht vom 23. auf den 24. August 1572 im Frankreich der Katharina von Medici, weshalb sollten wir dann im Völkermord noch eine drohende Gefahr sehen?

Bislang freilich ist das Gegenteil von dem eingetroffen, was viele Juden befürchteten. Tatsächlich hatte die gewaltige historische und literarische Produktion, die sich seit Raul Hilbergs *The Destruction of European Jews* aus dem Jahr 1961 (dt. EA 1982: *Die Vernichtung der europäischen Juden*) in den Bibliotheken angesammelt hat, den Effekt, den Völkermord zu einem allgegenwärtigen Großthema zu machen, das einem unendlich vielfältigen Spektrum von Forschungen Platz bietet. Vermutlich ist das einer der Gründe, weshalb die europäische Vergangenheit »nicht vergehen« kann. Und es ist der Grund, weshalb dieses kleine Buch geschrieben wurde.

EIN KRIMINELLES JAHRHUNDERT?

Das Jahrhundert der Massenmorde, der Genozide und der Konzentrationslager beginnt mit dem chinesischen Boxeraufstand im Sommer des Jahres 1900, als die Sekte der »himmlischen Fäuste« alle Missionare und weißen Händler zu töten versuchte, die sich in China niedergelassen hatten. Aber begonnen hatte es eigentlich schon im Oktober 1899 mit einem Krieg unter den Weißen in Südafrika, in dessen Verlauf die Briten die burischen Kämpfer von der Zivilbevölkerung isolierten und an Stelle der Siedlungen ebenso viele *Concentration Camps* einrichteten. Das Deutsche Reich Wilhelms II. verurteilte den unmenschlichen Krieg und rügte öffentlich den britischen Imperialismus. Doch 1904, als in den deutschen Kolonien in Südwestafrika die Stämme der Herero es wagten, sich gegen die Enteignung ihres Landes zur Wehr zu setzen, beendete die deutsche Regierung den Aufstand ihrerseits mit einem Massaker.

Sieben Jahre später brach der Krieg aus, den man gemeinhin als »Ersten Weltkrieg« bezeichnet. Eigentlich sollte man eher von sechs großen Konflikten sprechen, die gleichzeitig ausgetragen wurden: dem deutsch-französischen Krieg um die Vorherrschaft auf dem europäischen Kontinent, dem englisch-deutschen Krieg um die Vorherrschaft auf den Weltmeeren, dem russisch-österreichischen Krieg um die Vorherrschaft auf dem Balkan, dem österreichisch-italienischen Krieg um die Vorherrschaft in der Adria, dem russisch-türkischen Krieg um die Vorherrschaft am Bosporus und dem japanischen Krieg um die Herrschaft im östlichen China.

Diese sechs Kriege waren von zwei Phänomenen gekennzeichnet, die erstmals kolossale Ausmaße annahmen: der Mobilisierung der Massen durch die allgemeine Wehrpflicht und dem Einsatz neuer Waffen, die ohne die industrielle Revolution des vorangegangenen Jahrhunderts undenkbar gewesen wären. Der Streit zwischen Panzer und Kanone brachte immer stärkere Kanonen hervor, immer besser gepanzerte Schiffe und, seit September 1916, die Panzerfahrzeuge, die englischen *tanks*. Die Entwicklung der Automobilindustrie und der Telefonie revolutionierte die Logistik und die Kommunikation auf dem Schlachtfeld. Die Entwicklung der Luftfahrt trug den Krieg in den Himmel, der U-Boot-Bau trug ihn in die Tiefen der See. Und die Entwicklung der chemischen Industrie gab den kriegführenden Parteien mit dem Giftgas die perfideste aller Waffen an die Hand.

Doch es kommt noch etwas hinzu. Der klassische Krieg wurde reguliert von der Ökonomie der Verhältnismäßigkeit. Man kämpfte, solange der erlittene Schaden erträglich blieb und die Hoffnung auf einen Vorteil die Angst vor neuen Verlusten aufwog. Sobald der Vorteil in die Ferne rückte und die Schäden nicht mehr hinnehmbar erschienen, ersuchte der unterliegende Staat um Waffenstillstand und begann den Frieden auszuhandeln. Er verlor die eine oder andere Provinz, aber das hinderte seinen Herrscher nicht daran, weiterhin seine Untertanen zu regieren. Parolen wie »Kampf bis zum letzten Mann«, »bedingungslose Kapitulation«, »totaler Sieg« waren der politischen Kultur der zivilisierten Welt fremd. Nicht einmal die Französische Revolution und die napoleonischen Kriege hatten die Kultur des begrenzten Krieges grundsätzlich in Frage gestellt.

Eine neue Situation deutete sich nach 1848 in den Ländern an, in denen der Souverän konstitutionell oder, wie im Frankreich Napoleons III., plebiszitär wurde. Der Deutsch-Französische Krieg erteilte den Königen eine Lektion, die seitdem keiner mehr vergessen konnte: Ein konstitutioneller oder plebiszitärer Souverän – das heißt ein Souverän, der nicht nur »von Gottes Gnaden«, sondern auch und vor allem durch den Willen der Nation regiert – überlebt in einem Krieg, für den er verantwortlich ist, die Niederlage nicht. Wenn er den Krieg verliert, verliert er den Thron und sein Land stürzt in eine revolutionäre Situation. Und in einem von der sozialen Frage beherrschten Jahrhundert bedeutet »Revolution« mit hoher Wahrscheinlichkeit den Sieg der Kräfte, die sich die Enteignung des Bürgertums und den Sturz der bestehenden Ordnung zum Ziel setzen.

So versteht man schon eher, weshalb der »Große Krieg« beinahe viereinhalb Jahre dauerte, vom August 1914 bis zum November 1918. Der Konflikt mobilisierte in den kriegführenden Staaten die Massen und heizte in einem ungeahnten Ausmaß die Kriegswirtschaft an. Mehrfach wurde versucht, dem »sinnlosen Schlachten«, wie Papst Benedikt XV. es am 1. August 1917 nannte, ein Ende zu setzen. Aber sobald ein Staat sich zu Friedensverhandlungen bereit erklärte, wandte einer seiner Verbündeten ein, seine Kriegsziele seien noch nicht erreicht oder, noch schlimmer, ein Teil seines Staatsgebiets sei in Feindeshand. So wurde eine unkontrollierbare Spirale in Gang gesetzt. Je mehr Opfer ein Staat seinen Bürgern abverlangte, desto größer die Gefahr, daß er im Falle einer Niederlage vom Furor des eigenen Volkes hinweggefegt würde. Je länger der Krieg dauerte, desto mehr sah sich jeder Staat zu dem Versprechen gezwungen, die Kriegsgewinne würden die Massen für die ihnen abverlangten ungeheuren Anstrengungen angemessen entschädigen.

Ergebnis dieser perversen Spirale war der höchste Blutzoll, den die Menschheit je in einem Krieg entrichtet hatte. Großbritannien hatte 767 000 Tote, 2 090 000 Verwundete und 132 000 Verschollene zu beklagen; Frankreich 1 383 000 Tote und 2 560 000 Verwundete; Italien 564 000 Tote und 1 030 000 Verwundete; Deutschland 1 686 000 Tote, 4 211 000 Verwundete und 991 000 Verschollene; Rußland (bis zum Frieden von Brest-Litowsk) 1 700 000 Tote und 2 500 000 Verwundete; Österreich-Ungarn 1 200 000 Tote und 3 600 000 Verwundete; die Vereinigten Staaten 81 000 Tote und 179 000 Verwundete. In diese Zahlen nicht eingerechnet sind die zivilen Opfer auf allen Seiten und auch nicht die 1915 in der Türkei deportierten Armenier. Ihr Fall verdient besondere Beachtung. In den Vorjahren hatte es vereinzelt Massaker gegeben, aber nach Ausbruch des Krieges gegen Rußland befürchteten die Türken, dieses uralte christliche Volk, das einst ein eigenes Königreich gegründet hatte und nun in einem zwischen dem Zarenreich und dem Osmanischen Reich aufgeteilten Gebiet lebte, könne zur »fünften Kolonne« des feindlichen Lagers werden. Darauf beschlossen sie, 1 500 000 Westarmenier nach Syrien und Mesopotamien umzusiedeln, mindestens 600 000 starben an den Entbehrungen oder wurden während des Exodus von der kurdischen Kavallerie umgebracht.

DAS JAHRHUNDERT DER IDEOLOGIEN

Neben der Zahl seiner Opfer hatte der Erste Weltkrieg weitere schwerwiegende Konsequenzen. Durch ihn lebten die radikalen Ideologien, die ihre erste Konjunktur am Ende des 19. Jahrhunderts erlebt hatten und in den Folgejahren durch die moderaten und reformerischen Tendenzen der europäischen Politik ausgetrocknet worden waren, wieder auf. Den historischen Materialismus und den marxistisch geprägten Sozialismus hatte der Revisionismus Eduard Bernsteins intellektuell aus dem Felde geschlagen. Der französische Antisemitismus – George L. Mosse zufolge die gefährlichste unter den antijüdischen Bewegungen der Zeit – hatte nach dem Sieg Dreyfus' und seiner Verteidiger nur noch eine kleine Schar von Anhängern. Der mystisch-radikale Nationalismus von Maurice Barrès und seinen Epigonen war keine Massenideologie geworden. Gegenüber jedem dieser revolutionären Projekte hatte sich die optimistische Überzeugung der Belle Époque durchgesetzt, daß Fortschritt und Wohlstand die sozialen, ethnischen und religiösen Unterschiede nach und nach nivellieren würden. Am Vorabend des Ersten Weltkriegs vertrat kein vernünftig denkender Mensch die Meinung, die Zukunft der Menschheit hänge von der Abrüstung der Vielvölkerreiche, von der proletarischen Revolution, vom Kult der Göttin Nation oder von der »Lösung der Judenfrage« ab.

Als Folge des Krieges hingegen kam jede dieser Ideologien aus dem kleinen intellektuellen Ghetto heraus, in das sie verbannt worden war, und inkarnierte sich in großen charismatischen Führerfiguren. Die Summe der im Niedergang Europas entstandenen Enttäuschungen und Ressentiments gebar zwei Typen von Revolution: die bolschewistische, wie sie Ende 1917 in Rußland ausbrach, und die nationalistische oder nationalsozialistische, wie sie sich in der Zwischenkriegszeit in vielen besiegten oder anderweitig frustrierten Ländern durchsetzte. Auf diese Weise behaupteten sich zwei parallele Verheißungen, die gleichermaßen in der Überzeugung gründeten, das Heil hänge davon ab, ob sich die – nationalen oder proletarischen – Kräfte bündeln ließen, um die Behinderer des »großen Plans« erfolgreich zu bekämpfen. Es begann die Ära der neuen Heilsreligionen. Jede davon stellte den Massen weit mehr in Aussicht als die Regierungen während des Krieges versprochen hatten: Friede, Wohlstand, Größe, ja, eine gerechtere Welt. Nur eben unter der Bedingung des totalen Sieges, der vollständigen Vernichtung der gegnerischen Kräfte, die mit ihren Machenschaften die Verwirklichung dieses Traums angeblich vereitelten.

Jede Revolution macht also einen Feind aus, dem in den ideologischen Tragödien des Jahrhunderts zwei komplementäre Rollen zukommen: Zum einen ist er die eigentliche Ursache der Mißstände, die die Revolution zu kurieren sich anschickt; zum anderen ist er verantwortlich für alles, was der Verwirklichung des revolutionären Traums im Wege steht. Je nach Regime wechselt der Feind sein Gesicht. Er kann Bourgeois sein, Kapitalist, Demokrat, Freimaurer, Gutsbesitzer, Kulak, Priester, Vertreter einer ethnischen Minderheit oder Jude. Oft nimmt diese »Philosophie« rassistische Züge an. Etwa, wenn man unter dem Sowjetregime ganz unabhängig von seiner sozialen Stellung als »Klassenfeind« identifiziert wird. Oder wenn in den proletarischen

Regimes der »Bourgeois« angeblich selbst nach dem Verlust seiner Güter seine unheilbar korrupte Natur in den Genen behält. Aber die »Feinde«, die ihren Part offenbar am besten spielen, sind zweifellos die Juden. Ihre starke Präsenz auf den Rängen der Revolution macht sie den bürgerlichen Klassen suspekt, ihr Reichtum und ihre Finanzkraft den Linken, ihr Kosmopolitentum den Nationalisten, ihre Abgesondertheit allen zugleich.

Jede dieser Ideologien löst bei den jeweiligen Gegnern eine nicht minder radikale Reaktion aus. Den totalitären Regimes setzen die vom Untergang bedrohten Demokratien den Kampf bis zum letzten Mann und die bedingungslose Kapitulation entgegen. In Hamburg, Dresden, Hiroshima und Nagasaki halten sie sich für ermächtigt, den Kodex menschlichen Verhaltens aufzugeben, den Europa im Lauf seiner Geschichte geduldig erarbeitet hatte. Im Bombenkrieg gegen deutsche Städte und im Einsatz von Atombomben gegen Japan erkennt man die stillschweigende Überzeugung, die Verantwortung des Feindes sei »total« und die Vernichtung oder Bestrafung der Zivilbevölkerung gerechtfertigt: dasselbe Konzept, von dem in totalitären Ideologien das Feinddenken ausgeht. Im September 1944 billigen Churchill und Roosevelt den Plan des US-Finanzministers Henry Morgenthau Jr. zur »Pastoralisierung« Deutschlands. Der Friede in Europa, so Morgenthau, erfordere die Zerschlagung der gesamten deutschen Industrie und die Umwandlung des Reichs in einen Staat von Bauern und Hirten. Als der Krieg acht Monate später zu Ende ist, verbietet die amerikanische Regierung ihren Soldaten, mit der Zivilbevölkerung zu fraternisieren. Die Besatzungstruppen beschließen, das gesamte deutsche Volk einer Prüfung und Säuberung zu unterziehen. Zum wichtigsten Dokument wird im Nachkriegsdeutschland das Entlastungszeugnis, das man nach dem berühmten Waschmittel ironisch »Persilschein« nennt. Es bescheinigte seinem Besitzer, daß er nie der NSDAP angehört hatte oder schlimmstenfalls ein guter Nazi gewesen war, der mit den Makeln und Verfehlungen des Regimes nichts zu tun hatte. Solange der von den Alliierten nach Kriegsende eingeleitete Prozeß der Entnazifizierung andauerte, war der »Persilschein« das kostbarste Dokument im Leben der Deutschen. Man brauchte ihn, um zu überleben, um zu arbeiten, um ein kaputtes Geschäft wiederzueröffnen, um eine zerstörte Fabrik wiederaufzubauen oder um auf eine Stelle in der öffentlichen Verwaltung zurückzukehren. Hinter jedem einzelnen dieser Verfahren erkennt man eine Anklage, die potentiell das ganze deutsche Volk trifft.

Der Zusammenprall von Heilsideologien fegt das wenige beiseite, was an Vernunft und gesundem Menschenverstand – womit man Konflikte im *Ancien régime* ausgetragen hatte – noch übrig war. Es verschwindet die alte Unterscheidung zwischen der Verantwortlichkeit des Souveräns und der seines Volkes, vor allem zwischen Zivilbevölkerung und kämpfender Truppe. Die utilitaristische Ethik wird abgelöst von einer absoluten, radikalen Ethik, die in mancher Hinsicht an die Rechtfertigung der erbarmungslosen Kriege gegen die Katharer, die Albigenser und die Bogomilen in den dunklen Jahren des Christentums erinnert. Den Feind muß man nicht nur deshalb töten, weil er einem mit geladenem Gewehr gegenübersteht und als erster schießen könnte. Man muß ihn ausradieren, weil er einem ansteckenden Virus gleicht, das früher oder später den ganzen Organismus befällt. Zbigniew Brzezinski erinnert daran, daß die Kriege des 20. Jahrhunderts nicht weniger als 87 Millionen Menschen ausgelöscht haben, und er rechnet aus, daß 30 Millionen davon zwischen 18 und 30 Jahre alt waren. Robert Conquest zufolge forderte die Kollektivierung unter Stalin 7 Millionen Opfer; und auf 12 Millionen beläuft sich die Zahl derer, die in den Gulags der Sowjetunion ihr Leben ließen. Nach einem 1980 in Deutschland erschienenen Handbuch mit historischen Statistiken forderte der Zweite Weltkrieg 55 300 000 Opfer, davon 39 600 000 in Europa, 15 700 000 in Asien und im Pazifik. Für die Zeit nach dem Zweiten Weltkrieg verfügen wir vorerst nur über ungenaue Daten. Noch wissen wir zum Beispiel nicht, wie viele Opfer es in dem Krieg gab, den die chinesischen Kommunisten nach ihrer Machtergreifung 1949 in Peking gegen ihre Klassenfeinde entfesselten: Einigen Schätzungen zufolge kamen 27 Millionen Bauern im Zuge der Kollektivierung um und »etliche Millionen« Chinesen wurden als »Volksfeinde« hingerichtet. Die Kulturrevolution Ende der sechziger bis Anfang der siebziger Jahre soll zwischen einer und zwei Millionen Todesopfer gefordert haben. In diesen Zahlen möglicherweise nicht enthalten sind die Opfer der vielen Vertreibungen, die das Jahrhundert auf seinem Marsch gefordert hat. Die Erinnerung an die große Tragödie der Armenier im Jahr 1915 hat die Erinnerung an die von Stalin angeordneten oder die durch ihn verursachten Wanderungsbewegungen verwischt: der Kulaken, Polen, Balten, Wolgadeutschen, Krimtataren, Kaukasusvölker, der sechzehn Millionen Deutschen, die das Sudetenland, Schlesien, Pommern und Ostpreußen verlassen mußten.

Dies ist in groben Zügen die Geschichte des 20. Jahrhunderts. In dem vor kurzem erschienenen Buch *Der verbrecherische Staat* erinnert der französische Arzt Yves Ternon noch an weitere Opfer von Völker- und Massenmorden in der Zeit vom Zweiten Weltkrieg bis in die Gegenwart: Betroffen waren Serben in Kroatien von 1941 bis 1945, Hindus und Muslime nach der Aufteilung Indiens, Tibeter nach der chinesischen Okkupation, Kommunisten in Indonesien 1965/66, Indio-Bauern in Guatemala, Eingeborenenstämme im Mato Grosso, die Zivilbevölkerung im sudanesischen Nord-Süd-Konflikt, die Ibo in Biafra im Nigeriakrieg, die Aché-Indianer in Paraguay, die Kambodschaner zur Zeit Pol Pots, die Zivilbevölkerung in Guinea, Uganda, Bangladesch, Timor, Äthiopien, Birma, Kurden und Schiiten im Irak, Muslime in Bosnien, Hutu und Tutsi in Ruanda, Burundi und Ostzaire. Doch in den Augen der Öffentlichkeit haben nicht alle Genozide dieselbe Bedeutung. Den größten Raum nimmt in der kollektiven Wahrnehmung der westlichen Welt der Völkermord an den Juden ein. Während die Erinnerung an all die anderen Grausamkeiten allmählich verblaßt, beschäftigt der Holocaust nach wie vor die Gemüter und erregt unverändert das Interesse der Wissenschaft. Versuchen wir zu verstehen, warum das so ist.

Ein erster Grund ist das große Unbehagen, das wir alle verspüren, wenn wir uns ein Phänomen vergegenwärtigen, das mitten unter uns entstanden ist und dessen direkte oder indirekte Zeugen wir waren. Die Juden sind keine fernen Völkerschaften, deren Sitten und Gebräuche wir nicht kennten und die wir, um unsere Gleichgültigkeit zu rechtfertigen, als hoffnungslos »barbarisch« ansähen. Die Juden sind Männer und Frauen, mit denen wir zusammen leben, lernen, arbeiten – oft, ohne uns ihrer ethnischen oder religiösen Identität überhaupt bewußt zu sein. Sie wohnen in denselben Straßen und Häusern, besuchen dieselben Schulen, verkehren in denselben Ämtern und Büros. Vorstellen kann man sich einen Haßausbruch vielleicht noch in Polen, im Baltikum, in Weißrußland oder in der Ukraine, wo lange Zeit zwischen Christen und Juden des Schtetl eine unsichtbare Grenze verlief, wo Kleidung, Aussehen, Liturgien, Speiseregeln und die Sprache Juden und Christen voneinander trennten. Schwer begreiflich ist es, wie Juden in Ländern verfolgt und diskriminiert werden konnten, in denen nichts außer der religiösen Tradition und vielleicht mancher Gruppenbindung sie von ihren nichtjüdischen Landsleuten unterschied.

Weitere Gründe tragen dazu bei, den Völkermord an den Juden zu einem einzigartigen Ereignis zu machen, das sich von den anderen Massenmorden des 20. Jahrhunderts deutlich abhebt. Gegen keine andere nationale oder religiöse

Minderheit wütete der Feind vergleichbar »konsequent«. »Die Vernichtung«, schreibt Marrus, »sollte total sein. Theoretisch sollte ihr kein Jude entkommen. [...] Für den biologischen Rassismus der Nazis stellte jeder Jude eine Bedrohung dar, folglich auch Alte, Kranke, Frauen, Kinder, selbst Neugeborene. Keine jüdische Gemeinde durfte in Ruhe gelassen werden, zumindest nicht auf Dauer.« Das Überleben einiger hunderttausend Zigeuner vermochte in den Augen der Nationalsozialisten die Geschicke der Menschheit nicht ernstlich zu bedrohen; das Überleben einiger zehntausend Juden hingegen sehr wohl. Als auf der Wannsee-Konferenz im Januar 1942 die Richtlinien zur »Endlösung der Judenfrage« festgelegt wurden, fand unter anderem auch die jüdische Bevölkerung in Albanien mit ihren zweihundert Personen Berücksichtigung. Eine Erklärung liefern die Anweisungen, die Goebbels im Frühjahr 1944 der Presse gab. Darin behauptete der Reichspropagandaminister, unter den Juden gebe es nicht nur, wie in jedem anderen Volk, einige Kriminelle; vielmehr sei das ganze jüdische Volk aus kriminellen Wurzeln hervorgegangen und somit von Natur aus verdorben. Daher sei dessen Vernichtung für die Menschheit ebenso nützlich wie die Todesstrafe oder die Schutzhaft in einer gut regierten Gesellschaft.

Zum Befremden und zur Fassungslosigkeit angesichts derlei Erklärungen kommt die Erkenntnis hinzu, daß die Verfolgungen so gut wie nie das Werk kleiner Minderheiten waren. Die These des Buchs *Hitlers willige Vollstrecker* von Daniel Jonah Goldhagen enthält einen wahren Kern. Trotz der vielen Verzerrungen, auf die Norman G. Finkelstein in einem kritischen Essay aufmerksam gemacht hat, weist der Verfasser zu Recht darauf hin, daß die »Endlösung« das Ergebnis einer verbreiteten antisemitischen Kultur war, die es ermöglichte, daß aus Deutschen »bereitwillige Massenmörder« wurden. Deportationen und Völkermord wären in Deutschland und anderswo nicht möglich gewesen, wenn die Ausführenden nicht auf die stillschweigende Sympathie und die passive Unterstützung eines weiten Teils der Öffentlichkeit hätten rechnen können. Ausnahmen heben im Kontrast die »Normalität« der Verfolgungen hervor. Jene Fälle, in denen sich die Bevölkerung oder örtliche Behörden für die Rettung von Juden oder die Erleichterung ihres Schicksals einsetzten, sind ein schwaches oder, schlimmer, ein zweischneidiges Argument.

Wenn man sie jedoch konsequent zu Ende denkt, holt die These von der kollektiven Verantwortung sich selbst ein. Welchen Schluß könnten wir sonst aus ihr ziehen? Daß der Antisemitismus als ein wesentlicher Bestandteil zum Christentum gehört? Daß der Völkermord nur die reifste Frucht aus einer Saat ist, die seit jeher in der christlichen Kultur schlummert? Daß unter bestimmten Umständen ein Großteil der Christenheit sich mit dieser Schuld beflecken kann? Oder, daß die Gefahr einer »Wiederholung« droht?

Auf diese Thesen und auf die Art und Weise, wie sie von einem Teil der jüdischen Welt eingesetzt werden, komme ich noch zurück. Vorerst möchte ich mich auf die Bemerkung beschränken, daß das Ausmaß des Völkermords eine andere, eine bescheidenere und banalere Schlußfolgerung nahelegt. Menschen sind niemals absolut tugendhaft oder absolut ruchlos, sondern mehr oder weniger gut oder schlecht, je nachdem, wie sie von den jeweiligen Verhältnissen stimuliert oder provoziert werden. Wenn das Böse solche Ausmaße annimmt, müssen wir uns vielmehr fragen, welches geschichtliche Klima und welche besonderen Umstände das möglich gemacht haben. Auch wenn er sich »qualitativ« von den anderen Massakern des 20. Jahrhunderts unterscheidet, bleibt der Genozid an den Juden immer noch ein geschichtliches Ereignis, das es in Zusammenhang mit der besonderen Situation, in der es stattfand, zu untersuchen und zu verstehen gilt.

Viele Juden lehnen eine solche Herangehensweise jedoch ab. In der Historisierung des Holocaust erkennen sie den Versuch, die Verfolgungen, deren Opfer sie waren, kleinzureden oder gar zu rechtfertigen. Diese Ablehnung beruht auf menschlich nachvollziehbaren politischen bzw. kulturellen Überlegungen.

Seit dem Zweiten Weltkrieg ist viel Zeit vergangen. Zu Anfang des neuen Jahrhunderts sind die jüngsten KZ-Überlebenden selten unter siebzig Jahre alt. In zwanzig Jahren wird es nur noch ein kleines Häuflein von Heimkehrern geben, Männer und Frauen, die bei der Befreiung zu klein waren, um sich erinnern zu können. Noch eine Generation später, und der Zeitzeuge aus dem Lager wird hundert Jahre alt sein. Man wird ihn bitten, dem Gedenktag durch seine Anwesenheit einen würdigen Anstrich zu verleihen. So geht es allen Veteranen: den Soldaten des Amerikanischen Bürgerkriegs, den Kämpfern Garibaldis, den *poilus* des Ersten Weltkriegs. Jene Juden, die die Geschichtsvergessenheit fürchten, wissen, daß das Hinschwinden der Zeugen die mit ihnen verknüpften Gedenktage früher oder später in Vergessenheit geraten läßt. Wie lange noch werden wir das Ende des Ersten Weltkriegs feierlich begehen? Wie lange noch werden wir Lorbeerkränze am Grab eines Soldaten niederlegen, der uns doppelt unbekannt ist, insofern wir seinen Namen nicht kennen und den Krieg vergessen haben, in dem er gestorben ist? Aus dieser Beobachtung erwächst eine Angst. Die Welt darf nicht vergessen. Vor allem in Europa soll die Erinnerung an den Völkermord in der menschlichen Kultur fest verankert, soll sie zu einem Meilenstein der Weltgeschichte werden. Je weiter man sich also von dem Ereignis entfernt, desto zahlreicher die Bücher und Filme, desto feierlicher die Zeremonien. Die »künstlich« induzierte Erinnerung muß die Lücke füllen, die die direkte, natürliche Erinnerung hinterlassen hat.

Vielen gibt das Wachhalten der Erinnerungen ein Gefühl der Sicherheit. Nach einer langen Geschichte der Schikanierung und Verfolgung ist die Erinnerung an den Völkermord eine Art Versicherungspolice, der beste Schutz vor einem »Rückfall«. Für Israel war sie bislang auch eine wichtige diplomatische Waffe, ein kostbarer Quell internationaler Legitimation. Und für manch einen mochte sich dahinter auch eine im Grunde genommen peinliche Tatsache verbergen lassen: daß der außerordentliche Erfolg des Staates Israel paradoxerweise mit dem Scheitern der zionistischen Ideologie einhergeht.

HUNDERT JAHRE ZIONISMUS

In Jerusalem liegen gegenüber dem Ölberg die Gebäude der Stiftung Mishkenot Sha'ananim, gegründet dank der großzügigen Hilfe eines Mäzens aus der Diaspora. In einem ihrer Räume wird wie eine Reliquie ihr kostbarstes Juwel ausgestellt: die Kutsche, mit der zwischen 1827 und 1875 Sir Moses Montefiore sieben Reisen unternahm, um die Verhältnisse in den jüdischen Gemeinden in Europa und in der Levante besser kennenzulernen. Montefiore war kein Zionist in der Bedeutung, die der Begriff gegen Ende des 19. Jahrhunderts annahm. Aber hundert Jahre nach dem Ersten Zionistischen Kongreß (29. August 1897) und nach dem »Basler Programm« zur »Schaffung einer Heimstätte für das jüdische Volk in Palästina« kann man schwerlich über den Zionismus sprechen, ohne an den Mann zu erinnern, der mehr als die Hälfte der ihm vergönnten 101 Lebensjahre seinen Glaubensbrüdern widmete.

Geboren am 24. Oktober 1784 als Kind einer Bankiersfamilie in Livorno, übersiedelte er mit seinen Eltern nach London, wo er Börsenmakler wurde und es binnen kurzem zu außerordentlichem Reichtum brachte. 1824 beschloß der 40jährige, die Geschäfte aufzugeben und fortan die »Berufsverbote gegen Israeliten« zu bekämpfen. Dabei verfolgte er zwei sich direkt ergänzende Strategien. In London schlug er eine öffentliche Laufbahn ein, wurde zum »Sheriff« der Stadt gewählt, erwarb die Sympathie von Königin Viktoria, erhielt 1846 die Baronetswürde und durfte seinem Namen nun den prestigereichen Titel »Sir« voranstellen. In Europa und in der Levante setzte er seinen guten Ruf und das in England erworbene Vermögen ein, um die Juden aus ihren niedrigen Verhältnissen zu befreien. Sein größter Erfolg war die Befreiung eines syrischen Juden, der angeklagt war, einen Kapuzinermönch ermordet und dessen Blut getrunken zu haben. Dies gelang Montefiore kraft einer internationalen Kampagne, die von Lord Palmerston (britischer Premierminister 1855-1858 und 1859-1865) und von Martin van Buren (1837-1841 8. US-Präsident) unterstützt wurde.

Unermüdlich erkundete er von da an mit seiner Kutsche Polen, Rußland, Rumänien und den Nahen Osten. Seine wichtigsten Reisen führten ihn nach Syrien und ins Zarenreich. In Damaskus sah er altertümliche Juden, gekleidet wie zur Zeit um Christi Geburt und ganz eingeschlossen in die biblische Welt, der sie unerschütterlich treu geblieben waren. Er sah die Juden des Schtetl, des dörflichen Ghettos jener Gegend Rußlands, in der sich nach der letzten polnischen Teilung die meisten Juden wiederfanden. Während erstere als Untertanen des Osmanenreiches in den Genuß einiger Freibriefe kamen und etwa vom Militärdienst ausgenommen waren, lebten die Untertanen des Zarenreichs in großer Angst vor einem außerordentlich langen Waffendienst, der sie ihren Familien, dem Thorastudium, der Befolgung der liturgischen Vorschriften und der Einhaltung der Speisevorschriften entriß. In einer Erzählung von 1861 mit dem Titel *Der Schafochs* beschrieb der große russische Schriftsteller Nikolai Leskow die razziaähnlichen Rekrutierungsmaßnahmen im Bezirk Kursk, 460 Kilometer von Moskau, im Sommer des Jahres 1854:

»[...] Ein andermal wurde ein Schub junger jüdischer Rekruten durch die Stadt getrieben. [...] Die bei der Einwohnerschaft requirierten Wagen zogen langsam dahin. Die

Bauernwagen, die auf dem Steinpflaster der Gouvernementstraße von einer Seite auf die andere wankten, schüttelten die Köpfe der in graue Militärmäntel gekleideten Kinder tüchtig hin und her. Die großen, grauen Mützen, die man ihnen aufgestülpt hatte, waren bis auf die Augen hinabgerutscht und verliehen den schmucken Gesichtern ein entsetzlich klägliches Aussehen. Ihre traurigen, klugen Äuglein betrachteten voller Sehnsucht und zugleich mit kindlicher Neugier die neue Stadt und die Scharen der Bürgerkinder, die hinter dem Wagen dreinsprangen.«

Als er in Petersburg mit Nikolaus I. zusammentraf, trat Montefiore für die Sache jener Rekruten ein. Der Zar winkte ihn ans Fenster und zeigte ihm eine im Hof des Palastes aufgestellte Kompanie Soldaten. »Das hier sind Juden«, sagte er zu ihm. Damit wollte er ausdrücken, daß er die Juden nur respektieren und schützen werde, wenn sie sich als treue Untertanen des Reiches aufführten. Moses Montefiore stieß hier auf ein Dilemma, das in der jüdischen Geschichte regelmäßig wiederkehrte. Den ihnen seit Jahrhunderten auferlegten »Beschränkungen« würden die Juden nur entgehen, wenn sie auf die striktesten Regeln ihrer religiösen Identität verzichteten. Frei würden sie mit anderen Worten nur, wenn sie einen großen Teil ihres Judentums preisgäben. Im 19. Jahrhundert in Europa für die Emanzipation des Judentums zu kämpfen bedeutete zugleich, dessen allmähliche Reduktion auf ein schwaches kulturelles Erbe als unvermeidlich zu akzeptieren.

In jungen Jahren war der am 2. Mai 1860 in Budapest geborene Theodor Herzl fraglos bereit, die Herausforderung der Emanzipation und der Integration anzunehmen. Von »Judapest«, wie die ungarische Hauptstadt damals genannt wurde, übersiedelte er nach Wien, wo er Jura studierte und an einem Gericht entsprechende praktische Erfahrungen sammelte.

Den ihn tödlich langweilenden Prozessen und Gesetzbüchern zog er freilich den Journalismus und das Theater vor, wo er schon bald einige Erfolge verbuchen konnte. Er liebte Wagner, die Wiener Kaffeehäuser, elegante Kleidung und die vornehme Gesellschaft. Niemand hätte am Ende der achtziger Jahre gedacht, daß dieser brillante, joviale mitteleuropäische Dandy das Zeug zum Propheten und Agitator hatte. Doch in Paris, wo er sich als Korrespondent der großen Wiener Tageszeitung *Neue Freie Presse* aufhielt, wurde er Ende 1894 zum Zeugen jenes ungerechtfertigten militärischen Zeremoniells, in dessen Verlauf ein junger elsässischer Hauptmann degradiert und sein Degen zerbrochen wurde. Die Dreyfus-Affäre war Theodor Herzls Damaskuserlebnis.

Frankreich war in jenen Jahren das potentiell antisemitischste Land Westeuropas. Einer der Anführer des antijüdischen Kreuzzuges hieß Édouard Drumont, Autor der *France juive* und seit 1892 Direktor der Zeitung *La libre parole*, in der die Juden dem Haß der öffentlichen Meinung ausgesetzt und für jede erdenkliche Übeltat verantwortlich gemacht wurden, die seit der Niederlage von 1870 in Frankreich begangen worden war. Als Algerien 1898 Schauplatz antisemitischer Übergriffe wurde, eroberte Drumont einen Sitz im Parlament und setzte dort vier Jahre lang fort, was er bis dahin in den Kolumnen seiner Zeitung betrieben hatte. Solche Ereignisse führten zu Herzls Bekehrung.

Moses Montefiore hatte sich auf seinen Reisen zu der Feststellung gezwungen gesehen, die Juden könnten nur unter Preisgabe ihres Judentums frei werden. Theodor Herzl dagegen gelangte zu dem Schluß, nicht einmal Emanzipation und Integration würden sie vor rassischen und religiösen

Vorurteilen schützen können. Der Arzt und Schriftsteller ungarischer Herkunft Max Nordau, späterhin Herzls rechte Hand, konstatierte einige Jahre darauf:

»Die Judennot hat zwei Formen, eine sachliche und eine sittliche. In Osteuropa, in Nordafrika, in Westasien [...] ist die Judennot buchstäblich zu verstehen. Es ist ein tägliches Drangsal des Leibes; ein Bangen vor jedem folgenden Tage; ein qualvolles Ringen um die Erhaltung des nackten Lebens. Im europäischen Westen [...] ist die Not eine sittliche. [...] Die Heimat des Ghettos hat er [der emanzipierte Jude] verloren, das Geburtsland versagt sich ihm als Heimat. [...] Der emanzipierte Jude ist haltlos, unsicher in seinen Beziehungen zu den Nebenmenschen, ängstlich in der Berührung mit Unbekannten, mißtrauisch gegen die geheimen Gefühle selbst der Freunde. [...] Innerlich wird er verkrüppelt [...].«

FÜR DIE ENTSTEHUNG DES JUDENSTAATES

Die Erfahrungen Montefiores und Herzls legten ganz andere Ziele nahe, als das Judentum bis dahin verfolgt hatte. In diesem Sinne verfaßte Herzl seine Schrift *Der Judenstaat*, die er 1896 in Wien publizierte. Wenn sogar die westlichen Gesellschaften den Juden nur eine unbequeme und unzuverlässige Heimat boten, blieb keine andere Lösung übrig als die Errichtung eines Staates, in dem sie den Beschränkungen und Verfolgungen endlich entzogen sein würden. Von einem Wiener Verlagsbuchhändler in fünfhundert Exemplaren gedruckt, fiel Herzls Aufruf auf fruchtbaren Boden; binnen kurzem stieß das Buch sogar auf außerordentliches Interesse. In der *Enciclopedia delle scienze sociali* hält Vittorio Segre unter dem Stichwort »Zionismus« fest, daß der Begriff (abgeleitet von Zion, einem der biblischen Namen Jerusalems) nicht von Herzl stammt, sondern von Nathan Birnbaum, einem Journalisten aus vorzionistischer Zeit. Herzl selbst hielt die Frage, wo der Judenstaat errichtet werden könnte, im Grunde für zweitrangig und hatte eine Zeitlang sogar an Uganda gedacht, das seit September 1894 britisches Protektorat war. Letzten Endes setzte sich der Mythos vom »Gelobten Land« und der *Aliyah*, dem »Hinaufziehen nach Jerusalem«, durch. Doch im »Mythos« erkannte Herzl vor allem einen politischen und wirtschaftlichen Vorteil. Das Gelobte Land, so Segre, hatte in seinen Augen »den Vorteil, daß es eines der ärmsten Gebiete des Osmanischen Reiches war: Deshalb würde sich der Sultan gewinnen lassen, es im Tausch gegen wirtschaftliche Vorteile an die Juden abzutreten und damit einem ›Volk ohne Land zu gestatten, ein Land ohne Volk zur Blüte zu bringen‹ – eine demographisch recht ungenaue Vorstellung, aus der in der Folgezeit ein ständiger arabischer Vorwurf an die Adresse des Zionismus erwachsen sollte«.

Herzl machte sich ans Werk, und es gelang ihm bald, einen Großteil der nationalistischen Bestrebungen, die gegen Ende des Jahrhunderts in den jüdischen Gemeinden aufkamen, zu einer einzigen Bewegung zusammenzuschweißen. 1897 schuf er die zionistische Organisation und eröffnete den Ersten Zionistischen Weltkongreß. In den darauffolgenden Jahren gründete er eine Bank (den Jewish Colonial Trust), deren Aktionäre die Juden in aller Welt sein sollten, richtete in Palästina zum Zweck des Landerwerbs für das jüdische Volk einen Jüdischen Nationalfonds ein und gründete, um seiner Initiative internationale Resonanz zu verschaffen, die Wochenzeitung *Die Welt*.

Wie seinerzeit Moses Montefiore ging auch Theodor Herzl unentwegt auf Reisen, um den Staatsmännern seinen Plan zu erläutern und für ihn zu werben. Er traf sich mit dem Großwesir, dem Sultan, dem Deutschen Kaiser, dem russischen Innenminister, dem Ministerpräsidenten und dem Außenminister Österreichs. Während des Empfangs bei Sultan Abdul Hamid II. in Konstantinopel versuchte er sogar, gegen 1 600 000 Pfund Sterling eine Konzession für Palästina zu erwerben. Im Januar 1904 kam er auf Einladung Viktor Emanuels III. auch nach Italien. In Rom wurde er vom König, vom Kardinalstaatssekretär und von Pius X. empfangen. Aus den Tagebüchern von Herzl geht hervor, daß er an eine Audienz beim Papst bereits seit 1893 gedacht hatte. Sergio I. Minerbi, Historiker und israelischer Diplomat mit italienischen Wurzeln, schreibt dazu, bekanntlich habe »der Begründer des politischen Zionismus anfänglich die völlige Assimilation befürwortet. [...] Um das Jahr 1893 wollte er sich Zutritt zum Papst verschaffen und ihm sagen: ›Helfen Sie uns gegen die Antisemiten und ich leite eine grosse Bewegung des freien und anständigen Uebertritts der Juden zum Christenthum ein.‹ Ein wenig theatralisch träumte er auch davon, wie sich der Massenübertritt abspielen sollte: ›am hellichten Tage, an Sonntagen um zwölf Uhr, [...] in feierlichen Aufzügen unter Glockengeläute [...] in der Stefanskirche‹. Die Anführer der Bewegung, darunter auch Herzl selbst, würden Juden bleiben, aber als ›Grenzgeneration‹.«

Wie der Frankenkönig Chlodwig, wie Ethelbert (König von Kent), wie Edwin (König von Northumbria) und Wladimir (Großfürst von Rußland) wollte Theodor Herzl ein ganzes Volk zu einem neuen, modernen und weltumspannenden Glauben bekehren. Doch anders als seine Vorbilder wollte er für sich selbst in einer Art vornehmer Überlegenheit die Religion der Väter behalten. Vielleicht gefiel ihm der Gedanke, am *fin de race* zu stehen, der letzte exquisite Vertreter einer jahrtausendealten Aristokratie zu sein.

Herzls wunderliche Idee beweist, daß sein Plan mehr politischer und nationalstaatlicher Art war, verpflichtet weit eher dem Geist Mazzinis und der großen Einheitsbewegungen des 19. Jahrhunderts als der Religion oder dem Glauben.

»Werden wir also am Ende eine Theokratie haben?« fragte er sich auf den letzten Seiten seines Buches. »Nein! Der Glaube hält uns zusammen, die Wissenschaft macht uns frei. Wir werden daher theokratische Velleitäten unserer Geistlichen gar nicht aufkommen lassen. Wir werden sie in ihren Tempeln festzuhalten wissen, wie wir unser Berufsheer in den Kasernen festhalten werden. Heer und Klerus sollen so hoch geehrt werden, wie es ihre schönen Funktionen erfordern und verdienen. In den Staat, der sie auszeichnet, haben sie nichts dreinzureden, denn sie werden äußere und innere Schwierigkeiten heraufbeschwören.« Wie wir gleich sehen werden, kam es anders.

Herzl war davon überzeugt, die Juden seien zum Teil selbst für ihre Verfolgung verantwortlich und müßten ihre Gewohnheiten, ihren Lebensstil, ihre wirtschaftlichen Aktivitäten ändern. Mit außerordentlich feinem Gespür ahnte er voraus, welche Vorwürfe die Juden in den nachfolgenden Jahren zu gewärtigen haben würden: »Wir sind, wozu man uns in den Ghetti gemacht hat. Wir haben zweifellos eine Überlegenheit im Geldgeschäfte erlangt, weil man uns im Mittelalter darauf geworfen hat. Jetzt wiederholt sich der gleiche Vorgang. Man drängt uns wieder ins Geldgeschäft, das jetzt Börse heißt, so wird das wieder zur neuen Quelle unserer Verächtlichkeit. Dabei produzieren wir rastlos mittlere Intelligenzen, die keinen Abfluß haben und dadurch eine ebensolche Gesellschaftsgefahr sind wie die wachsenden Vermögen. Die gebildeten und besitzlosen Juden fallen jetzt alle dem Sozialismus zu. Die soziale Schlacht müßte also jedenfalls auf unserem Rücken geschlagen werden, weil wir im kapitalistischen wie im sozialistischen Lager auf den exponiertesten Punkten stehen.«

So bricht sich in vielen intellektuellen Kreisen des bekennenden Judentums Ende des Jahrhunderts die Überzeugung Bahn, die Juden müßten die Berufe aufgeben, mit denen sie vor allem in Mittel- und Osteuropa gemeinhin in Verbindung gebracht wurden. Das jüdische Volk, so hieß es, brauche weniger Handwerker, Händler, Trödler, Schneider, Gastwirte, Geldwechsler, Kleinbankiers; es brauche vor allem Landwirte, Arbeiter, Techniker, Ingenieure.

In der festen Absicht, sich mit dem Pflug eine Heimat zu schaffen, brechen vor allem aus dem Zarenreich die ersten

Siedler nach Palästina auf; sie lassen sich auf Land nieder, das mit Spenden der jüdischen Eliten Frankreichs, Großbritanniens und der Vereinigten Staaten erworben wurde. Schon bald entsteht der erste Kibbuz (der älteste, am Ufer des Kinneret, geht auf das Jahr 1909 zurück), eine Art Landkommune nach dem Vorbild ländlicher Gemeinschaften in der slawischen Welt, in denen Alexander Herzen Spuren eines Ursozialismus entdeckt hatte. Durch diese Erfahrungen wird der Zionismus teilweise sozialistisch, tolstoianisch, gandhianisch, antiindustriell geprägt, mit bis heute spürbaren, auch negativen Auswirkungen auf die Wirtschaft des Staates Israel.

Theodor Herzl reist und schreibt. Er versucht, die Fäden des Netzes, das er in den Jahren zuvor geknüpft hat, zusammenzuhalten. Er stirbt 1904, nachdem er das Drama *Das Neue Ghetto* und ein politisch-literarisches Werk mit dem Titel *Altneuland* geschrieben hat. Der Theaterliebhaber Herzl hatte den *Judenstaat* als großes Bühnendrama konzipiert, mit sich selbst als Regisseur. Auf dem Totenbett bat er lächelnd seine Freunde, seine Arbeit nach Möglichkeit nicht zu verderben. Das Jenseits muß er sich wie einen Souffleurkasten vorgestellt haben, aus dem er die Aufführung auch weiterhin leiten würde.

Herzls sterbliche Überreste wurden im August 1949, ein Jahr nach der Gründung des Staates Israel, nach Jerusalem überführt. Der überraschendste Aspekt an seinem Leben ist nicht die Entstehung einer zionistischen Bewegung, für die es schon seit längerem Vorzeichen und Vorläufer gegeben hatte. Überraschend ist die Tatsache, daß der entscheidende Anstoß für diese Bewegung von einem brillanten, intelligenten Dandy kam, der mehr Neigung zur Abfassung von Feuilletons und Theaterstücken hatte als zur Planung von Staaten.

Für den Zionismushistoriker David Vital liegt die Erklärung für ihren Erfolg im demokratischen Charakter der Herzlschen Initiative. Bis zum Ende des 19. Jahrhunderts waren die jüdischen Gemeinden von kleinen Oligarchien aus Notabeln und Rabbinern verwaltet worden. Herzl hingegen erbat sich ein Mandat, das es bis dahin nicht gegeben hatte, und er verbürgte sich für die Art und Weise, in der er es ausüben würde. Dank ihm wurden die Fenster des Judentums aufgestoßen für den frischen Wind der Demokratie und eines laizistischen Nationalgefühls.

NACH DEM TOD DES »PROPHETEN«

Herzls Bühnenstück überdauerte zwar seinen Tod, zog in den zehn folgenden Jahren aber nur ein kleines Publikum an. In seiner Entstehungsphase waren die wichtigsten »Verbündeten« des Zionismus die Dreyfus-Affäre, Drumonts antisemitische Hetzreden, die große Zunahme rassistischer Theorien von Joseph-Arthur de Gobineau und Houston Stewart Chamberlain sowie die Welle der Judenfeindlichkeit, die gegen Ende des Jahrhunderts über Rußland hinwegrollte. Allerdings wanderte die Mehrzahl der osteuropäischen Juden trotz dieser Ereignisse lieber in die Vereinigten Staaten als nach Palästina aus, und die Mehrzahl der westeuropäischen Juden setzte lieber den Weg der Integration fort. Der Erste Zionistische Kongreß fand in Basel statt, weil die Münchner Juden ihn nicht beherbergen wollten. Im selben Jahr (1897) gingen 20 372 Juden im Hafen von New York an Land, und ihre Zahl wuchs ständig: 1906 waren es schon mehr als 150 000. Der palästinensischen Heimat zogen sie offenbar die Assimilation oder die Auswanderung in prosperierendere Länder vor. Als Herzl nach Rom kam, lehnte es der italienische Senator und Generalsekretär im italienischen Außenministerium Giacomo Malvano, ein Jude, ab, ihn zu empfangen. Damit nicht genug. In dem zwischen Rußland, Polen und Litauen gelegenen jüdischen Siedlungsgebiet des Zarenreichs entstand im Jahr des Zionistenkongresses eine Konkurrenzorganisation: der »Bund«, so die jiddische Kurzform für »Allgemeiner jüdischer Arbeiterbund für Litauen, Rußland und Polen«. Während die zionistische Bewegung den Juden die Rückkehr ins Gelobte Land nahelegte, verlangte der Bund von ihnen, daß sie sich für die Verwirklichung des Sozialismus und die Erringung kultureller Unabhängigkeit innerhalb des russischen Staates einsetzten. Allein in Rußland zählte er zum Zeitpunkt der bolschewistischen Revolution 40 000 Mitglieder. Damit der Zionismus also zur Zivilreligion eines Großteils der jüdischen Welt würde, bedurfte es eines großen Ereignisses, das die Gemüter aufzurütteln und neue Wege zu weisen vermochte.

Das Ereignis, das die Sache der »Palästinier« – so nannten sich in Rußland die Befürworter der Heimkehr – am stärksten befördern sollte, war der Pistolenschuß, mit dem der serbische Student Gavrilo Princip am 28. Juni 1914 in Sarajevo Erzherzog Franz Ferdinand ermordete. Als die Türkei an der Seite der Mittelmächte in den Krieg eintrat und damit eine Front im Nahen Osten eröffnete, versprachen die Engländer sämtlichen Volksgruppen des Osmanischen Reiches Autonomie oder Unabhängigkeit, um sich deren Unterstützung für ihre Kriegsstrategie zu sichern. Die Zionisten nutzten die Gunst der Stunde.

Da betritt eine neue Figur die Bühne. Es ist Chaim Weizmann, geboren 1874 im polnischen Pinsk. Er hat in Deutschland Chemie studiert und am Zweiten Zionistischen Kongreß (1898) teilgenommen. In England, wo er seit Anfang des Jahrhunderts lebt, hat er sich als Wissenschaftler bereits einen Namen gemacht. Doch vor allem ist aus dem jungen Biochemiker und Professor an der Universität Manchester ein glühender Zionist geworden, eine der einflußreichsten Stimmen der Bewegung. Nach seiner Ernennung zum Direktor des Munitionslabors der Königlich Britischen Admiralität schließt er während des Ersten Weltkriegs Freundschaft mit Winston Churchill und nutzt seine

Beziehungen, um die Spitzen des britischen Establishments für den Zionismus zu gewinnen. Ergebnis ist der Brief des britischen Außenministers Arthur J. Balfour vom 2. November 1917 an Lord Rothschild, den obersten Repräsentanten des englischen Judentums: die Balfour-Deklaration – jenes Dokument, mit dem die britische Weltmacht den Juden eine nationale Heimstätte (englisch *home*, französisch *foyer*) in Palästina zuerkennt. Nach dem Krieg wurde die Deklaration vom Völkerbund anerkannt und in das britische Mandat für Palästina aufgenommen. Endlich hatten die Juden ein »Zuhause«.

Allerdings birgt die Balfour-Deklaration einen potentiellen Widerspruch, der bis in unsere Gegenwart die Geschichte des Zionismus prägt. Die Engländer verpflichten sich, die Politik der »Heimkehr« zu unterstützen, als Dank dafür, daß das amerikanische Judentum die Vereinigten Staaten im Krieg gegen Deutschland unterstützt hat. Um zu überleben und sich durchzusetzen, benötigt der Zionismus also ein Druckinstrument – die Solidarität der jüdischen Gemeinden in der ganzen Welt oder, wie die Antisemiten sagen, die »jüdische Internationale« –, was seiner nationalen Philosophie in vielerlei Hinsicht widerspricht. Nach der Gründung des Staates Israel wurde dieser Widerspruch immer offensichtlicher.

Die größten Schwierigkeiten bereitet vorerst jedoch der Widerspruch zwischen den diversen Zusagen, die die britische Diplomatie gegeben hat, um das Osmanische Reich zu besiegen. Sowohl die araberfreundliche Politik eines »Lawrence von Arabien« als auch nach Kriegsende die Existenz jüdischer Siedlungen in Palästina nähren zunächst einmal die Flamme des arabischen Nationalismus.

Mit der Balfour-Deklaration als Rückendeckung trafen die Juden erste Maßnahmen zum Aufbau ihres künftigen

Staates. So schufen sie die jüdische Arbeiterorganisation in Palästina (Histadruth) samt paramilitärischen Verteidigungskräften (Haganah), gründeten die Hebräische Universität von Jerusalem und führten das Hebräisch als Nationalsprache ein. Daraus entstanden Konflikte, die in Jerusalem bereits im August 1929 in Zusammenstößen zwischen den verschiedenen Bevölkerungsgruppen gipfelten und zweihundert Menschen das Leben kosteten. Wenige Jahre später hatte die antisemitische Politik des Dritten Reiches eine neuerliche Verschärfung der ethnischen und religiösen Konflikte in Palästina zur Folge. Es wuchs die Zahl der Juden, die hier Zuflucht suchten, es wuchs die Feindseligkeit der Araber und es wuchs das Unbehagen der britischen Regierung, die sich wie ein Aal zwischen den widersprüchlichen Zusagen wand, die sie in den Vorjahren gegeben hatte.

Nach zahllosen Zusammenstößen intervenierten die britischen Truppen im Oktober 1936 und verloren dabei 34 Soldaten. Auf arabischer Seite goß der Mufti von Jerusalem, Haji Amin al-Husseini, der wenig später zu einer »fünften Kolonne« der deutschen Nahostpolitik wurde, Öl ins Feuer. Das Palästinaproblem wurde damit in den großen Konflikt hineingezogen, der sich in Europa zwischen den Achsenmächten und den westlichen Demokratien anbahnte.

Obwohl die Feinde Großbritanniens generell eine araberfreundliche Politik verfolgten, unterstützte Mussolini einige Jahre lang vorsichtig die zionistische Bewegung und traf sich dreimal mit Weizmann. Dieser fragte bei einer seiner Reisen nach Rom in der ersten Hälfte der dreißiger Jahre an, ob einige Emigranten aus Nazideutschland in Italien eine landwirtschaftliche Lehre absolvieren und eine gewisse Zahl junger Juden an Schulen der italienischen Handelsmarine zugelassen werden könnten. Bei dieser Gelegenheit traf er sich auch mit Pietro Quaroni, einem jungen italienischen

Diplomaten, mit dem er sich lang über den Antisemitismus unterhielt. »Verhielte man sich in allen Ländern den Juden gegenüber so wie in Italien«, sagte Weizmann, »gäbe es schon lange keine Juden und keinen Zionismus mehr.«

»Daraus müßte man also schließen«, bemerkte Quaroni halb im Ernst und halb im Scherz, »daß die Verfolgungen der zionistischen Sache dienlich sind.« – »Nehmen Sie mich bitte nicht so streng beim Wort«, erwiderte Weizmann, »denn ich wäre der letzte, der sich zum Leid eines ganzen Volkes beglückwünschte. Aber ohne Frage hat das, was gerade in Deutschland geschieht, fast überall zu einem Erstarken des jüdischen Bewußtseins geführt, selbst dort, wo es im Schwinden begriffen war, und das ist nicht ohne Nutzen.«

Der Faschismus begnügte sich nicht damit, Weizmann als Trumpf auszuspielen. Eine Zeitlang unterstützte er sogar den radikalen Zionismus einer der beunruhigendsten und schillerndsten Persönlichkeiten, die die jüdische Bewegung vor dem Zweiten Weltkrieg aufzuweisen hatte: Wladimir Zeev Jabotinsky. Segre schildert ihn als »einen Gelehrten, der italienische Klassiker ins Hebräische übersetzte [...] und während seines Aufenthaltes in Italien politisch von den Ideen Arturo Labriolas beeinflußt war«. Für einige seiner Schriften wählte er ein italienisches Pseudonym – Altalena –, welches Jahre später am Bug eines Schiffes prangte, das mit Waffen für die jüdischen Nationalisten von Irgun Zvai Leumi (der »Nationalen Militärorganisation«) beladen war.

1920 wurde Jabotinsky von den Engländern wegen seiner Beteiligung am Aufbau jüdischer Milizen zuerst zum Tode, dann zu einer langen Gefängnisstrafe verurteilt. Nach seiner Begnadigung verwandte er den Rest seines Lebens darauf (er starb 1940), eine Gruppe englandfeindlicher, antikommunistischer und stark nationalistischer (manche sagen, »faschistischer«) Kämpfer auszubilden.

In Rom richtete er im Juli 1922 einen Brief an den Duce: »Verehrter Herr Mussolini [...], offenbar kennen Sie den Juden nicht. Vielleicht irre ich mich, aber mir will scheinen, wenn Sie an Juden denken, stellen Sie sich ein angepaßtes Wesen vor, kriecherisch, durchtrieben, immer auf Verteidigung bedacht [...] etc. etc. Das sind Relikte aus dem vergangenen Jahrhundert, und schon damals waren es Märchen. Wenn Sie wissen wollen, wieviel Vitalität in uns steckt, dann schauen Sie sich Ihre Faschisten an und fügen Sie nur noch etwas mehr Tragik hinzu, etwas mehr Härte – und vielleicht auch mehr Erfahrung.«

Spuren dieser »Vitalität« und »Härte« lassen sich auch bei Menachem Begin ausmachen, dem Führer der Irgun, der Organisation, die im Juli 1946 jenen Flügel des Jerusalemer König-David-Hotels in die Luft sprengte, in dem sich die Offiziere der britischen Regierung aufhielten, wobei 91 Briten, Araber und Juden ums Leben kamen, und der Monate später den Anschlag auf die britische Botschaft in Rom verübte. Begin gründete mit der Cherut-Partei die später führende Kraft im Likud-Block, war von 1977 bis 1983 israelischer Premierminister und erhielt 1978 zusammen mit dem ägyptischen Präsidenten Sadat den Friedensnobelpreis.*

* Menachem Begin war vermutlich auch der Drahtzieher mehrerer Anschläge auf Bundeskanzler Konrad Adenauer, die 1952 mit dem Ziel stattfanden, die soeben zwischen Deutschland und Israel begonnenen Wiedergutmachungsverhandlungen zu unterbinden (vgl. Henning Sietz: *Attentat auf Adenauer. Die geheime Geschichte eines politischen Anschlags*, Berlin 2003). (Anm. des dt. Verlegers)

NACH DEM ZWEITEN WELTKRIEG

Der Zweite Weltkrieg ließ die ethnischen und religiösen Konflikte zwischen Arabern und Juden vorübergehend verstummen, bestätigte jedoch die historischen Gründe der zionistischen Bewegung. Als die Alliierten im Frühjahr 1945 die Konzentrationslager befreiten, entschieden sich viele Überlebende dafür, in das einzige Land aufzubrechen, das die Juden als ihr eigenes ansehen konnten.

Der Zustrom neuer »Siedler« verschärfte die Auseinandersetzungen mit der arabischen Bevölkerung. Drei Jahre lang, von 1945 bis 1947, versuchten sich die Engländer in Palästina an der Herstellung eines Mosaiks, bestehend aus zwei Nationalitäten (der arabischen und der jüdischen) und aus dem *corpus separatum* Jerusalem. Als sie begriffen, daß sich die Lage nicht mehr kontrollieren ließ, gaben sie auf und traten von der Buhne ab. 1947 stimmten die Vereinten Nationen der Teilung zu, und am 14. Mai 1948, am letzten Tag des britischen Mandats, proklamierte Ben Gurion den Staat Israel. In den unmittelbar darauffolgenden Stunden brach der erste Krieg los, entfesselt von den arabischen Ländern, die die Anwesenheit des »Eindringlings« nicht anerkennen wollten. Doch der Staat Israel überlebte, und sein erster Präsident wurde jener Mann, der dreißig Jahre zuvor die britische Regierung überredet hatte, der Schaffung einer jüdischen »Heimstätte« in Palästina zuzustimmen.

Chaim Weizmanns Heimstätte war ein Staat geworden, der Zionismus hatte gesiegt. Von seinem Souffleurkasten aus konnte Theodor Herzl das Ergebnis seiner Arbeit durchaus mit Genugtuung betrachten.

Zum damaligen Zeitpunkt beginnt freilich eine historische Phase, in deren Verlauf das Wort »Zionismus« für viele einen häßlichen Klang bekommt. Einen häßlichen Klang hat es vor allem für die Araber der Region, die sich überrollt und militärisch besetzt fühlen.

Diesen Klang hat es für die Führung der Sowjetunion und für weite Teile der europäischen Linken.

Diesen Klang hat es für die UN-Generalversammlung, die den Zionismus in den siebziger Jahren als »eine Form von Rassismus und rassischer Diskriminierung« verurteilt.

Und diesen Klang hat es schließlich für all jene orthodoxen Juden, die die Ankunft des Messias erwarten und den Staat Israel als eine Art Fluch betrachten, eine Todsünde und lästerliche menschliche Anmaßung gegenüber der göttlichen Herrlichkeit. Eine der größten Anomalien des Staates Israel besteht darin, daß viele orthodoxe Juden, die die Existenz des Staates lange Zeit kritisierten, später doch zur Teilnahme an dessen politischem Leben bereit waren und seither bestrebt sind, das laizistische Erbe der zionistischen Tradition zu zersetzen. Unter den heute im israelischen Parlament vertretenen Parteien gibt es mit der Shas auch eine Organisation für antizionistisch eingestellte Orthodoxe orientalischen Ursprungs.

Außerhalb von Israel ist die Anwendung des Begriffs »Zionismus« viel schwieriger. Kann man einen Juden aus der amerikanischen Diaspora als »Zionisten« bezeichnen, der den Staat Israel finanziell unterstützt und von seinem Kongreßabgeordneten verlangt, israelische Positionen in der internationalen Politik zu vertreten, der zugleich aber nicht die geringste Absicht hat, israelischer Staatsbürger zu werden?

Ist es richtig, die Politik der Jewish Agency als zionistisch zu bezeichnen, weil sie die jüdischen Gemeinden in aller Welt dazu auffordert, auf internationaler Ebene für die israelische Sache einzutreten – auch wenn sie von den Juden nicht verlangt, ins Gelobte Land auszuwandern?

So kehren wir wieder zu dem Widerspruch zwischen einem jüdischen Staat und einer »jüdischen Internationale« zurück, von dem bereits im Zusammenhang mit der Balfour-Deklaration die Rede war. Was ist der von Theodor Herzl entworfene »Judenstaat« heute? Ist er ein Staat für alle Juden in aller Welt? Oder ist er der Staat jener Juden, die sich entschieden haben, seine Staatsbürgerschaft anzunehmen?

Im ersten Fall sind die Zionisten im Ausland Juden »im Wartestand« (zumindest sollten sie es sein), die sich früher oder später für die Heimkehr entscheiden. Im zweiten Fall sind sie bloße »Sympathisanten«, deren Bindung an Israel mit der Zeit nachlassen dürfte. Herzl selbst traf im *Judenstaat* eine klare Unterscheidung zwischen denen, die sich zur Auswanderung entschließen, und den anderen, die es vorziehen würden, in ihrer Wahlheimat zu bleiben. Auf den Vorwurf, er provoziere mit seiner Bewegung neuen Antisemitismus, entgegnete er, die assimilierten Juden hätten von der Schaffung dieses Staates nur Vorteile zu erwarten: »Sie könnten sich ruhig assimilieren, weil der jetzige Antisemitismus für immer zum Stillstand gebracht wäre. Man würde es ihnen auch glauben, daß sie bis ins Innerste ihrer Seele assimiliert sind, wenn der neue Judenstaat mit seinen besseren Einrichtungen zur Wahrheit geworden ist und sie dennoch bleiben, wo sie jetzt wohnen.« Tatsächlich kam, was Herzl vorschlug, einem »großen Schisma« gleich, einer Spaltung der Juden in zwei große Stränge: Der eine sollte sich für Palästina entscheiden, der andere sollte im sozialen Gewebe seiner jeweiligen Heimat aufgehen.

Der Unterschied zwischen diesen beiden Varianten des Judentums wird noch deutlicher, wenn man sich die Überlegungen zu Militär und Geistlichkeit vergegenwärtigt, mit denen Herzl seinen *Judenstaat* beschließt. Die historischen Umstände, die demographische Zusammensetzung Palästinas und die politischen Bedingungen, unter denen er seinen Fortbestand sichern mußte, haben einen ganz anderen Staat hervorgebracht, als Herzl ihn Ende des 19. Jahrhunderts voraussah. Israel ist zwar kein Militärregime, aber ganz gewiß eine militärische Demokratie: Während Herzl die Soldaten in der Kaserne lassen wollte, wurde gerade diese eine der wichtigsten Kaderschmieden der israelischen Führungsschicht – von Moshe Dayan über Yitzhak Rabin bis zu Ariel Scharon.

Israel ist zwar keine Theokratie, aber besonders in den vergangenen Jahren hat sein politisches Regime einen ausgeprägt religiösen Charakter angenommen. Während für Herzl der Rabbiner in die Synagoge gehörte, spielen die religiösen Parteien heute in der Regierung des Staates eine entscheidende Rolle. Diese Entwicklung kam keineswegs überraschend. Der Staat hat die Nation geschaffen, aber die Nation hat ihrerseits den Staat geformt. Der Krieg und die Feindschaft der Nachbarländer haben die israelische Gesellschaft gezwungen, sich die eigene Existenz in militärischen Begriffen zu denken. Die ständigen Konflikte, die Erinnerung an die erlebten Erniedrigungen und das Gefühl intellektueller Überlegenheit haben eine kriegerische, gebieterische, überhebliche und, wie De Gaulle schon 1967 befand, »herrische« Nation hervorgebracht. Fünfzig Jahre nach seiner Gründung erinnert dieser Staat viel mehr an Jabotinsky als an Herzl und Weizmann. Durch eine einzigartige Umkehrung des Schicksals ist der Israeli jetzt der »Übermensch« des Nahen Ostens, und sein Staat behandelt die Araber ebenso, wie das Zarenreich einst seine polnischen Untertanen behandelte.

Das ist noch nicht alles. Die Einwanderung hat dazu geführt, daß in der israelischen Gesellschaft der Anteil von Juden aus Afrika und Osteuropa, also aus den introvertiertesten und den frömmsten Gemeinden, kontinuierlich gestiegen ist. Hätte die Teilung des Mandatgebiets nicht 1948 den 1. Israelisch-Arabischen Krieg ausgelöst und wären mehr westliche Juden dem zionistischen Appell gefolgt, dann sähe Israel heute wohl anders aus. Aber die Juden Westeuropas folgten dem Ruf nicht und stellen heute nur einen bescheidenen Prozentsatz der israelischen Bevölkerung. Der jüngsten Ausgabe von Martin Gilberts *The Routledge Atlas of Jewish History* zufolge lebten zu Beginn der 1990er Jahre weltweit ca. 14 Millionen Juden, davon 4,1 im Staat Israel, 6 Millionen in Nordamerika und 1,8 Millionen in Rußland. Der interessanteste Aspekt an der Geschichte des Judentums nach dem Genozid ist nicht die Tatsache, daß in aufeinanderfolgenden Wellen 3,5 Millionen Juden vor allem aus Osteuropa und Afrika nach Palästina ausgewandert sind. Interessanter und aufschlußreicher ist, daß die überwiegende Zahl der westeuropäischen Juden keine zionistische Entscheidung getroffen hat. Der aussagekräftigste statistische Befund der letzten Jahre ist nicht die Zahl der russischen Juden, die sich nach dem Zusammenbruch der Sowjetunion für Israel entschieden haben, sondern die Tatsache, daß es ausgerechnet in Deutschland ein neues, von rund 60 000 Personen getragenes jüdisches Leben gibt. Trotz des denkwürdigen Satzes von Rabbiner Elio Toaff (»Ich kann nicht einmal im Flugzeug über Deutschland fliegen.«) leben dort heute beinahe doppelt so viele Juden wie in Italien. Israel ist kein »Judenstaat«, sondern der Staat jener 30 Prozent der jüdischen Weltbevölkerung, die ihn zu ihrer Heimat gemacht haben.

DIE KRISE DES ITALIENISCHEN JUDENTUMS: DAS LEBENSDRAMA ARNALDO MOMIGLIANOS

Den Aufbruch verweigern – das ist nur die extreme Form der zunächst ausdrücklichen, dann stillschweigenden, aber dennoch deutlich spürbaren Ablehnung, auf die der Zionismus vor und nach dem Ersten Weltkrieg in den meisten jüdischen Gemeinden stieß. Als Beispiel möchte ich einen großen italienischen Juden anführen, den ich erst in den achtziger Jahren kennenlernte, den ich aber bis zu seinem Tod regelmäßig sah: den 1987 in London verstorbenen Althistoriker Arnaldo Momigliano.

Im letzten Abschnitt seines Lebens, da seine großen Verdienste als Altertumsforscher allgemein anerkannt waren und man überall seine Vorlesungen hören wollte, reiste Momigliano häufig zwischen den Vereinigten Staaten und Europa hin und her. Noch im Jahr seines Todes hielt er Vorlesungen in Genf, Pavia und Mailand (dort sogar zweimal), außerdem ein Seminar in Pisa und schließlich, im Mai in Chicago, einen Kurs über »Religion und Eroberung im ersten und zweiten vorchristlichen Jahrhundert«. Ich traf ihn in London, Chicago, Rom, Perugia, Siena und im Chianti, wo er mir u.a. von den Monaten erzählte, die er nach Ausbruch des Zweiten Weltkrieges zusammen mit dem Wirtschaftswissenschaftler Piero Sraffa in einem englischen Internierungslager verbracht hatte. Diese Begegnung war unsere letzte. Obwohl es sehr heiß war, trug er einen zerschlissenen schwarzen Kamelhaaranzug, die Taschen ausgebeult von all den Papieren, die er mit sich führte. Sein

Gepäck bestand aus ein paar Plastikbeuteln, die mit einer Sicherheitsnadel am Jackett befestigt waren. Er reiste wie ein Beduine, der den Kamm, die Zahnbürste und die Notizen für die Vorlesungen der kommenden Tage immer bei sich hat. Bei jedem Treffen kam er mir etwas häßlicher, verwahrloster und noch faszinierender vor. Hatte er schon immer so gelebt? Ich habe den Eindruck, daß er zunehmend von intellektueller Rastlosigkeit getrieben war und es nie länger als ein paar Wochen am selben Ort aushielt. Was für andere unbequem bis unerträglich gewesen wäre – anonyme Schlafzimmer, mal zu weiche, mal zu harte Betten, ständig wechselnde Küche, ein ungeregelter Alltag –, das war für ihn zum unverzichtbaren Lebenselixier geworden.

Als ich ihn das letzte Mal sah, dachte ich, vielleicht gefällt es ihm, die Früchte seiner Berühmtheit zu ernten: die Bewunderung der Studenten, die Achtung der Kollegen und die Ehrendoktorwürden, die in seinen letzten Lebensjahren auf ihn herabregneten. Seit ich das lange Vorwort gelesen habe, mit dem Riccardo Di Donato die Vorlesungen über »Frieden und Freiheit in der Alten Welt« einleitet, die Momigliano – unmittelbar zuvor nach England emigriert – zwischen Januar und März 1940 in Cambridge hielt, glaube ich, daß der »Beduine« Momigliano tatsächlich die jüngste Version des »Ewigen Juden« war. Vielleicht findet man die Erklärung für die Plastikbeutel, in denen der Nomade die wenigen Dinge verstaute, die er beim Wechsel von einer Universität an die andere brauchte, in seiner Jugend, vor allem in den harten Schicksalsschlägen, die ihn zwischen 1937 und 1939 trafen.

Bei einigen Nationen – zum Beispiel bei den Amerikanern – gibt es nicht nur den Vor- und Nachnamen. Dazwischen steht noch der *middle name* zur näheren Kennzeichnung des Namensträgers, vergleichbar dem Russischen und

Arabischen, wo ein Teil des Namens auf den Vater verweist. Häufig benutzen ihn die Eltern, um an den Mädchennamen der Mutter, einen anderen Zweig der Familie oder an eine Persönlichkeit zu erinnern, der sie sich in besonderer Weise verbunden fühlen. Deutlicher als der *first name* ist der *middle name* ein Loyalitätsbeweis, ein »Bekenntnis«. Auf dem Rathaus von Caraglio in der Provinz Cuneo, wo im September 1908 Momigliano das Licht der Welt erblickte, wurde er als »Arnaldo Dante Momigliano« ins Geburtsregister eingetragen. Die Eltern wollten ihrem Kind neben seinem Rufnamen auch den des größten italienischen Dichters geben. Auch sie waren piemontesische Juden, die sich in der italienischen Einheitsbewegung des Risorgimento sehr engagiert hatten und in manchen Phasen ihres Lebens zweifellos Anhänger des Nationalismus gewesen waren. 1913, im ersten Jahr des allgemeinen Männerwahlrechts, wurde Vater Riccardo für die Fraktion der demokratischen Giolitti-Gegner in den Stadtrat gewählt. Nach Ausbruch des Krieges kämpfte er ehrenhaft im Felde. Er wurde 1918 Bürgermeister seiner Heimatstadt und ging mit seiner Partei in der faschistischen Ortsgruppe von Caraglio auf, die er von 1924 bis 1931 leitete. Die Mutter war Rotkreuzschwester und erhielt im Ersten Weltkrieg eine Auszeichnung.

Judentum, das war für den jungen Arnaldo kaum mehr als eine bestimmte Kultur, als Erinnerung, Familiensinn und eine gewisse Verbundenheit mit überlieferten religiösen Bräuchen. Den allerwenigsten Juden, erst recht in Piemont, wäre es damals in den Sinn gekommen, daß Judentum und Nationalismus zwei potentiell unvereinbare Werte sein könnten. Hatte Italien während der Dreyfus-Affäre in der Person des Generals Giuseppe Ottolenghi nicht sogar einen jüdischen Kriegsminister gehabt? Hatten in den italienischen Truppen während des Ersten Weltkriegs nicht mehr jüdische Generäle gedient als in jeder anderen Armee? War es nicht ein Mailänder Jude gewesen, der Mussolini für die Gründung der faschistischen Kampfbünde am 23. März 1919 den Versammlungssaal an der Mailänder Piazza Santo Sepolcro angeboten hatte?

Di Donato, der auch Momiglianos Nachlaßverwalter ist, merkt in der erwähnten Einleitung ganz richtig an, daß »in der familiären Umgebung, in der der Jugendliche heranwuchs, die strenge Wahrung der jüdisch-religiösen Familientradition sich mit einer uneingeschränkten Akzeptanz der staatlichen Wirklichkeit Italiens verband, ohne daß der Übergang vom liberalen Staat zum faschistischen Regime einen Bruch bedeutet hätte«. Man kann es noch deutlicher sagen: Wie die Mehrheit der piemontesischen Juden war die Familie Momigliano der festen Überzeugung, daß zwischen dem italienischen Einheitsstaat, der italienischen Nation und dem italienischen Faschismus ein notwendiger Zusammenhang bestehe. Die Momiglianos wurden nach dem Ersten Weltkrieg faschistisch, weil sie glaubten, der Faschismus verkörpere die Werte der Nation und er könne mehr als alle anderen politischen Kräfte den Opfern einen Sinn geben, die Italien im Verlauf des Krieges zu beklagen hatte.

Der junge Arnaldo schrieb sich 1928 in die faschistische Studentengruppe ein, trat nach 1932 der Partei bei und stiftete dem Vaterland unter dem Druck der »ungerechten Sanktionen« (die der Völkerbund im Oktober 1935 wegen des italienischen Überfalls auf Äthiopien verhängt hatte) 15 Gramm Gold. Vermutlich betrachtete er den Faschismus dabei eher nüchtern und distanziert, denn er hegte zugleich ausgeprägte Sympathien für die oppositionellen und antifaschistischen Intellektuellen, die er an der Universität von Turin und später, zu Beginn der dreißiger Jahre, in der

Redaktion der *Enciclopedia italiana* traf. Seine wahre »Partei« war die »landesweite Partei der italienischen Wissenschaft«, in der er sich mit einem Enthusiasmus und einer Kompetenz engagierte, die seine Lehrer und Kollegen gleichermaßen in Staunen versetzte. Der Faschismus muß ihm schwülstig, großrednerisch, rhetorisch, aber auch sehr italienisch vorgekommen sein. Die »Partei« der Wissenschaft honorierte seine Verdienste bereitwillig und beförderte ihn an ihre Spitze. Mit 24 Jahren wurde Momigliano außerordentlicher, mit 28 ordentlicher Professor. Kurz nach seinem 28. Geburtstag bat ihn die Universität Turin, das akademische Jahr mit einem Vortrag über *Koiné Eirene, Pax Romana, Pax Christiana* zu eröffnen.

Momiglianos »unfaschistischen Nationalismus« bezeugt *e contrario* auch die Korrespondenz mit der israelitischen Gemeinde von Rom, die Riccardo Di Donato in Momiglianos Nachlaß entdeckt hat. Einer der ersten Briefe ist auf Januar 1937 datiert und an den Anwalt Attilio Milano gerichtet, den späteren Verfasser einer *Storia degli ebrei italiani* (Geschichte der italienischen Juden) sowie einer *Storia degli ebrei italiani nel Levante* (Geschichte der italienischen Juden in der Levante), die beide nach dem Krieg erschienen. Anlaß des Briefes war Milanos Plan, mit einer Schriftenreihe Dante Lattes zu ehren, den Herausgeber verschiedener jüdischer Zeitschriften und Verfasser eines Buches über den Zionismus (*Sionismo*, erschienen 1928 in Rom), der 1935 in London für die Rücknahme der Sanktionen warb. »Fraglos«, schrieb Momigliano, »handelt es sich bei Prof. Dante Lattes aufgrund der außerordentlichen Lauterkeit, mit der er stets für seine Ideen eingetreten ist, um eine höchst respektable Person; doch als Zionist kann er einem italienischen Juden, der die Zugehörigkeit zum Vaterland und zur italienischen Kultur als sein größtes geistiges Gut empfindet, keine ›Leitfigur‹ sein.« Um den Sinn dieser Worte ganz zu erfassen, muß man sich daran erinnern, welche Probleme die jüdische Welt in jenen Monaten in Aufruhr versetzten.

DAS BUCH VON PAOLO ORANO

Das Thema des Briefes an Attilio Milano kehrt in einem Schreiben wieder, das Momigliano im Mai 1937 an den Vorsitzenden der israelitischen Gemeinde Roms richtete. Zu dieser Zeit hatten einige regimetreue Kreise die zionistischen Sympathien eines Teils der italienischen Juden ins Visier genommen und es war gerade ein Buch unter dem Titel *Gli ebrei in Italia* (Die Juden in Italien) erschienen. Sein Verfasser war Paolo Orano, ein usprünglich sozialistischer Faschist – 1919 Parlamentsabgeordneter und 1924 bis 1925 Leiter der römischen Ausgabe des *Popolo d'Italia* –, der in naher Zukunft zum Senator des Königreiches ernannt werden sollte. Auch Orano bestritt, daß ein italienischer Jude sich zum Zionismus bekennen oder diese Bewegung unterstützen könne. In seinem Buch ging er jedoch so weit, die Juden in den Reihen der Faschisten direkt anzugreifen, etwa Ettore Ovazza, »Parteimitglied seit Juni 1920«. Orano wollte auch bei Ovazza – »den ich für den freimütigsten italienischen Israeliten halte, für jemanden, der aufrichtig überzeugt ist vom Ernst der Judenfrage auch für Italien« – die typischen Merkmale des Judentums erkennen: »Eitelkeit, Stolz, ein Gefühl von Überlegenheit und geschichtlichem Vorrang, den Glauben, Vorreiter zu sein und dem erwählten Volk anzugehören«. Während Ovazza das Italienische an den Juden Italiens gerühmt und treue Diener des Vaterlandes unter ihnen ausgemacht hatte, fragte Orano nun polemisch zurück: »Warum will man diese Merkmale und bürgerlichen Verdienste herausstellen und sie zur Verteidigung des jüdischen Glaubens heranziehen? Wen interessiert es schon, daß Ettore Ovazza jüdischen Glaubens ist […]? Warum sollte man das Besondere, Abgesonderte, ›Jüdische‹ an Italienern hervorheben, die im Ersten Weltkrieg gekämpft haben, die sich durch Kühnheit, Opfermut, Tapferkeit ausgezeichnet haben, die für ihr Vaterland gestorben sind? Man fragt sich, ob diese Italiener – aufgrund der sehr speziellen, intimen und gefühlsmäßigen Tatsache, daß sie der Religion des israelitischen Gottes anhängen – ein besonderes Lob dafür erwarten, daß sie ihre Pflicht und Schuldigkeit getan haben, nämlich für das zu kämpfen, was sie ihr Vaterland nennen […].«

Oranos geschickter Sophismus sperrte die Juden in eine Art Zwickmühle. Bekundeten sie Sympathie für Juden, die nach Palästina auswandern wollten, waren sie Zionisten. Verteidigten sie sich gegen Vorwürfe sowohl der Antizionisten als auch der Antisemiten unter Berufung auf den Katalog ihrer Verdienste, machten sie eine unzulässige jüdische Sonderstellung geltend. Wollten sie »jüdische Italiener«, nicht »italienische Juden« sein, forderte man sie auf, das Adjektiv »jüdisch« aus ihrer Identität zu tilgen. Was also sollten sie tun? Auf diese Frage gab Orano die apodiktische Antwort: »Schluß mit den jüdischen Sportvereinen, Schluß mit der Absonderung und Schluß mit den Ausnahmeregelungen für Kinder, Jugendliche, junge Erwachsene des einen wie des anderen Geschlechts. Für die Gemeinden ist der Tag des *redde rationem* [der Vernunftregelungen] gekommen. Wir alle spüren den Muff, den Krampf, das Ach-so-Besondere. Es gibt keinen Grund, von einem Italiener wissen oder ihm ansehen zu müssen, ob er gläubig ist, ob er zur Kirche geht, ob er Katholik ist oder Jude. Die Synagoge muß dem anderen Gebet, dem abweichenden Chor genug sein.«

Oranos Buch provozierte heftige Reaktionen, sowohl von Seiten der Faschisten als auch der jüdischen Gemeinden, aber die entscheidende war am 28. Mai 1937 auf den Seiten des *Popolo d'Italia* zu lesen. Dort schrieb Oreste Gregorio: »Wir zweifeln nicht am guten Willen der italienischen Juden, und doch müssen sie bzw. ihre Führer sich jeder Handlung enthalten, die keine rein religiöse ist. In unserer Gemeinschaft steht die rassistische Propaganda in klarem Widerspruch zum Faschismus; es ist absurd, den jungen Menschen beizubringen, die Juden seien eine Gruppe für sich, die überragende geistige Fähigkeiten besitze und mit den anderen Italienern nichts gemein habe. Das ist eine gefährliche Propaganda, die ihren eigenen Urhebern Anlaß zu ernster Sorge geben müßte, sobald sie all die Schlüsse daraus ziehen, zu denen der Faschismus eines Tages gelangen könnte.«

Für den Artikel boten sich zwei Lesarten an. Man konnte ihn als Ankündigung einer antisemitischen Wende lesen; er konnte aber auch bedeuten, daß sich das Regime ein weiteres Mal mit Loyalitätsbezeugungen zufriedengeben würde. Viele bevorzugten die zweite Interpretation. Aus Turin telegraphierte Ettore Ovazza an den *Popolo d'Italia*: »Applaus für den wichtigen heutigen Artikel. Stimme voll und ganz zu. Faschistische Grüße.« Aus Mailand schrieb der Rechtsanwalt Giacomo Cohen, daß er sich seit April 1934 aus der israelitischen Gemeinde zurückgezogen habe, und zwar aus Protest gegen »die Unterstützung oder zumindest die Duldung des Zionismus oder zionistischer Gruppen«. In anderen Briefen wurde beklagt, daß die Juden Adressaten mehr oder weniger deutlich ausgesprochener Vorurteile seien. »Jedes Mal, wenn im Ausland ein Jude etwas gegen den Faschismus schreibt, wenn er sich irgend etwas zuschulden kommen läßt oder wenn ein italienischer Jude straffällig wird«, schrieb Giuseppe Segre aus Mailand, »macht die italienische Presse, manchmal sogar in Riesenlettern, darauf aufmerksam, daß ›der Jude XY in diesem oder jenem Punkt gegen das Gesetz verstoßen habe etc.‹.«

Der *Popolo d'Italia* veröffentlichte sowohl beipflichtende als auch, unter Eingriffen der Zensur, kritische Stellungnahmen. Wenige Monate nach der Veröffentlichung von Oranos Buch kam eine Antwort unter dem Titel *Noi ebrei. In risposta a Paolo Orano* (Wir Juden. Eine Antwort auf Paolo Orano) in die Buchhandlungen. Als Verfasser zeichnete ein gewisser Abramo Levi, ein Pseudonym, hinter dem sich Alfredo Di Donno verbarg. Der Verlag war derselbe wie im Falle Oranos (das Verlagshaus Pinciana in Rom), den Umschlag hatte derselbe Grafiker entworfen. Unbeirrt wollten viele Juden in dieser Gleichbehandlung ein Zeichen der Hoffnung erkennen.

Dies war die Atmosphäre, in der Momigliano im Mai 1937 an den Vorsitzenden der Israelitischen Gemeinde von Rom schrieb. Auch er war überzeugt, daß die beiden Eigenschaften – Italiener und Zionist zu sein – sich nicht miteinander vereinbaren ließen. Er mißbilligte die Unterstützung, die die Israelitische Gemeinde der zionistischen Bewegung gewährt hatte, und kritisierte ausdrücklich einige Vertreter der italienischen Juden, darunter den Rechtsanwalt Felice Ravenna und vor allem David Prato, der seit dem 15. Februar 1937 Oberrabbiner von Rom war. Folgender Abschnitt aus dem Brief Momiglianos verdient es, ungekürzt wiedergegeben zu werden:

»[...] der Unterzeichnende hat den Eindruck, daß der Verbleib in einer italienischen Israelitischen Gemeinde (ich spreche von Rom, weil ich dort Gemeindemitglied bin) sich immer weniger mit der tiefen und umfassenden Anteilnahme am nationalen Leben Italiens als dem einzig wirklichen und einzig möglichen Leben eines Bürgers aus jüdischer Familie vereinbaren läßt. Es würde dem Unterzeichner deshalb nicht schwerfallen, aus der Israelitischen Gemeinde auszutreten. Nicht nur widerstrebt ihm, wie zu schreiben er bereits Gelegenheit hatte, das Judentum als Nationalität; auch in religiöser Hinsicht empfindet er sich nicht als Jude. Geblieben ist er in der Gemeinde aus bewußtem Respekt für die Tradition seiner Väter, welche in der Tiefe ihres Herzens sowohl dem italienischen Vaterland als auch der iraelitischen Religion stets gleichermaßen die Treue gehalten haben und immer noch halten. Wenn die Oberhäupter einiger Israelitischer Gemeinden diese beiden Gefühle plötzlich nicht mehr miteinander vereinbaren könnten oder wollten, käme dem Unterzeichner der einzige Grund abhanden, der für die Zugehörigkeit zu einer Gemeinde spricht.«

Dies war Arnaldo Momiglianos Judentum im Jahr 1937. Wie das kulturelle Programm dieses »nationalen Judentums« aussehen sollte, geht aus einem offenen Brief hervor, den er damals an Ettore Ovazzas jüdische und faschistische Zeitschrift *La Nostra Bandiera* schickte. Darin bekannte er, welch »peinlichen Eindruck« einige seines Erachtens »belanglose« und mittelmäßige Artikel in den vorangegangenen Ausgaben auf ihn gemacht hatten, und fügte hinzu:

»Um von diesen mittelmäßigen Produktionen wegzukommen, braucht *La Nostra Bandiera* nur auf sich selbst zu schauen, auf das, was sie sein möchte. Sie möchte Ausdruck von uns allen sein, die wir also, wie bekanntlich beinahe alle Juden Italiens, nicht zionistisch sind. Von diesen Juden sind einige gläubig im orthodoxen Sinn des Wortes; andere (und vielleicht ist das sogar die Mehrheit) sind religiös in einem umfassenderen Sinn, den man nicht einheitlich definieren kann; und dann gibt es wieder andere (zu ihnen zählt genaugenommen der Unterzeichner), für die das Judentum überhaupt keine aktuelle religiöse Bedeutung hat. Alle aber, auch die letztgenannten, haben das dringende Bedürfnis, sich in der religiösen Überlieferung des Judentums auszukennen und über sie nachzudenken. Sie haben außerdem das Empfinden, daß es keinerlei Bruch zwischen ihrem restlosen Aufgehen im italienischen und europäischen Leben von heute und der Familientradition gibt, aus der sie kommen. Jeder, der sich seine eigene Geschichte bewußt macht und dabei weiter in die Vergangenheit zurückgeht, wird feststellen, daß die italienischen Juden schon immer versuchten, sich die Kultur ihrer Umgebung anzueignen und sich aus der geistigen Enge des Ghettos zu befreien. Diese Befreiungsbewegung konnte im letzten Jahrhundert schließlich zusammen mit der Befreiungsbewegung der italienischen Nation voranschreiten und sich mit ihr vereinen, wodurch eine Identität geschaffen und besiegelt wurde, von der uns unbegreiflich ist, wie jemand auf die Idee kommen kann, sie wieder zerlegen zu wollen. Wir Heutige sind um so tiefer in der italienischen Kultur verwurzelt, als unsere Vorväter die Eroberung des italienischen Bewußtseins als Befreiung, als unschätzbare geistige Bereicherung empfunden haben.«

Wir haben also erfahren, daß Arnaldo Momiglianos Heimat im Jahr 1937 das Italien des Risorgimento war. Wenn Walther Rathenau gern sagte, die Juden des wilhelminischen Deutschlands seien nur einer von vielen »deutschen Stämmen«, dann hätte Momigliano auf einer breiteren geschichtlichen Grundlage die Ansicht vertreten können, daß die italienischen Juden nur einer unter vielen italienischen Stämmen seien. Wäre er in jener Phase zufällig auf seinen Uronkel Marco zu sprechen gekommen, der in den Jahren, in denen die Juden dank der albertinischen Gesetze ihre

Ghettos verlassen konnten, in Piemont ein junger Rabbiner war, hätte er sehr kritisch über seinen Verwandten geurteilt. Für Marco Momigliano bedrohten die Emanzipationsgesetze die religiöse Identität der piemontesischen Gemeinde; für Arnaldo waren sie ein Freiheitspatent und legitimierten zur Teilnahme an einem der erhebendsten nationalen Abenteuer des 19. Jahrhunderts. Doch das ist noch nicht alles. In dem nach Einheit strebenden Vaterland sah der junge Momigliano auch die wissenschaftliche Gemeinschaft, die römische und griechische Antike, ja, das historische Band zwischen dem italienischen Volk und seiner eigenen Fachrichtung. Damit will ich nicht sagen, daß er die rhetorische und instrumentelle Formel der Faschisten akzeptiert hätte, wonach die Italiener »Söhne Roms« waren (sein in Cambridge gegebener Kurs deutet Kritik an dieser These an). Gleichwohl war Momigliano bestimmt davon überzeugt, daß Italien und die italienische Wissenschaft eine, und sei es aus geographischen Gründen, privilegierte Beziehung zur Antike unterhielt. 1937, in seinem ersten akademischen Jahr an der Universität Turin, konnte er seiner italienischen Heimat folglich aus zwei Gründen dankbar sein: Sie hatte ihn aus dem Ghetto befreit, und sie hatte ihn an die Spitze der akademischen Gemeinschaft gesetzt.

Auf diese Gefühle fuhren die vom Ministerrat Anfang September 1938 beschlossenen antisemitischen Verordnungen und das Gesetz XVII. Nr. 1728 »zum Schutz der italienischen Rasse« vom 17. November desselben Jahres wie ein Hammerschlag nieder. Der emanzipierte Jude, die Koryphäe der Altertumsforschung, der junge Intellektuelle, der bereits die ersten Etappen einer brillanten akademischen Karriere durchlaufen hatte, verlor im selben Augenblick seine bürgerliche und seine akademische Heimat. Im Anhang zu dem Vorlesungsband *Pace e libertà nel mondo antico*

(Frieden und Freiheit in der Alten Welt) hat Riccardo Di Donato auch Briefe veröffentlicht, die Momigliano von 1931 bis 1946 an den Historiker, Pädagogen und Leiter der Zeitschrift *Civiltà moderna*, Ernesto Codignola, schrieb. Die Briefe von Ende 1938 geben einen Einblick in die Probleme, die Momigliano damals bewältigen mußte, und in die melancholische Stimmung, die ihn erfaßt hatte. Glücklicherweise geriet er in Hugh Macilwain Last, Professor für römische Geschichte in Oxford, an den richtigen Mann. Last hatte Momiglianos wenige Jahre zuvor verfaßten Aufsatz über Kaiser Claudius ins Englische übersetzen lassen. Nun konnte er ihm eine Art Stipendium vermitteln und ihm bei seiner Übersiedlung nach England helfen.

Momigliano begann eine neue akademische Karriere, und die erste wichtige Etappe waren die erwähnten Cambridger Vorlesungen über »Frieden und Freiheit in der Alten Welt«. Di Donato zeigt, daß der Kurs an den Vortrag von 1936 anknüpft, und er stößt dank einiger dazugehöriger Arbeitsnotizen auch auf Spuren des Traumas, das Momigliano in den Monaten zuvor durchlitten hatte. Das Problem des Friedens verbindet sich in seinen Forschungen mit dem Problem der Freiheit. Wie Momigliano ausführte, fanden viele Bürger des Römischen Reiches, die mit dem politischen und militärischen Charakter der *pax romana* unzufrieden waren, im Christentum ihren inneren, spirituellen Frieden.

»Die Frage, wie sich Seelenfrieden erlangen läßt«, schrieb Momigliano, »ist in Rom nach dem Ende der Republik die geschichtliche Form des Problems der Freiheit, wie es sich in hellenistischer Zeit bereits auch in Griechenland gestellt hatte. Das hat weitreichende Konsequenzen. Es bedeutet, daß das Christentum als der ernsthafteste Versuch, Seelenfrieden zu finden, zugleich die bedeutendste Antwort auf das Freiheitsproblem in der Spätantike ist.«

Diese und andere Überlegungen sind fraglos das Resultat der bürgerlichen und kulturellen Verletzung, die Momigliano Ende 1938 widerfahren war. In England versuchte er, sich einen Ersatz für die verlorene bürgerliche und akademische Heimat zu schaffen. Seine sieben Hörer in Cambridge bat er: »Ich brauche Ihre Hilfe, um Ihre Ansichten und Ihre Interessen näher zu kennenzulernen. Besonders gern würde ich erfahren, was Gibbon Ihnen noch bedeutet. Und welche anderen englischen oder kontinentaleuropäischen Historiker Sie bei diesem Thema für wichtig erachten.«

Momiglianos Versuch, neue Wurzeln zu schlagen, ist offenbar nicht ganz geglückt. »Persönlich habe ich in Oxford«, schrieb er am 13. Juni 1945 an Codignola, »sowohl in der Wissenschaft als auch in den Freundschaften eine zauberhafte, eine bezaubernde Atmosphäre vorgefunden [...] ich habe versucht, möglichst viel vom intellektuellen Leben dieses Landes und von der reichen germanischen Philologie, die derzeit dort zu Hause ist, zu assimilieren, ohne mich zu assimilieren«. Hier beginnt das Nomadentum von Arnaldo Momigliano. Er war zu sehr Italiener, um Engländer oder Zionist zu werden, aber vermutlich war andererseits seine Enttäuschung zu groß, um einfach in den Schoß der italienischen Nation zurückzukehren, als ob nichts geschehen wäre. So wurde er, vor allem in den Jahren seines größten Ruhms, zum »Ewigen Juden«, den man an die bedeutendsten Universitäten der Welt rief.

Was Ende 1938 vorgefallen war, bewirkte eine Veränderung in Momiglianos »nationaler Geographie«. Seine wissenschaftliche und akademische Heimat war nicht mehr das Land seiner Herkunft, wenngleich einige seiner »Metropolen« – Rom, Neapel und vor allem Pisa, wo er in seinen späten Jahren an der Scuola Normale gefeiert wurde – nach wie vor in Italien lagen. Das italienische Judentum dehnte sich in seiner Gefühlswelt aus, bis es annähernd denselben Raum einnahm, den vor 1938 das Italien des Risorgimento besetzt hatte. Momigliano, seiner bürgerlichen Heimat beraubt, fand Zuflucht in der Hinwendung und in der Erinnerung an den besonderen »Stamm«, aus dem er geboren war. Seine Hommage an die jüdisch-italienische Heimat findet sich in einem wunderbaren Vortrag, den er 1984 auf einer Konferenz zum Gedenken an den großen Mathematiker Vito Volterra an der Brandeis University (der größten jüdischen Universität in Amerika) hielt. Mit derselben philologischen Strenge, mit der er in den Vorlesungen zur griechischen und römischen Geschichte seine Hörer in Cambridge verblüfft hatte, erzählte er in beeindruckenden Bildern die Geschichte der italienischen Juden von den allerersten Gemeinden bis zu den Männern und Frauen seiner eigenen Generation. Dabei erwies er Dichtern, Komponisten, Wissenschaftlern, Historikern, Philologen, Sprachwissenschaftlern, Generälen, Botschaftern und Staatsmännern seine Reverenz. Zwar hatte er seine Haltung aus dem Jahr 1937 nicht so weit verändert, daß er Zionist geworden wäre, aber in mancherlei Hinsicht tat er nun genau das, was er den jüdischen Gemeinden und der Zeitschrift *La Nostra Bandiera* einst zum Vorwurf gemacht hatte: Er unterstrich und begrüßte die Bedeutung der jüdischen Identität im Zusammenhang der italienischen Geschichte. Und er verbrachte die letzten Jahre seines Lebens als unermüdlicher Wanderer zwischen den beiden Welten, die seine bürgerliche und kulturelle Nation geworden waren – zwischen dem italienischen Judentum und den Altertumswissenschaften.

DIE RÜCKKEHR ZUR VERGANGENHEIT

In Momiglianos Lebensdrama spiegeln sich zwei Krisen: die besondere des italienischen und die allgemeinere des europäischen Judentums. Nach den Rassengesetzen wendete sich das Verhältnis der italienischen Juden zu Italien. Nahezu hundert Jahre lang – von den ersten Einheitsbewegungen bis 1938 – hatte der große Ehrgeiz der meisten italienischen Juden darin bestanden, das Ghetto, die koscheren Speisen, die religiösen Praktiken, die gruppenspezifischen und mentalen Besonderheiten ihrer kulturellen und religiösen Tradition hinter sich zu lassen. Zu Recht betrachteten sie sich als Italiener und bewiesen in jenen Jahren ganz außerordentlichen patriotischen Eifer. Anders ist die ungewöhnlich hohe Zahl von Juden in den Reihen von Generälen, Ministern, Ministerpräsidenten, Parlamentariern, Staatsbeamten, Kriegsfreiwilligen, Sozialisten, Kommunisten, Liberalen und schließlich auch unter den Faschisten der ersten Stunde gar nicht zu erklären.

Nach den Rassengesetzen, der Niederlage von 1945 und dem unaufhaltsamen Niedergang des vom Risorgimento geprägten Italien verlor die im Wert deutlich fallende italienische Staatsbürgerschaft für die Juden ihre Attraktivität, so daß sie es vorzogen, sich durch Rückkehr zu den eigenen Traditionen von der nationalen Gemeinschaft abzuheben. Immer häufiger treffe ich auf gebildete, säkulare, feinsinnige und weltoffene Juden, die einen Teil ihrer Zeit auf komplizierte Fragen religiöser Kasuistik verwenden oder ihre

Kinder von ausgesprochen orthodoxen Rabbinern erziehen lassen. Nicht daß sie Italien deshalb weniger stark verbunden oder zionistischer orientiert wären. Momigliano bereiste die ganze Welt, doch nichts verschaffte ihm an seinem Lebensabend größere Befriedigung als seine Lehre an der Scuola Normale Superiore in Pisa.

Primo Levi bezeichnete sich als piemontesischen Juden italienischer Kultur. Das sind keine »italienischen Juden« oder »jüdischen Italiener« mehr, das sind piemontesische, venetische, mailändische, emilianische, florentinische Juden. Muß uns das überraschen? Der Tatsache, daß sich die italienischen Juden von einer Nation distanzieren, die ihr gemeinsames Ethos weitgehend verloren hat, entspricht ein ähnliches Verhalten bei ihren nichtjüdischen Landsleuten. Während die Juden keine Lust mehr haben, Italiener zu sein, möchten die Italiener paradoxerweise am liebsten alles sein, nur nicht ganz oder ausschließlich Italiener bzw. Romanen. Lieber sind die Anhänger der Lega Nord Kelten, die Mailänder Langobarden, die Vicentiner Kimbern, die Friauler Ladiner, die Triestiner Habsburger, die Toskaner Etrusker und immer so weiter.

Momiglianos Lebensdrama spiegelt auch das Drama eines Großteils der Juden Westeuropas. Sie waren keine Zionisten und fühlten sich nicht im geringsten von einem Land angezogen, dessen politische Philosophie sie genausowenig teilen konnten wie seine erwartbare religiöse Engstirnigkeit. Ihnen war bewußt, daß sie in Israel, wenn sie es denn zu ihrer Heimat machen wollten, mit aschkenasischen Juden aus den Schtetl und Ghettos im Osten oder mit Sepharden aus den arabischen Ländern würden zusammenleben müssen, mit Menschen aus einer anderen Welt, mit archaischen Menschen, denen sie sich nicht im geringsten verbunden, in deren Gegenwart sie sich sogar höchst unwohl fühlten. Und das bedeutet nicht, daß sie für ihre eigenen Wurzeln unempfindlich oder gleichgültig gewesen wären.

Das Judentum ist mehr als eine Religion. Es ist auch eine »Herkunft«, eine Art Adel. Wir alle sind stolz auf unsere Abkunft. Je weiter man seine Familie zurückverfolgen kann, desto mehr Kontinuität und Selbstbewußtsein kann man zu Recht für sich geltend machen. Die Rekonstruktion des eigenen Stammbaums kann nicht hoch genug geschätzt werden und sie ist mehr als ein ahnenkundlicher Zeitvertreib nostalgischer oder snobistischer Müßiggänger. Die Zeit der Geschichte wird zu einem Raum, den man besetzen kann. Dabei tut es letztlich wenig zur Sache, ob die Vorfahren wie bei einigen Einwohnern der Insel Pitcairn Meuterer auf der Bounty waren oder, wie im Fall vieler Australier, Sträflinge aus englischen Gefängnissen. Wer sich seiner Vergangenheit vergewissern kann, besitzt eine stärkere Identität, eine Art »Adelspatent«. Die Juden sind der älteste und damit auch der edelste der europäischen Stämme im Mittelmeerraum, neben den Armeniern und den Kopten vielleicht das einzige Volk, das sich einer Kontinuität rühmen darf, die nach Jahrtausenden zählt. Dies erklärt auch, weshalb eine spezielle literarische Gattung, die Autobiographie, bei den Juden so stark verbreitet ist: Sie dient dem Brückenschlag zwischen den Generationen.

Doch das Herzstück einer jeden Identität ist die Religion. Deshalb muß man den religiösen Traditionen treu bleiben, selbst wenn sie ihrer substantiellen Bedeutung entbehren. »Warum können die Juden kein Schweinefleisch oder keine Krustentiere essen?« fragt Alain Elkann in einem 1994 erschienenen Interviewband den Rabbiner Toaff. »Um sich abzugrenzen«, antwortet mit erfrischender Offenheit der Rabbiner. »Nicht weil in hygienischer Hinsicht davon abzuraten wäre, wie manche sagen. Das ist nicht der Grund.

Sondern es gibt die Vorschrift: Eßt diese Dinge nicht, denn ihr sollt euch von den anderen unterscheiden.«

Wer ein Interesse an religiöser Abgrenzung hat, fördert nicht gerade die Proselytenmacherei. Ich habe den Eindruck, daß die Bekehrung eines Ungläubigen im traditionellen Judentum als Form eines »sozialen Aufstiegs« angesehen wird und der Konvertit als Eindringling oder als Emporkömmling, der sich in den Kreis der Auserwählten einzuschleichen versucht. Wenn, wie vor einiger Zeit geschehen, die Jerusalemer Rabbiner mitteilen, daß Konversionen nur nach den Regeln zulässig seien, die sie selbst aufgestellt haben, erinnert das stark an die »Schließung des Hohen Rates«, mit der der venezianische Adel den Zugang zu seinem »Club« beschränkte.

Wahrscheinlich wären nur wenige mit den Speisevorschriften von Rabbiner Toaff einverstanden. Und nur sehr wenige würden den Satz unterschreiben, daß »der Jude sich in seinem Privatleben völlig abgrenzen muß, damit er die grundlegenden Regeln des Judentums voll und ganz befolgen kann«. Aber auch den säkularen Juden ist bekannt, daß der Adel des Judentums eng mit der religiösen Identität des jüdischen Volkes verknüpft ist – daher die Notwendigkeit, schwer vereinbare Werte miteinander zu kombinieren: religiöse Tradition und intellektuelle Freiheit, Abgrenzung und Integration. Am besten veranschaulicht diese schwierige »Kohabitation« vielleicht der Status des Marranen, also desjenigen, der wie ein Hochseilakrobat zwischen den beiden Welten wandelt, aus denen sich seine Identität zusammensetzt. Seit Spinozas Zeiten ist der intelligenteste, originellste und verführerischste Jude in gewisser Hinsicht stets auch »Marrane«.

DIE MARRANEN UND
DAS ENDE DER MARRANISCHEN INTELLIGENZ

Marranos wurden die spanischen und portugiesischen Juden genannt, die nach den Edikten Isabellas und Ferdinands den Katholischen zum Christentum übergetreten waren, aber unter dem Verdacht standen, dem alten Glauben noch die Treue zu halten. Die Gegenreformation löste eine Welle der Judenfeindlichkeit aus und führte unter anderem dazu, daß die Aufrichtigkeit der Konvertiten erneut in Frage gestellt wurde. Karl V. vertrieb die Juden aus Neapel und wies um 1550 viele Marranen aus Lissabon aus. Wenige Jahre später fegte dessen Nachfolger Philipp II. den Staub von den alten spanischen Statuten über die *limpieza de sangre*, die »Reinheit des Blutes«, und nutzte sie, um den Juden der spanischen Krone das Leben schwerzumachen.

In jenen Jahren veränderte sich die Haltung des Papsttums. In dem von Corrado Vivanti für die *Annali della storia d'Italia Einaudi* herausgegebenen Band *Gli ebrei in Italia* (Die Juden in Italien) berichtet der Historiker Adriano Prosperi, daß im Jahr 1513, als Giovanni de' Medici unter dem Namen Leo X. Oberhaupt der katholischen Kirche wurde, der päpstliche Triumphzug an einer mit Goldbrokat und Seidentüchern geschmückten Tribüne vorbeizog, auf der die Vertreter der ältesten jüdischen Gemeinde der Welt mit ihren Thorarollen Platz genommen hatten. Der Zug hielt an, und ein Jude wandte sich an den Papst, um ihn um die Bestätigung der Normen und Statuten zu bitten, die ihr Dasein in der Hauptstadt der Christenheit regelten.

Der zeitgenössische Chronist, dessen Erzählung Prosperi wiedergibt, war zu weit entfernt, um genau verstehen zu können, was gesprochen wurde. Doch er beobachtete, daß Leo X. aus den Händen der Juden ein Buch nahm, aufmerksam darin las und es zu Boden warf mit den Worten, die der Chronist wie folgt zu verstehen glaubte: *confirmamus sed non consentimus*, »wir bestätigen, aber stimmen nicht zu« – kein Wohlwollen, aber immerhin Toleranz.

Auch die Nachfolger Leos X. fuhren fort, zu »bestätigen ohne zuzustimmen«. In seiner *History of the Jews* erinnert Paul Johnson daran, daß Paul III. die Ansiedlung der 1541 aus Neapel verstoßenen Juden förderte und die in den folgenden Jahren aus Spanien fliehenden *marranos* aufnahm. Doch »im Mai 1555 wurde Kardinal Carafa, Großinquisitor und Geißel der Juden, unter dem Namen Paul IV. Papst und nahm sofort einen Kurswechsel vor. [...] Zwei Monate nach seiner Wahl wandte der neue Papst mit der Bulle *Cum nimis absurdum* die venezianische Lösung auch auf Rom an, wo die Juden der Stadt ans linke Flußufer gebracht und hinter eine Mauer gesperrt wurden«.

Auf jene Jahre geht also eine neue Absonderung zurück. Sie beginnt vor allem auf der Iberischen Halbinsel und greift auf Gegenden und Städte über – besonders auf Amsterdam –, die sich nach und nach von der Herrschaft Madrids freigemacht hatten. Aber die Protagonisten des neuen Exodus haben etwas Besonderes an sich: Formell sind viele von ihnen Christen. Das Exil befreit sie zwar von der Pflicht, etwas vorzutäuschen, treibt sie aber in eine Welt der Riten und frommen Übungen zurück, die ihnen fremd geworden, nicht mehr vertraut ist.

In seinem Buch über *I destini e le avventure dell'intellettuale ebreo* (Schicksale und Abenteuer des jüdischen Intellektuellen) erzählt Riccardo Calimani, der Verfasser einer schönen *Storia del ghetto di Venezia* (dt. ersch. unter dem Titel *Die Kaufleute von Venedig*): »Einige waren unter der ihnen aufgezwungenen Maske zu Freidenkern, Materialisten oder Theisten geworden, sie hatten die Universitäten von Coimbra oder Salamanca besucht, naturwissenschaftliche und theologische Studien betrieben und waren wenig geneigt, sich nun, da sie der Inquisition entronnen waren, den strengen mosaischen Gesetzen zu beugen und nicht weniger als 613 Vorschriften zu befolgen.«

Darüber hinaus hatten sich die meisten Marranen in eine Art religiösen Synkretismus geflüchtet, der christliche und jüdische Anteile hatte. Viele, schreibt Johnson, »tendierten dazu, einem jeden beliebigen Credo anzuhängen, auch dem Anabaptismus – ein allgemeiner Terminus zur Bezeichnung religiöser Unbotmäßigkeit –, was der Obrigkeit am meisten verhaßt war«.

Andere, schreibt Calimani, hatten sich »ihre althergebrachte Frömmigkeit bewahrt, wenn auch mit Hilfe der Tricks heimlich praktizierender Juden: Königin Esther, die im Zuge des Purim-Festes gefeiert wird, hatte man in eine heilige Esther umgewandelt; sie war nun die Schutzpatronin aller Marranen, weil sie zuerst ihre Identität verheimlicht und sich dann zur Rettung ihres Volkes als Jüdin offenbart hatte. Das ungesäuerte Osterbrot war zum heiligen Brot geworden; die Opfer der Inquisition verglich man mit den ersten christlichen Märtyrern. *Jom Kippur* war nun ›Tag der Reinigung‹ und nicht mehr nur der jüdische Tag des Sühnefastens und folglich der Vergebung, sondern, einer christlichen Vision zufolge, auch der Tag der Erlösung und der Gnade. Einige hatten sich so sehr in ihre schwierige Lage hineingesteigert, daß sie sie eher in christlichen als in jüdischen Begriffen deuteten: als metaphysischen ›Sündenfall‹, verursacht durch die Sünde ihrer Eltern.«

Etwas Ähnliches muß einer Gruppe von Kalabresen widerfahren sein, die vor einigen Jahren plötzlich in einer belgischen Synagoge auftauchten. Rabbiner Toaff berichtet in dem 1987 erschienenen Band *Essere ebrei in Italia: nella testimonianza di ventuno protagonisti* (Jüdischsein in Italien: Einundzwanzig Protagonisten erzählen) dem Journalisten Stefano Jesurum von ihrer Geschichte:

»Vor ungefähr fünfzehn Jahren ruft mich der Rabbiner von Lüttich an. Er sagt mir, seit einiger Zeit kämen jeden Samstag rund achtzig Italiener zu ihm in die Synagoge, die von sich behaupteten, sie seien Juden, aber herzlich wenig danach aussähen. Er fragt mich, ob ich irgend etwas darüber wüßte. Ich antworte ihm, es komme mir seltsam vor, daß es sich um Glaubensbrüder handeln solle, denn in Süditalien, in Kalabrien, lebten schon seit geraumer Zeit keine Juden mehr. Ich würde mich aber erkundigen. Einige Wochen später ruft mich *rav* Dreyfuss an, der Oberrabbiner Belgiens. Er fordert mich auf, ihnen doch bitte bei der Lösung dieser allmählich immer heikler werdenden Angelegenheit behilflich zu sein. Die achtzig Italiener kämen noch immer in die Synagoge, nennten sich Brüder, aber hätten von nichts eine Ahnung. Sie könnten sich kaum verständlich machen und sprächen auch kaum Italienisch. Ich beschließe hinzufahren, um zu sehen, ob ich etwas tun kann. Ich komme an, spreche mit ihnen ... Wollen Sie das Unglaubliche hören? Sie waren Nachkommen der süditalienischen Marranen, die man im 16. Jahrhundert zwangsbekehrt hatte. Trotzdem war der Schwur ewiger Treue jeweils vom Vater auf den Sohn übergegangen. Sie schworen, nur untereinander zu heiraten, und die Väter beschnitten die Kinder und entzündeten die Sabbatkerzen. Ich mochte es nicht glauben, ja ich glaubte es auch nicht. Dann fragte ich sie, wie sie mit den Toten umgingen. Sie antworteten mir, sie würden in ihrem Dorf in einer Ecke des Friedhofs begraben, wo kein einziger Grabstein ein Kreuz trage.

Ich ließ sie nach Rom kommen, und unser *Mohel*, der Beschneider, hatte einiges zu tun, bis die Sache wieder in Ordnung war, so wie sie sich zugerichtet hatten ... Mir wurde klar, weshalb sie in Belgien aus der Deckung gekommen waren: Sie hatten sich geschworen, keiner Menschenseele zu verraten, daß sie Juden waren – bis sie in ein freies Land kämen.«

Aber war Italien für bekennende Juden oder für Marranen tatsächlich weniger frei als andere europäische Länder? War es einfacher, als Marrane in einem katholischen Land zu leben oder als Jude in einem protestantischen Land? Der Inquisition und dem gegenreformatorischen Eifer der spanischen Bürokratie entronnen, sahen sich die Juden, die Richtung Norden auswanderten, oftmals mit einer Situation konfrontiert, die sie intellektuell nicht weniger unter Druck setzte als die, aus der sie sich gerade befreit hatten. Als Opfer eines gemeinsamen Gegners – Spaniens unter Philipp II. – und als Hüter einer alten biblischen Tradition wurden sie von den Niederländern der Vereinigten Provinzen gastlich empfangen. Doch besorgt wegen der religiösen Anarchie, die sich in der Stadt ausbreitete, nahmen die Amsterdamer Calvinisten sie nur unter der Bedingung auf, daß sie sich peinlich genau an das Gesetz Mose hielten. Sie waren bereit, die Juden aufzunehmen, wenn sie sich von jenem »Schwefelgeruch« reinigten, der vielen Marranen anhing, und wenn sie gegenüber der Stadt für die Einhaltung der jüdischen Orthodoxie bürgten. Damit wollten sie sagen, der Calvinismus könne zwar eine »Abordnung« des Alten Testaments in seiner Mitte akzeptieren, aber Häretiker, Eklektiker, Ungläubige, Freidenker oder seltsame, unruhige und spekulative Geister könne er nicht dulden. Den orthodoxen Juden sagten die Entscheidungen des Stadtrates von Amsterdam natürlich zu, denn nun war ihnen offiziell erlaubt, die mosaischen Gesetze und die unzähligen, penibel genauen rituellen Vorschriften zu befolgen. Aber bei allen, die in der Uneindeutigkeit ihres früheren Status große Freiräume entdeckt hatten, löste die erzwungene Rückkehr zur Glaubensstrenge starkes Unbehagen aus. Nachdem sie eine gewisse geistige Ungebundenheit schätzen gelernt hatten, erhielten die »bekehrten« Juden nun zwar einige bürgerliche Garantien, mußten sich dafür aber in religiösen Fragen wieder der strengen Autorität ihrer Priesterkaste unterwerfen.

Als erster bekam diese Situation ein großer Philosoph zu spüren, Baruch Spinoza. Der *Tractatus Theologico-Politicus*, in dem er die buchstäbliche Ausdeutung der Heiligen Schrift kritisierte und den Grundsatz der Gewissensfreiheit verteidigte, trug dem Verfasser einen *Cherem* (Bann) ein, in dem unter anderem zu lesen ist: »Es werden alle gewarnt, daß keiner mit ihm Unterhaltung pflege in Wort und Schrift; daß niemand ihm einen Dienst erweise, niemand mit ihm unter demselben Dache weile, niemand sich ihm auf weniger als vier Ellen nähere und niemand ein von ihm diktiertes oder von seiner Hand geschriebenes Schriftstück lese.«

Spinoza – der Herkunft seiner Familie nach Marrane, für die Christen Jude und für die Juden Abtrünniger – befand sich in einer Art Limbus oder »Niemandsland«, in einer Situation, die Heinrich Heine bissig auf den Punkt brachte: »Er wurde feierlich ausgestoßen aus der Gemeinschaft Israels und unwürdig erklärt, hinfüro den Namen Jude zu tragen. Seine christlichen Feinde waren großmütig genug, ihm diesen Namen zu lassen.«

Diese Zitate sind aus dem ersten Kapitel von Calimanis Buch übernommen. Weitere sechshundert Seiten sind dem

»Großen jüdischen Wien«, der »Seligen Insel Prag«, der »Grenzstadt Triest« sowie dem Thema »Juden und Deutsche in Berlin« gewidmet. Und sobald sie einen Verlag gefunden haben, werden sich weitere 1500 Seiten mit der jüdischen Intelligenz im Umfeld der französischen, russischen und ungarischen Kultur befassen. Das Buch ist also ein »Monument« zur Erinnerung an die vielen jüdischen Intellektuellen, die moralisch und kulturell »Marranen« waren. Sie stammten aus jüdischem oder gemischtreligiösem Elternhaus und hatten das Bewußtsein einer »blutsmäßigen« Verbindung zu dem großen Stamm, aus dem sie geboren waren. Aber es gelang ihnen nie, vollkommen jüdisch zu sein. Viele (etwa der amerikanische Kunsthistoriker Bernard Berenson) fühlten sich auch aus ästhetischen Gründen vom Christentum angezogen. Andere sahen in der Taufe ein Mittel, dem geistigen Ghetto der jüdischen Traditionen zu entkommen. Wieder andere setzten ihre Hoffnungen auf die Emanzipation, die der liberale Staat oder die sozialistische Revolution ihnen machten. Und einige wenige schließlich, wie der Philosoph Otto Weininger oder der Dichter Umberto Saba, haßten ihr Judentum verzweifelt. Die einzige Gemeinsamkeit in ihrem intellektuellen Leben war vielleicht eine gewisse Tendenz zur Regelverletzung, zur Provokation und zur Unberechenbarkeit. Was dies betrifft, so ist Calimanis Buch wahrlich eine Fundgrube an Fakten, Anekdoten und biographischen Skizzen.

Der große deutsche Dichter Heinrich Heine ließ sich 1825 im Alter von achtundzwanzig Jahren taufen. Seine Konversion war »eher von Opportunismus als von religiöser Inspiration diktiert«, aber »seine Solidarität mit den Juden war niemals spontan: Er fühlte sich den Unterdrückten und folglich auch den Juden nahe, wahrte jedoch stets eine gewisse Distanz, zumal wenn es sich um Ostjuden handelte.«

Karl Marx »stammte sowohl väterlicher- als auch mütterlicherseits aus einer gelehrten Rabbinerfamilie«. In seiner erbarmungslosen Schilderung des kapitalistischen Gläubigers bediente er sich jedoch der Shakespeareschen Figur des Shylock, und er weigerte sich stets, das Problem der Judenemanzipation zu trennen von dem allgemeineren Problem der menschlichen Emanzipation. Dies war das zentrale Anliegen seines 1844 erschienenen Aufsatzes *Zur Judenfrage.*

Der große Polemiker Karl Kraus, eine schillernde Figur des Wiener Geisteslebens um die Jahrhundertwende, weigerte sich, in den Chor der österreichischen »Dreyfusarden« einzustimmen. Er war der Meinung, sie diffamierten Frankreich, »um die Fehler Österreichs besser zu verbergen«, und schadeten zudem »der guten Sache der Emanzipation«.

Der Arzt und Schriftsteller Arthur Schnitzler wurde im ausgehenden 19. Jahrhundert Zeuge der ersten antisemitischen Unruhen in Wien und beschrieb das damalige Klima in seinem 1908 erschienenen Roman *Der Weg ins Freie*. Den Zionismus allerdings lehnte er ab und engagierte sich weiterhin für die Integration der Juden in die österreichische Gesellschaft. In einem Brief an den liberalen österreichischen Historiker Richard Charmatz »äußerte er erhebliche Vorbehalte gegen Juden, die sich ›aus Mangel an Feingefühl, aus Bequemlichkeit, aus Saturiertheit, aus Snobismus, oder aus Kriecherei‹ in einer sie ablehnenden Gesellschaft zufrieden und aufgehoben fühlten«, aber »wie Sigmund Freud sah er den Nonkonformismus und ein von den typischen Dogmen der jüdischen Welt unbeeindrucktes Urteilsvermögen als ausgesprochen wichtig an«.

Karl Popper war der Ansicht, der österreichische Antisemitismus sei eine Frucht der Fremdenfeindlichkeit: »Während des Ersten Weltkriegs strömten aus jenen Gebieten der alten österreichischen Monarchie, die von Rußland besetzt worden waren, jüdische Flüchtlinge nach Wien. Diese ›Ostjuden‹, wie man sie nannte, kamen direkt aus richtigen Ghettos, und sie stießen auf die Ablehnung der eingesessenen und assimilierten Wiener Juden, aber auch vieler orthodoxer Juden und sogar vieler Zionisten, die sich ihrer ›armen Verwandten‹ schämten.«

Walther Rathenau, Außenminister der Weimarer Republik und selbst Opfer des Judenhasses, bekräftigte 1916 seine nationale Haltung: »Ich habe und kenne kein anderes Blut als deutsches, keinen anderen Stamm, kein anderes Volk als deutsches. Vertreibt man mich von meinem deutschen Boden, so bleibe ich deutsch, und es ändert sich nichts.«

Ich könnte weitere Beispiele für das freimütige Urteil und die Unvoreingenommenheit anbringen, mit denen die jüdischen Intellektuellen die jüdischen Gemeinden, den Zionismus, die religiöse Orthodoxie, aber auch die besonderen Umstände bewerteten, unter denen sich im ausgehenden 19. Jahrhundert in einigen europäischen Gesellschaften antisemitische Regungen ankündigten.

Bis zum Vorabend des Zweiten Weltkriegs blieben die jüdischen Intellektuellen geistig »Marranen«, das heißt Männer und Frauen auf der Grenze zwischen unterschiedlichen Welten, denen sie gleichermaßen verbunden waren und aufgeschlossen gegenüberstanden. Außerordentlich »marranisch« war in bestimmter Hinsicht selbst Theodor Herzl. Auch Calimani erinnert daran, daß er »nach Art eines ritterlichen Ehrenkodex für alle österreichischen Juden eine Massenkonversion im Rahmen einer freien und feierlichen Taufe prognostiziert hatte«.

Unter Berufung auf den großen Reformator Moses Mendelssohn hätte man in der Tat die Aufrichtigkeit der Konversion bezweifeln können. »Wenn auch einer von uns zur christlichen Religion übergehet«, schrieb Mendelssohn,

»so begreife ich nicht, wie er dadurch sein Gewissen zu befreien und sich von dem Joche des Gesetzes zu entledigen glauben kann? Jesus von Nazareth hat sich nie verlauten lassen, daß er gekommen sei, das Haus Jakob von dem Gesetze zu entbinden. Ja, er hat vielmehr mit ausdrücklichen Worten das Gegenteil gesagt; und was noch mehr ist, hat selbst das Gegenteil getan. Jesus von Nazareth hat selbst nicht nur das Gesetz Moses, sondern auch die Satzungen der Rabbinen beobachtet. [...] Aus seinem ganzen Betragen sowie aus dem Betragen seiner Jünger in der ersten Zeit leuchtet vielmehr der rabbinische Grundsatz augenscheinlich hervor: Wer nicht im Gesetze geboren ist, darf sich an das Gesetz nicht binden; wer aber im Gesetze geboren ist, muß nach dem Gesetze leben und nach dem Gesetze sterben.« *Olim Judaeus, semper Judaeus*, scheint Mendelssohn zu sagen. War auch er intellektuell ein Marrane? Gewiß, das Hauptcharakteristikum des jüdischen Intellektuellen bestand lange Zeit darin, daß er sich weigerte, fraglos irgendeine Art von Loyalität zu bezeugen, und es bestand in dem Wunsch, dem »totalitären« Druck zu entkommen, der von zwei Seiten auf den Grenzgänger ausgeübt wurde. Sowohl hier als auch dort zu sein, das war die geistige Verfassung, in der er sich am wohlsten fühlte. Wie viele dieser Intellektuellen hätte unter anderen geschichtlichen Umständen nicht derselbe *Cherem* getroffen, der auf Spinozas Haupt niederfuhr, als der junge Philosoph sich herausnahm, die Gewissensfreiheit und die selbständige Auslegung der Bibel zu verteidigen?

Die Erinnerung an Spinoza wird besonders nützlich und aufschlußreich, wenn man die Situation der Juden in der Moderne verstehen will. Wie wir gesehen haben, riefen der Antisemitismus, die Dreyfus-Affäre und die russischen Pogrome um die Jahrhundertwende die zionistische Bewegung ins Leben. Die antijüdischen Vorurteile der frühen Nachkriegszeit und die Verbreitung einer von der zaristischen Geheimpolizei angefertigten Fälschung *(Die Protokolle der Weisen von Zion)* verstärkten bekanntlich den jüdischen Patriotismus und trugen in Europa und Amerika zur Bildung zionistischer Gruppen bei. Die Rassengesetze des Dritten Reiches und schließlich die »Endlösung« zwangen die jüdischen Intellektuellen, das Grenzgebiet, in dem sie zuvor gelebt und gearbeitet hatten, zu verlassen.

Damals wiederholte sich – freilich in einer ganz neuen Größenordnung und unter ungleich dramatischeren Umständen –, was dreihundert Jahre zuvor, zu Baruch Spinozas Zeiten, in Amsterdam geschehen war. Der Antisemitismus löste einen stolzen, radikalen, oft kurzsichtigen und intoleranten »Semitismus« aus. Angetrieben von einem Gefühl der Solidarität, stießen viele Intellektuelle auf längst vergessene Wurzeln. Kafka entdeckte die literarischen Verdienste des jiddischen Theaters. Selbst Joseph Roth, unter den Intellektuellen seiner Zeit am stärksten habsburgisch geprägt, schrieb ein elegisches Porträt des Ostjudentums in der Hoffnung, es möge sich seine Traditionen unversehrt bewahren. Hannah Arendt, die in jungen Jahren sehr distanziert auf das Judentum geschaut hatte, engagierte sich in jüdischen Organisationen, die den Flüchtlingen aus Deutschland beistanden und den Aufbau von Kampfeinheiten in Palästina finanzierten. Viele junge Menschen entdeckten die Religion der Vorväter mit ihren lange Zeit vernachlässigten rituellen Praktiken wieder. Sie gingen so weit, sich den strengen jüdischen Vorschriften zu beugen oder Verständnis für deren orthodoxeste Verfechter aufzubringen.

Um zu verstehen, was in der jüdischen Welt geschah – und immer noch geschieht –, muß man sich in die Lage eines christlichen, aber laizistischen Intellektuellen versetzen, der sich von den Forderungen der Kirche, von der er getauft wurde, überhaupt nicht beeindrucken läßt. Nun stelle man sich vor, sein Land würde von Muslimen besetzt und die Besatzer verfolgten dem Christen gegenüber eine intolerante, brutale Politik. Der Stolz, die Solidarität für die Unterdrückten und der moralische Druck, den seine Landsleute auf ihn ausüben, würden ihn bald zwingen, die traditionelle Unabhängigkeit seines Urteils aufzugeben. Seine Gruppenzugehörigkeit würde ihm Loyalität und Solidarität abnötigen. Und in manchen Situationen sähe er sich überdies gefordert, fromme Praktiken auszugraben, die er nicht ohne Stolz abgelegt hatte: Novenen, Rosenkränze, Messen und Vespern, Kreuzwege, Wallfahrten, Prozessionen, Fasten. Genau dies ist nun aber einem Teil des europäischen und amerikanischen Judentums widerfahren. Nachdem er unangepaßt, vorurteilslos und genial »marranisch« gewesen war, wurde der jüdische Intellektuelle am Zipfel seines unsichtbaren Kaftans gepackt und im harmlosesten Fall gezwungen, Verständnis für einen versteinerten Katechismus aufzubringen (»248 Gebote und 365 Verbote«, wie Rabbiner Toaff in Erinnerung ruft), für das Regelwerk eines der ältesten, introvertiertesten und – gemessen am europäischen Zeitgeist von heute – im Grunde rückständigsten religiösen Bekenntnisse, die im Abendland praktiziert werden.

Mit anderen Worten: Der Völkermord hat den kulturellen Zusammenhalt des Judentums gefestigt und dessen »Nomenklatura« Gelegenheit zur Stärkung des eigenen Lehramts gegeben. Viele laizistische Juden fühlen sich wieder in der Pflicht, dem Glauben der Vorväter Reverenz zu erweisen, in die Synagoge zu gehen, sich an die alten Bräuche zu halten, am Unterricht der Thoraschulen teilzunehmen und die eigenen Kinder getreu dem hebräischen Vorschriftenkatalog zu erziehen. Viele christliche Laien meinen für die Schuld Hitlers büßen zu müssen und fühlen sich verpflichtet, Frömmigkeitspraktiken mit Wohlwollen zu betrachten, die sie in anderen Religionen für unerträglich reaktionär halten würden. Letztlich also stehen sowohl die Juden als auch die Christen heute etwas weniger laizistisch da. Neben den vielen Greueln und Verlusten, die dem Völkermord zuzuschreiben sind, ist auch dieser Wandel nicht ganz unerheblich. Mit den sechs Millionen Menschenleben ging in den Konzentrationslagern auch die Unvoreingenommenheit und die freie Beweglichkeit des jüdischen Intellektuellen verloren.

VÖLKERMORD UND LOYALITÄT: EIN GESCHEITERTES SCHISMA?

Trotz aller Loyalität zum Staat Israel will die Mehrzahl der Juden nicht dort leben. Das läßt auf eine starke Spannung zwischen Gruppenzugehörigkeit und individueller Lebensentscheidung schließen. Die westliche Kultur, die Liebe zu ihrer Heimat, private oder familiäre Interessen halten viele Juden von der Auswanderung ab. Andererseits verlangt der Blutzoll, den Hitlers antisemitischer Wahn unter ihren Brüdern forderte, einen klaren Beweis für die Solidarität mit Israel oder mindestens mit der Religion der Väter. Theodor Herzl hatte zwischen »Palästiniern« und »Assimilierten« ein »Schisma« vorhergesehen, eine endgültige Teilung des Judentums in zwei große Stränge. Soweit ist es aber zum Bedauern vieler, die sich gegen die »Rückkehr« entschieden haben, nicht gekommen. Viele Juden in der Diaspora, vor allem in den Vereinigten Staaten, haben ihre »Schuld« mit Geld beglichen und den neuen Staat vor allem in seiner schwierigen Aufbauphase mit beträchtlichen finanziellen Mitteln unterstützt. Aber das allein genügt nicht. Ein so großes Unternehmen, das in feindlicher Umgebung verwirklicht werden soll, braucht vor allem Sympathie, Zustimmung und internationalen Rückhalt. Die jüdischen Gemeinden in aller Welt machen im Rahmen der informellen Diplomatie des jungen Staates natürlich ihren jeweiligen Einfluß geltend, um ihm beizustehen.

So entsteht unvermeidlich zum wiederholten Male der Eindruck von einer »jüdischen Internationale«, wie sie bereits vor dem Zweiten Weltkrieg in Europa als Gespenst beschworen wurde. Vor einiger Zeit habe ich im Rahmen einer Konferenz über »Hundert Jahre zionistische Diplomatie« einen brillanten Vortrag von Avraham Burg gehört, dem Vorsitzenden der World Zionist Organization and Jewish Agency for Israel. Burg ist jung, intelligent, ironisch, und er liebt die humorvollen Sticheleien des besten jüdischen Witzes Wiener oder New Yorker Provenienz. Um zu demonstrieren, welches Gewicht den jüdischen Gemeinden in aller Welt beigelegt wird, erzählte er von seiner Begegnung mit Gajdar Alijew (dem Präsidenten Aserbaidschans) im August 1997 in Baku, bevor dieser nach Washington reiste. Alijew, ein alter Fuchs der Sowjetpolitik und KGB-Chef in den Jahren der Stagnation unter Breschnew, verwickelte Burg in ein zweistündiges Gespräch über den Krieg, den die Armenier und die Aseris von 1992 bis 1994 um Berg-Karabach geführt hatten. Im Laufe dieser Auseinandersetzungen wurden aus Armenien, Berg-Karabach und umliegenden Gebieten nach vorsichtigen Schätzungen 750 000 Aseris von Armeniern vertrieben oder begaben sich auf die Flucht. 350 000 Armenier wurden ihrerseits vertrieben oder flüchteten. Nun ging die weltweite armenische Diaspora zum Gegenangriff über und brachte die Regierung der Vereinigten Staaten soweit, daß sie Aserbaidschan bestrafte und dem Land unter anderem Wirtschaftshilfe und die Meistbegünstigungsklausel entzog. Alijews Frage ging dahin, ob ihm die Jewish Agency nicht vielleicht behilflich sein könne, die Aufhebung der Sanktionen zu erwirken.

Alijew ist nur einer von vielen Politikern, die dem Glauben anhängen, das weltweit verstreute Judentum habe direkten Einfluß auf die Regierungen der großen Mächte, und die deshalb um seine Freundschaft werben. Wie wir sehen, benimmt sich Alijew im Grunde nicht anders als die

Engländer zur Zeit der Balfour-Deklaration. Ein weiteres Beispiel gab KPdSU-Chef Michail Gorbatschow in einer schwierigen Phase der Perestroika: Der große Physiker Jewgeni Welichow, Vizepräsident der sowjetischen Akademie der Wissenschaften sowie deren »Außenminister« für die Beziehungen zum Westen, erhielt den Auftrag, an der Akademie ein Studienzentrum für jüdische Kultur einzurichten. Dieses Zentrum sollte die großen Kulturgüter des russischen Judentums wie Bibliotheken, Handschriften und liturgische Geräte erschließen und die Bildung eines neuen Rabbinats fördern. Der damalige italienische Außenminister Giulio Andreotti erklärte sich bereit, als Vermittler zwischen Sowjets und Israelis tätig zu werden. Wenige Wochen später wurde in Moskau Rabbiner Adin Steinsaltz aus Jerusalem vorstellig, weltweit vielleicht die größte jüdische Autorität in Sachen Bibel und Talmud: ein kleiner, dünner, kurzsichtiger Mann ohne Krawatte, der sich in den Moskauer Büros und Botschaftsräumen mit derselben natürlichen Ungezwungenheit bewegte wie in einem Kibbuz. Es begannen Konferenzen und Seminare unter Beteiligung russischer und ausländischer Gelehrter. Zur gleichen Zeit wurden die Beziehungen zwischen Israel und der Sowjetunion, die 1967, nach dem Sechstagekrieg und der Eroberung Jerusalems, abgebrochen waren, allmählich wiederbelebt. Alle waren zufrieden: die sowjetische Führung, weil sie das Wohlwollen oder zumindest die Neutralität der »jüdischen Internationale« errungen zu haben glaubte, die russischen Juden, weil sie wieder frei atmen, die Israelis, weil sie sich endlich um ihre fernen Glaubensbrüder kümmern und deren »Rückkehr« vorbereiten konnten, die hebräische »Patristik«, weil sie einen großen kulturellen Schatz erforschen konnte, und Andreotti, weil er einmal etwas gegen seinen Ruf als alter Palästinenserfreund tun konnte. Man muß aber auch sehen, was der auf

Vermittlung eines italienischen Katholiken heimlich abgeschlossene »Friedensvertrag« zwischen der UdSSR und dem »Weltjudentum« tatsächlich gebracht hat. Die Reisen von Rabbiner Steinsaltz konnten nicht verhindern, daß die UdSSR ein paar Jahre später zusammenbrach; und Alijews wirkungsvollste Waffe war am Ende nicht die Unterstützung durch das internationale Judentum (wenn sie ihm denn je gewährt wurde), sondern das Öl im Kaspischen Meer.

Außerdem muß man bedenken, daß die Legende von der »jüdischen Internationale« und ihrer außerordentlichen Macht den Juden sowohl Vorteile als auch Nachteile bringt. Die Geschichte von der Begegnung zwischen dem alten Alijew und dem jungen Burg in Baku bedarf nämlich einer kleinen Ergänzung. »Bedenken Sie«, sagte Präsident Alijew im Ton einer Mafia-Drohung, »daß in Armenien keine, bei uns in Aserbaidschan aber dreißigtausend Juden leben.« Die Diplomatie der Diaspora ist also ein zweischneidiges Schwert oder besser gesagt ein Bumerang. Burg ist offenbar bereit, dieses Risiko einzugehen. Im weiteren Verlauf seines Vortrages deutete er an, wie wichtig die Beziehungen zwischen den New Yorker Juden und Alphonse D'Amato sind, dem republikanischen Senator und »Großinquisitor« in der Streitsache der jüdischen Gemeinden gegen die Schweizer Regierung, in der es um den Zugang zu den Bankkonten von Holocaustopfern geht. Wollte er damit indirekt sagen, daß Alijews obskure Drohungen allemal durch die erfolgreiche Politik aufgewogen werden, die D'Amato für seine jüdische Wählerschaft macht?

Loyalität und Solidarität der Diaspora verhalten sich direkt proportional zu der Brutalität, mit der der Staat Israel, oft gegen die Opposition eines wichtigen Teils der eigenen öffentlichen Meinung, seine politischen und militärischen Schlachten schlägt. Je »normaler« Israel und je länger die

Liste seiner realpolitischen »Sünden« wird, desto entschiedener muß man diesen Staat verteidigen. Und nichts rechtfertigt den Aggressor so sehr wie die Erinnerung an erfahrene Gewalt. Besteht vielleicht eine Beziehung zwischen manchen skrupellosen Formen der israelischen Politik seit dem Libanonkrieg und der Wachsamkeit gegen den Antisemitismus, zu der wir immer häufiger aufgerufen werden?

Fraglos sind die Erinnerung an den Holocaust und der Antisemitismusvorwurf heute viel präsenter als noch vor zwanzig Jahren. Der Völkermord ist nicht mehr ein historisches Ereignis, das es in seinen besonderen Entstehungsbedingungen zu untersuchen gilt. Die Welt hat sich an den Juden versündigt, sie hat eine untilgbare Schuld auf sich geladen, für deren Vergebung jeder Christ täglich beten müßte.

Der Holocaust ist zum mythischen Zentrum der Geschichte des 20. Jahrhunderts geworden. Ganze Länder und Institutionen werden danach beurteilt, welche Rolle sie im Zusammenhang dieses Ereignisses gespielt haben, und meistens landen sie früher oder später auf der Anklagebank: Frankreich, weil die Regierung von Vichy enthusiastisch der Rassenpolitik des Dritten Reiches zuarbeitete. Italien wegen der Rassengesetze von 1938 und der Judenrazzien nach dem 8. September 1943. Die Schweiz, weil sie mit dem Gold der Juden Gewinne machte und das auf ihren Konten angelegte Geld für sich behielt. Großbritannien, weil es die jüdischen Flüchtlinge aus Mittel- und Osteuropa nur sehr begrenzt nach Palästina einwandern ließ. Die Polen, weil sie den Verfolgungen mit klammheimlichem Einverständnis zusahen. Die Balten, Ukrainer und Weißrussen, weil sie oft die Ausführenden des Völkermordes in ihren Republiken stellten. Die Alliierten, weil sie nichts unternahmen, um die nationalsozialistische Vernichtungsmaschinerie im Rahmen des Möglichen aus der Luft lahmzulegen. Die Kirche, weil sie den deutschen Antisemitismus nicht mit der nötigen Strenge verurteilte. Wer nicht direkt verantwortlich ist, kann es indirekt sein: Spanien, weil es im Jahre 1492 die Juden vertrieb und fünfzig Jahre danach die Marranen auswies. Frankreich, weil es zur Zeit der Dreyfus-Affäre den »kulturellen Bodensatz« schuf, aus dem sich die antisemitischen Parteien der nachfolgenden Generationen nährten. Österreich, weil Karl Lueger, Wiens letzter Bürgermeister vor dem Ersten Weltkrieg, einer der prominentesten Vertreter des christlich-sozialen Antisemitismus war.

DIE MEHRDEUTIGKEIT DES ANTISEMITISMUS

Letzten Endes kommt es zu einem doppelten intellektuellen Kurzschluß: Einerseits werden »Antisemitismus« und »Völkermord« zu Synonymen, andererseits deckt das Wort »Antisemitismus« ein breites Spektrum von Verhaltensweisen ab, die nicht notwendig auf Verfolgung zielen. Doch zunächst müssen wir daran erinnern, daß »Antisemitismus« ein relativ junger Begriff ist. In Deutschland taucht er in den siebziger Jahren des 19. Jahrhunderts auf. Erstmals verwendet wird er vermutlich in den Schriften Wilhelm Marrs, der 1879 *Der Sieg des Judenthums über das Germanenthum* veröffentlichte und eine sehr ephemere »Antisemiten-Liga« gründete. Umgehend wird das Wort mit pseudowissenschaftlichen Inhalten gefüllt. Den Antisemiten zufolge sind die Juden von einer biologischen Minderwertigkeit, die sie zwangsläufig immer weiter vererben. Am Anfang der Bewegung stehen außerdem jene Rassentheorien, die mit den Schriften des Grafen Joseph-Arthur de Gobineau (ein Diplomat und Literat, der die orientalischen Sitten erforschte und 1853 bis 1855 den erfolgreichen *Traité sur l'inégalité des races humaines*, dt. *Versuch über die Ungleichheit der Menschenrassen* verfaßte) im damaligen Europa zu zirkulieren beginnen. Antisemitische Ansätze finden sich aber auch im Denken des französischen Schriftstellers und Wissenschaftlers Ernest Renan, einer der interessantesten und widersprüchlichsten liberalen Persönlichkeiten der zweiten Hälfte des 19. Jahrhunderts.

Der Hinweis auf Renan hilft beim Verständnis der geschichtlichen und politischen Ursprünge des Phänomens. Die Entstehung des Antisemitismus ist eng mit jener Form von sozialem Nationalismus verknüpft, die sich in Europa – in Frankreich vor allem nach dem Deutsch-Französischen Krieg von 1870/71 – abzuzeichnen beginnt. Um die Massen in den modernen Staat zu integrieren, um ihrer wachsenden politischen Bedeutung gerecht zu werden und die mit der industriellen Revolution aufkommenden Klassenkonflikte zu entschärfen, konzipieren viele Intellektuelle den Begriff einer organischen Gemeinschaft, die von Tradition, Sprache, Religion und gemeinsamer Abstammung zusammengehalten wird: ein Volk, in dem es keine Individuen gibt, sondern nur Teile eines großen sozialen Körpers; ein *corpus mysticus* aus Blut und Boden; ein Staat zumeist, in dem die Bürger nicht nur dem Gesetz gehorchen, sondern auch und vor allem einem kollektiven Ethos. In diesem Konzept von Nation nehmen sich die Juden mit ihren wirtschaftlichen Aktivitäten und ihrer religiösen Abgeschiedenheit unweigerlich fremd aus.

Diese große Strömung innerhalb der politischen Kultur Europas, die der Jerusalemer Politikwissenschaftler Zeev Sternhell in den letzten Jahren eingehend untersucht hat, ist nicht immer im biologischen Sinne rassistisch. Sie wird es nur dann, wenn sie die Darwinsche Evolutionstheorie oder die pseudowissenschaftlichen Winkelzüge eines Arthur Gobineau, Richard Wagner, Houston Stewart Chamberlain (Wagners Schwiegersohn), Adolf Hitler, Alfred Rosenberg oder Giovanni Preziosi in sich aufnimmt, wonach es eine unveränderliche, immer schon physisch und moralisch unterlegene semitische Rasse geben soll. Aber auch im kulturellen Sinn hat der Nationalismus fast immer rassistische Tendenzen. Von Boulanger bis Barrès, von Maurras bis Pétain, von Mussolini bis Hitler ist er potentiell oder explizit antisemitisch. Für die Nationalisten ist der Jude stets ein nicht assimilierbarer Fremdkörper, der aus der Sicht des biologischen Rassisten getötet, aus der Sicht des kulturellen Rassisten ausgeschlossen oder isoliert werden muß. Das Virus des Antisemitismus verbreitet sich im allgemeinen dann am schnellsten, wenn es gelingt, den »Fremdkörper« mit einer bestimmten Bedrohung, einem besonderen Unglück oder einer augenblicklichen Angst in Verbindung zu bringen: mit Verrat (Dreyfus), Niederlage und ungerechter Bestrafung (Versailles), Revolution (dem Bolschewismus) oder Wirtschaftskrise (dem Börsenkrach von 1929 oder der Insolvenz der Österreichischen Credit-Anstalt im Mai 1931).

Insofern ist der Antisemitismus ein geschichtliches Phänomen, das mit den jeweiligen politischen Umständen verknüpft ist und nicht mit einem anderen Ressentiment, dem Antijudaismus, verwechselt werden darf, der überwiegend religiöse Ursprünge hat. Zwar sind beide Phänomene eng verwandt. Zwar gleichen die praktischen Auswirkungen des Antijudaismus – Verbrennungen, Zwangsvertreibungen, Pogrome – zuweilen der antisemitischen Gewalt. Aber Voraussetzung der religiös motivierten Feindschaft ist nun einmal der Glaubensunterschied. Im Prinzip hört diese Feindschaft auf, wenn der Jude »seinen Irrtum erkennt« und sich zum »rechten Glauben« bekehrt. Der junge, seinen Eltern entrissene und unter der Kuratel der römisch-katholischen Kirche aufgezogene Edgardo Mortara, die in Auschwitz gestorbene Ordensschwester Edith Stein, der Pariser Erzbischof Kardinal Lustiger und Israel Zoller, jener Rabbiner von Rom, der am 13. Februar 1945 in der Kirche Santa Maria degli Angeli die Sakramente empfing, sie alle sind seit ihrer Taufe echte »Juwelen« der römisch-katholischen Kirche. Für den Antisemiten ist der Jude Unkraut, das man vernichten muß; für den Antijudaisten ist er ein Mensch, den es zu bekehren gilt. Konstantin Pobedonoszew, in den achtziger Jahren des 19. Jahrhunderts Prokurator der Synode der orthodoxen Kirche, sagte einmal, der einzige Weg, die »Judenfrage« in Rußland zu lösen, bestehe darin, ein Drittel umzubringen, ein Drittel zu vertreiben und ein Drittel zu Konvertiten zu machen. Was hier an Zynismus und Erbarmungslosigkeit kaum zu überbieten ist, wäre Hitler und Rosenberg noch viel zu »human« erschienen.

Wenn Antisemitismus schon nichts mit Antijudaismus zu tun hat, dann noch weniger mit dem Phänomen »banaler« Feindseligkeit oder mit gewöhnlichem Mißtrauen, wie es oft in den Beziehungen zwischen den Völkern vorkommt. Die von Generation zu Generation überlieferten Gemeinplätze über die romanischen Völker wird man möglicherweise nie aus dem Erbgut der »Angelsachsen« (wiederum ein verallgemeinernder, ungenauer und letztlich feindseliger Begriff) tilgen können. Auch kann man nicht verhindern, daß die Deutschen in Frankreich *boches*, in Italien *crucchi* und in den Vereinigten Staaten *krauteaters* genannt werden. Oder daß die Spanier in den Vereinigten Staaten *dagoes* (von Diego) und die Italiener *wops* (von »guappo«, also »Raufbold« oder »Schönling«) heißen. Man braucht sich nicht darüber zu wundern, daß die Tschetschenen in Rußland mindestens seit Puschkin »ruchlos« genannt werden und daß »der Mensch vom Kaukasus« in der kollektiven Vorstellung des russischen Volkes jetzt den negativen Platz einnimmt, den lange Zeit der Jude innehatte. Es ist kein Grund zur Verzweiflung, wenn in den Karikaturen des *Economist* (eine Wochenzeitung, die man schwerlich rassistischer Vorurteile bezichtigen kann) Franzosen eine Baskenmütze, Deutsche eine Lederhose und Italiener eine rabenschwarze Lockenpracht tragen. Die ethnischen Charakterisierungen und

Stereotypen sind das täglich Brot der Satire, es sind unvermeidliche Verallgemeinerungen, deren wir uns alle bedienen, um überhaupt von der Welt erzählen zu können. Darüber hinaus wird das Gemeinschaftsgefühl von einem gewissen Grad an Absonderung gefördert; sie ist ein Gift, das den sozialen Körper stärken kann, solange man es in homöopathischen Dosen verabreicht. Haben nicht auch die Juden Absonderung praktiziert und empfohlen? Erleben nicht auch die Israelis, wie sich in ihrer eigenen Gesellschaft durch stammesbezogene, liturgische oder regionale Definition gewisse Gruppen und Untergruppen voneinander abgrenzen: die Aschkenasen und die Sepharden, die Marokkaner, Libyer, Jemeniten, Iraker, Falascha und Russen? Hat in Israel der sowjetische Dissident Anatoli Schtscharanski nicht sogar eine Partei der russischen Juden gegründet?

Die Verfolgung und Ermordung der europäischen Juden hat jedoch dazu geführt, daß diese Grauzone nationaler Vorurteile, zu der einst auch das antijüdische Ressentiment gehörte, von der Liste der geduldeten Idiosynkrasien gestrichen wurde. Karikaturen oder andere scherzhafte Anspielungen auf die herkömmlichen Stereotypen, die den europäischen Juden kennzeichneten (wie Geiz, Raffgier, Unterwürfigkeit, Hakennase, Kaftan oder der schwarze, breitkrempige, spitz zulaufende Hut), gelten heute als Äußerungen des Antisemitismus. Keiner würde amerikanische Spielfilme als »rassistisch« bezeichnen, in denen die Gangster und Mobster oft Italiener sind; vielmehr wirken die italienischen Synchronsprecher voller Begeisterung an der Verbreitung des Stereotyps mit, wenn sie den sizilianischen oder neapolitanischen Zungenschlag ihrer Figur betonen. Aber wenn in einem Film oder Roman ein Jude negative Züge trägt, dann wird dieses Werk von besonders bigotten und wie Zensoren auftretenden jüdischen Kritikern als »rassistisch« verurteilt. Zum Glück darf man wenigstens in einem Land immer noch »schlecht« über die Juden reden, und zwar – natürlich – in Israel.

Inzwischen ist die Zensur auch »rückwirkend« tätig. Nach und nach wird jeder große Schriftsteller einer Art Antisemitismustest unterzogen, um sicherzustellen, daß sein Werk nicht etwa judenfeindliche Ansätze enthält. Vor einiger Zeit warf mir der Verfasser eines kleinen Buches über die Juden vor, ich hätte mich in einem Aufsatz über Ezra Pound geäußert, ohne seine antisemitischen Texte zu erwähnen. Auch in den *Four Quartetts* und anderen Dichtungen T. S. Eliots wurden kürzlich Spuren von Antisemitismus entdeckt. Wenn man weiterforschte, würde man merken, daß dieselben Spuren in großen Teilen der französischen, englischen und russischen Literatur der Jahrhundertwende zu finden sind. Aber das beweist lediglich, daß die jüdischen Einwanderer, die um die Mitte des 19. Jahrhunderts in die europäischen Großstädte strömten, die Imagination der Schriftsteller und Journalisten ansprachen und ihre Neugier, ihr Interesse, ihre Feindseligkeit und ihren Argwohn weckten. Dieselben Empfindungen lösten bei vielen amerikanischen Schriftstellern – zum Beispiel bei Henry James – die Italiener aus, die zur selben Zeit in den amerikanischen Metropolen auftauchten.

DIE JUDEN UND DIE LINKE

Auf der Suche nach Unantastbarkeit, nach einer Art Freibrief, hat der strengste und radikalste Teil des Judentums ein stillschweigendes Bündnis mit einem Freund geschlossen, der zugleich sein Feind ist: mit den Linksparteien. Die Beziehungen zwischen Linken und Juden sind seit jeher ambivalent und widersprüchlich. Von der Mitte des 19. Jahrhunderts bis zur Dreyfus-Affäre hegten die prominentesten Vertreter der französischen Sozialisten und Libertäre feindselige oder argwöhnische Gefühle gegen die Juden. Wie Zeev Sternhell in *La droite révolutionnaire* (dt. *Die revolutionäre Rechte*) schreibt, verkörperten die Juden für Louis-Auguste Blanqui »Wucher und Raffgier«. Für Karl Marx »haben sie sich überall an die Spitze der Konterrevolution gestellt«. Würden wir den aus einer Rabbinerfamilie stammenden Marx jenem »Antisemitismustest« unterziehen, fiele der Vater des Kommunismus unter die größten Antisemiten des 19. Jahrhunderts. Was Pierre-Joseph Proudhon, zur Zeit des bonapartistischen Staatsstreichs einflußreichste Stimme der französischen Linken, freilich nicht daran hindert, ihn als Juden zu betrachten und das ganze Gift seiner antijüdischen Gefühle über ihn zu versprühen. Nachdem er *Das Elend der Philosophie* gelesen hat – das Buch, in dem Marx aufs schärfste gegen ihn polemisiert –, notiert Proudhon:

> Juden. Einen Artikel gegen diese Rasse schreiben, die alles verpestet, sich überall einschleicht, ohne sich je mit irgendeinem Volk zu vermischen.

Ihre Vertreibung aus Frankreich fordern, mit Ausnahme der Individuen, die mit Französinnen verheiratet sind; die Synagogen abschaffen; sie zu keiner Beschäftigung zulassen und schließlich die Abschaffung dieses Glaubens verfolgen.

Nicht ohne Grund haben die Christen sie Gottesmörder genannt. Der Jude ist der Feind des Menschengeschlechts. Man muß diese Rasse nach Asien zurückjagen oder sie vernichten.

H. Heine, A. Weil und andere sind nur heimliche Spione; Rothschild, Crémieux, Marx, Fould bösartige, gallige, neidische, verbitterte usf. Wesen, die uns verabscheuen.

Der Jude muß verschwinden. Durch das Schwert, durch Verschmelzung oder durch Vertreibung. Alte, die sich nicht mehr fortzeugen können, dulden.

Arbeit, die erledigt werden muß. Den Haß, den die Völker des Mittelalters aus Instinkt empfanden, empfinde ich in Folge von Überlegung, und zwar unwiderruflich.

Der Haß gegen den Juden wie gegen den Engländer muß einer unserer politischen Glaubensartikel sein.

In der zweiten Hälfte des 19. Jahrhunderts, zur Zeit des Generals Georges Ernest Boulanger, ist der Antisemitismus in Frankreich vorrangig eine Sache der Linken. Aus der Sicht ihrer Intellektuellen und Agitatoren vereinen die Juden zwei negative Merkmale auf sich: Sie sind unheilbar fremd und ihr Kapitalismus ist eine Sache der Vererbung. Die antisemitischen Kundgebungen in Frankreich und Algerien während der Dreyfus-Affäre haben einen populären und einen populistischen Charakter. Anfangs sind die sozialistischen Führer noch vorsichtig und argwöhnisch. Warum einen Vertreter des militärischen Establishments verteidigen? Warum Stellung beziehen in einem »Familienstreit« der Führungsschicht, in einem »Streit zwischen zwei rivalisierenden Parteien innerhalb der bürgerlichen Klasse«? Bis Anfang 1898 ist die Linke davon überzeugt, die Kampagne für Dreyfus werde von jüdischen Kapitalisten finanziert und die Antisemiten hätten, wie Sternhell resümiert, »nicht ganz unrecht«.

Die Wende erfolgt erst, als Jean Jaurès, der politische und intellektuelle Führer des französischen Sozialismus, feststellt, daß die Front der Antidreyfusarden überwiegend katholisch-reaktionär ist und daß von der antisemitischen Kampagne vor allem die autoritären, antidemokratischen und reaktionären Bewegungen zu profitieren drohen. Anders gesagt, »Dreyfusarde« wird er aus politischem Opportunismus, aus der Überzeugung, daß der Sozialismus und die demokratische Republik zu diesem Zeitpunkt wichtige gemeinsame Interessen haben. Nicht weil er Jude ist, gilt es Dreyfus zu verteidigen, sondern weil sich die Auseinandersetzung um den elsässischen Hauptmann in den republikanischen Institutionen zu einem Zeitpunkt abspielt, an dem sich die Sozialisten am besten profilieren und die Machtübernahme vorbereiten können. Obwohl es in ihren Reihen viele jüdische Intellektuelle gibt, sind in den Massen, die die sozialistische Partei repräsentieren will, antijüdische Einstellungen fest verwurzelt. Aus der Sicht des Proletariats spielt ja der »kapitalistische« Jude eine besonders böse Rolle. In der um die Jahrhundertwende beliebten linken Unterscheidung zwischen Industriekapitalismus und Finanzkapitalismus steht der Jude für letzteren. Er ist Bankier, Financier, Geldwechsler oder sogar Wucherer, also einer, der nicht arbeitet und nichts riskiert, der sich durch den Handel mit Geld auf Kosten anderer bereichert.

Im Zuge der großen Umwälzungen am Ende des Ersten Weltkriegs wendet sich das Blatt und die Lage wird unübersichtlich. Keine Frage, daß es unter den führenden Köpfen der größten revolutionären Bewegungen viele Juden gibt. Mit Ausnahme Lenins (auch ihm sagt man gelegentlich mindestens ein Viertel jüdisches Blut nach) sind die maßgeblichen Anführer der Oktoberrevolution allesamt Juden. Nach der Errichtung der Räterepublik unter Führung des

Juden Béla Kun sind in Budapest die jüdischen Volkskommissare in der Mehrheit (32 von 45). Die wichtigsten Revolutionsführer in Deutschland, ob in Berlin oder München, sind mit Kurt Eisner, Eugen Leviné und Rosa Luxemburg – Juden. Zwar sind sie von ihrem Judentum »abgefallen« und bedeutet für sie die sozialistische Revolution das Ende der »Judenfrage«. Zwar gelten sie dem traditionellen Judentum als Apostaten und Renegaten. Aber weshalb sollte man auf Trotzki, Kamenew, Sinowjew oder Swerdlow nicht auch die Parole *olim Judaeus, semper Judaeus* anwenden, auf die sich Mendelssohn zu berufen scheint? So setzt sich in der öffentlichen Meinung Europas und Amerikas die Überzeugung durch, die Revolution sei ein »jüdisches Komplott« zur Eroberung der Macht. Zugleich macht in Europa und Amerika erneut eine Fälschung die Runde, mit der die zaristische Geheimpolizei am Endes des 19. Jahrhunderts wahrscheinlich die russischen Pogrome jener Jahre zu rechtfertigen suchte. Sie trägt den Titel *Die Protokolle der Weisen von Zion* und soll beweisen, daß das Judentum es darauf angelegt habe, die Weltherrschaft zu erorbern. Niemals zuvor haben die Juden soviel Feindschaft aus entgegengesetzten Lagern auf sich gezogen. Während sie für die Rechte eine Bedrohung der sozialen Ordnung und eine »fünfte Kolonne« des Bolschewismus darstellen, sind sie für große Teile der Linken auch weiterhin die habgierigsten und verabscheuenswürdigsten Vertreter des Kapitalismus. Damit war die Situation eingetreten, die Herzl vorhergesehen hatte.

Auch wenn die Juden ihren festen Platz an der Spitze des revolutionären Rätesystems haben, kann einer sich noch lange nicht mit ihnen anfreunden: Stalin hegt seit seinen Jahren im Priesterseminar ein starkes Ressentiment gegen sie und wirft ihnen bei jeder Gelegenheit vor, sie steckten »mit dem Ausland unter einer Decke«. Einer nach dem anderen kommen die großen Juden der Revolution unter Stalins Herrschaft zu Fall: Trotzki, Kamenew, Sinowjew. Vor allem nach dem Spanischen Bürgerkrieg, im Strudel der großen »Säuberungen«, verschwinden die jüdischen Internationalisten, die im NKWD (dem die Tscheka beerbenden Volkskommissariat für innere Angelegenheiten), im Kommissariat für äußere Angelegenheiten und im Hauptquartier der Dritten Internationale Dienst getan hatten. Das Überraschendste daran ist vielleicht die Loyalität, die diese Juden nach wie vor gegenüber einer Revolution an den Tag legen, die ihre anhänglichsten Kinder frißt. Einer der treuesten Mitarbeiter Stalins, Lasar Moissejewitsch Kaganowitsch, ist Jude. Jude ist auch Genrich Grigorjewitsch Jagoda (geboren als Herschel Jehuda), 1934 bis 1936 Chef des NKWD, 1937 selbst verhaftet und zum Tode verurteilt.

Nach dem Überfall der Deutschen ändert Stalin seine Politik. Wie die englische Regierung am Beginn des Ersten Weltkriegs, wie Gorbatschow während der Perestroika und wie Alijew nach dem Krieg gegen die Armenier meint nun auch er, Sympathie und Unterstützung der »jüdischen Internationale« zu benötigen. Der Mann, der ihm eine möglichst weiße Weste verschaffen soll, ist der Schauspieler und Regisseur Solomon Michoels, Darsteller eines außerordentlichen, die internationale Kritik begeisternden jiddischen King Lear. Wie Louis Rapoport in seinem Buch *Hammer, Sichel, Davidstern: Judenverfolgung in der Sowjetunion* (dt. 1992) erwähnt, ist Michoels »Gründer des Moskauer jüdischen Theaters, in dem Marc Chagall Kulissen, Wandbilder und das Porträt des großen Schauspielers und Regisseurs gemalt hatte«. Als Nachfahre orthodoxer Juden ist der joviale, geniale Mann für Verhandlungen mit seinen Glaubensbrüdern, vor allem in den Vereinigten Staaten, besonders gut geeignet. Zum Botschafter des sowjetischen Judentums befördert, wird

Michoels auch Vorsitzender des Jüdischen Antifaschistischen Komitees und setzt seine große Popularität zum Vorteil seiner russischen Heimat ein. Es sind die Jahre der großen Versöhnung zwischen der UdSSR und der fortschrittlichen öffentlichen Meinung in Europa und Amerika, Jahre, in denen die Juden hoffen dürfen, in Stalin das stärkste Bollwerk gegen den Antisemitismus Hitlers und die antijüdischen Vorurteile der westlichen Welt zu besitzen. Als Andrej Gromyko in der Vollversammlung der Vereinten Nationen die Hand hebt, um die Gründung des Staates Israel zu billigen, wird dieser Eindruck offiziell bestätigt.

Doch die Gründe für Stalins judenfreundliche Politik sind im Grunde dieselben, die die französischen Sozialisten veranlaßt hatten, sich 1898 auf die Seite der Dreyfusarden zu schlagen. In beiden Fällen ist die Entscheidung eine taktische und spielen die Juden eine rein instrumentelle Rolle. Stalin schmeichelt ihnen, um die Sympathie der freien Welt zu erringen, und er erkennt Israel an, um den britischen Imperialismus im Nahen Osten zu schwächen. 1948 aber, als die Stimme der UdSSR zur Entstehung des von Herzl angekündigten »Judenstaates« beiträgt, hat Stalin sich Michoels' bereits durch eine als Autounfall getarnte Exekution entledigt. Es beginnt ein schleichendes Pogrom, das sich ausweitet wie eine Epidemie und in den Maßnahmen gegen die »Verschwörung der weißen Kittel« kulminiert.

Eine der ersten Leidtragenden der neuen antijüdischen Politik Stalins ist Paulina Semjonowna Schemtschuschina, die jüdische Ehefrau Molotows. Die zeitgenössischen Wochenschauen zeigen eine korpulente, mittelgroße Frau, hübsch und selbstbewußt. Die sie kannten, erinnern sich an eine gebildete, elegante, kluge Dame, reich an internationalen Erfahrungen, vertraut mit Westeuropa und den Vereinigten Staaten, wo Samuel, einer ihrer Brüder, sein Glück gemacht hatte. Trotzdem konnte sie Mitglied des ZK der KPdSU und Ministerin für Fischereiwesen werden. Louis Rapoport erzählt, daß Paulina ihren letzten öffentlichen Auftritt am 8. November 1948 im Wohnsitz Molotows bei einem großen Empfang für das diplomatische Korps hatte, in dessen Verlauf sie mit Golda Meir Bekanntschaft schloß, die kurz zuvor als erste Botschafterin Israels in Moskau eingetroffen war. Die Begegnung, so erzählt ein anwesender Diplomat, war »eine echt jüdische menschliche Begegnung, eine von denen, die einem das Herz aufgehen lassen«. Mit bewegter Stimme soll Paulina auf jiddisch gesagt haben, sie sei »eine Tochter des jüdischen Volkes«. Wenige Tage später wurde sie verhaftet und nach Kasachstan in die Verbannung geschickt, aus der sie erst nach Stalins Tod zurückkehrte. Molotow trug das Schicksal seiner Gemahlin derweil mit Disziplin.

Die Rede von der »Verschwörung der weißen Kittel«, eine Anklage gegen das Gesundheitswesen, basierte auf derselben These, mit der sich die zaristische Geheimpolizei mehr als fünfzig Jahre zuvor *Die Protokolle der Weisen von Zion* ausgedacht hatte. Anstatt mit Gold schickten sich die Juden nun angeblich an, die Welt mit Gift und OP-Besteck zu erobern. Stalin dachte sich die »Aufdeckung« dieser neuerlichen »Verschwörung« als Auftakt zu seiner Version von »Endlösung«. Die Operation begann im Januar 1953 mit einem langen Artikel in der *Prawda*, in dem über die Verhaftung »einer Gruppe von Saboteuren in der Ärzteschaft« berichtet wurde. Neben einem langen Leitartikel (»Abscheuliche Spione und Mörder in der Maske von Ärzten und Professoren«) stand im Nachrichtenteil über die Verhaftung zu lesen: »Vor einiger Zeit entdeckten Dienststellen der Staatssicherheit eine terroristische Gruppe von Ärzten, die sich zum Ziel gesetzt haben, durch medizinische Behandlung und Sabotage das Leben aktiver öffentlicher Persönlichkeiten der Sowjetunion zu verkürzen.« Es folgte eine Liste von neun Ärzten, darunter sechs Juden. Und als ob die Anspielung noch nicht klar genug gewesen wäre, wurden die Namen der sechs jüdischen Ärzte nochmals wiederholt, um sie mit der »internationalen jüdischen bürgerlich-nationalistischen Organisation Joint« in Verbindung zu bringen, die »unter dem Vorwand, Juden in anderen Ländern materielle Hilfe zukommen zu lassen« vom amerikanischen Nachrichtendienst gegründet worden sei.

In den folgenden Wochen kam es zu weiteren Verhaftungen; die Presse begleitete die Operation mit Artikeln, deren Stoßrichtung offen antisemitisch war. Wäre es noch ein paar Monate so weitergegangen, hätte die vom Diktator in Gang gesetzte Maschinerie wahrscheinlich das gesamte Judentum der Sowjetunion gefährdet. Vielleicht dachte der krankhaft argwöhnische Stalin wirklich, die Juden seien im Kalten Krieg die »fünfte Kolonne« der Vereinigten Staaten und des Westens. Oder er befürchtete, die Existenz des Staates Israel beeinträchtige ihre Loyalität gegenüber der Sowjetunion. Sein Tod im März 1953 rettete die sowjetischen Juden vor dem Pogrom, das über sie hereinzubrechen drohte, räumte jedoch nicht die beiden Befürchtungen aus, die Stalin zu seiner antijüdischen Strategie veranlaßt hatten. Der Journalist und Historiker Paul Johnson macht darauf aufmerksam, daß auf der Liste der Verbrechen, die Nikita S. Chruschtschow in seiner Geheimrede auf dem XX. Parteitag der KPdSU Stalin zur Last legte, der Antisemitismus nicht vorkommt und daß außerdem unter Chruschtschow an die vierhundert Synagogen geschlossen wurden. Den Juden begegnete man auch weiterhin mißtrauisch und feindselig. Sie galten als zu »kosmopolitisch«, hatten zu viele Verwandte im Ausland und waren nach der Gründung des zionistischen Staates einer »zweiten Loyalität« verpflichtet, die stärker sein mochte als ihre Bindung an die sowjetische Heimat. Und außerdem war der sowjetischen Nomenklatura bewußt, daß sie im Zweifelsfall auf den alten Antijudaismus der russischen Volkskultur würde zählen können: In Mittelosteuropa kosten antijüdische Aufwallungen wenig und »bringen« unter bestimmten Umständen viel.

DIE FEINDE DER FREUNDE

Nach der Suez-Krise von 1956 wurde die Situation der russischen Juden noch prekärer. Aus dem Konflikt um die strategische Kontrolle über den Suez-Kanal mit Großbritannien, Frankreich und Israel auf der einen und Ägypten auf der anderen Seite war der arabische Nationalismus als Folge der gescheiterten britisch-französischen Expedition gestärkt hervorgegangen. Diese Situation nutzte die Sowjetunion, um im Nahen Osten einen Fuß in die Tür zu bekommen und im Kalten Krieg gegen die Vereinigten Staaten eine neue Front zu eröffnen. Zu dem alten Vorwurf des Kosmopolitismus, der geheimen Verbindungen zu ausländischen Mächten, kam ein weiterer, besonders wirkungsvoller Vorwurf dazu. Um seinen neuen Verbündeten entgegenzukommen, gab sich das Sowjetregime proarabisch, propalästinensisch und antiisraelisch. Entsprechend der Freund-Feind-Logik wurde Israel mit gesetzmäßiger Notwendigkeit zum wichtigsten Verbündeten der Vereinigten Staaten in Nahost und so geriet die »Judenfrage« in das große Spannungsfeld des Kalten Krieges. Nachdem er potentiell ein »Freund der Feinde« gewesen war, wurde der sowjetische Jude nun zum »Feind der Freunde«. Derart in die Zange genommen, wurden die Juden von den Sowjets fortan praktisch als politische Geiseln benutzt. Wenn Moskau jetzt dem Westen signalisieren wollte, daß es bereit war, über eine friedliche Koexistenz zu sprechen, brauchte es nur einen Dissidenten freizulassen und einigen Ausreisewilligen ein Visum für

Israel zu erteilen. Wenn Moskau seine Verstimmung zeigen und das internationale Klima in Spannung versetzen wollte, brauchte es nur einige Dissidenten zu verhaften und die Visagewährung auszusetzen. Wer sich ein Bild von den Widrigkeiten machen möchte, mit denen die Juden in der Sowjetunion damals zu kämpfen hatten, lese von den vielen Erinnerungsbüchern zu diesem Thema Ida Nudels *A Hand in the Darkness*, das Mauro Bolognini 1986 zur Vorlage für seinen Film *Farewell Moskau* (Originaltitel: *Mosca addio*) machte.

Diese Konstellation bereitete der europäischen Linken beträchtliche politische Probleme. Während sich die linientreuen kommunistischen Parteien an Moskau orientierten, gerieten alle anderen in große Verlegenheit, vor allem seit den sechziger Jahren. Die schwierigste Phase war die Zeit des Sechstagekrieges und der Einnahme Jerusalems im Jahre 1967, als die UdSSR die diplomatischen Beziehungen zu Israel abbrach. Wie schon 1948 und 1956 bestand die erste Reaktion der laizistischen und fortschrittlichen Intelligenz darin, ihre Sympathie und Solidarität mit der israelischen Sache zu bekunden.

Ich erinnere mich eines Juniabends, an dem im ehemaligen Ghetto von Rom eine Kundgebung stattfand. Als Redner war unter vielen anderen auch Arturo Carlo Jemolo angekündigt. Der Jurist und Historiker, der die Beziehungen zwischen Staat und Kirche erforschte, war, wie er in einem autobiographischen Buch schreibt, der Sohn eines Vaters aus »bescheidenen ostsizilianischen Verhältnissen«. Seine Mutter war piemontesische Jüdin und hatte »als einzige Tochter mit der Mutter im Haus des Großvaters mütterlicherseits gelebt, eines mittelständischen israelitischen Kaufmannes, der in Ceva eines jener Handelshäuser führte, wo es alles zu kaufen gab: Stoffe und Weißwaren, Priesterhüte und Gebirgsjägermützen, Schulterklappen und Degenquasten, Knöpfe und Nadeln. Das war ein alter Laden, den es offenbar schon zur Zeit Napoleons gegeben hatte und um dessen Fortbestand man zwischen 1814 und 1848 zäh ringen mußte, denn während der Restaurationszeit hatte das Haus Savoyen (die Hauptlinie war verhältnismäßig milde, Herzog Karl Albert aber besonders streng) den jüdischen Familien untersagt, außerhalb der Ghettos zu wohnen: Ein Händler durfte seinen Laden nur behalten, wenn er allein lebte, im Hintergelaß schlief oder gleich im Wirtshaus logierte«.

Trotz seiner jüdischen Herkunft war Jemolo liberaler Katholik oder besser gesagt *whig* (was heute auch nichts anderes bedeutet als »liberal«). Er war sehr vertraut mit den jüdischen Kreisen Piemonts, aus denen eben auch Arnaldo Momigliano stammte. Wegen seiner intellektuellen Fähigkeiten, seines fortschrittlichen Liberalismus sowie seiner Kampagne gegen das 1953 von der Regierung De Gasperi eingebrachte Wahlgesetz (die sogenannte »legge truffa«, dt. Schwindelgesetz) war Jemolo einer der Vorzeigepolitiker der Linken, einer der prominentesten Vertreter jenes aufgeklärten Bürgertums, das seine Hoffnungen auf den antifaschistischen »Partito d'Azione« gesetzt hatte, dessen Auseinanderbrechen von 1946 man immer noch nicht verwunden hatte. Aber an jenem Juniabend des Jahres 1967 waren auf dem Platz im römischen Ghetto allenfalls dreißig Personen zusammengekommen, um Jemolo zuzuhören. Die Aktivisten, mit denen die größten Linksparteien den Erfolg der Initiative hätten garantieren können, fehlten bei dem Treffen.

Besonders die Sozialisten begannen, sich zwischen verschiedenen Ansprüchen aufzureiben. Die Zweite Internationale, der Zusammenschluß der wichtigsten europäischen Sozialdemokratien, war traditionell zionistenfreundlich. Aber nun waren fast alle ihre Mitglieder genötigt, den Palästinensern mehr Aufmerksamkeit zu widmen, da auch sie inzwischen eine Befreiungsbewegung hervorgebracht hatten. In einigen Fällen wurde diese Rücksicht von der taktischen Notwendigkeit diktiert, die Sache der Palästinenser nicht zum Monopol der Kommunisten werden zu lassen; in vielen anderen von einem aufrichtigen Gefühl der Anteilnahme an der Leidensgeschichte eines Volkes, das jeder in Nahost – nicht nur Israel – mit gnadenlosem Zynismus behandelte. Die Beziehungen zwischen dem Judentum und der Linken bekamen einen neuen Riß, und schon bald tauchten in der linken Presse die alten Vorurteile aus der Zwischenkriegszeit in neuer Form wieder auf. Der Libanonkrieg verhärtete die Fronten und stiftete noch mehr Verwirrung. Ein Teil der Linken unterstützte weiterhin Israel, ein anderer verurteilte seine Methoden und setzte sich für die Palästinenser ein. In der jüdischen Welt blieb die Zerrissenheit der Linken nicht ohne Echo; sie löste polemische Reaktionen aus, die Maurizio Molinari für Italien in seinem 1995 erschienenen Buch *La sinistra e gli ebrei in Italia 1967-1993* (dt. *Die Linke und die Juden in Italien 1967-1993*) festgehalten hat.

PRIMO LEVI

Ein besonders interessanter Fall ist in diesem Zusammenhang Primo Levi, der 1944 in Auschwitz interniert war und dessen nach dem Krieg entstandene Bücher fast überall, nur nicht in Israel, sehr erfolgreich waren. Nach den Überfällen der christlich-libanesischen Falange-Milizen auf die palästinensischen Flüchtlingslager Sabra und Schatila (1982) äußerte Primo Levi in einem Interview mit dem bekannten Journalisten Gianpaolo Pansa: »Am Anfang hatte ich Zweifel, ob das wirklich passiert war. Dann habe ich begriffen, daß das alles stimmte. Und auf einmal hat mich das Blutbad in den beiden Lagern daran erinnert, was die Russen im August 1944 in Warschau getan hatten: Sie hielten an der Weichsel die Stellung, während die Nazis die polnischen Partisanen abschlachteten. Gewiß, wie alle geschichtlichen Vergleiche hinkt auch meiner. Aber Israel hätte eingreifen können wie damals die Russen, und es hätte die Macht gehabt, die Mörderbanden aufzuhalten, aber man hat es nicht getan.«

Primo Levi entdeckte sein Judentum »dank« der Rassengesetze. 1987 erzählte er dem Journalisten Stefano Jesurum, sein Vater habe vor dem Ersten Weltkrieg von einem Ungarnaufenthalt eine gewisse Abneigung gegen die Juden, die er dort getroffen hatte, mit nach Hause gebracht: »Mein Vater, geboren 1878, war für die damalige Zeit ein ziemlich neugieriger Mensch. Er kam viel in der Weltgeschichte herum. Er war Ingenieur und arbeitete mehrere Jahre in

Budapest. In dieser Zeit entwickelte er eine Art Antisemitismus in Reaktion auf die ehemaligen Frontkämpfer aus dem Ersten Weltkrieg – meistens Juden aus Galizien, Polen oder Böhmen, traditionell gekleidete Proletarier. Mein Vater mochte sie nicht. Sie kamen ihm ungebildet und primitiv vor – ihm, dem assimilierten Westler.«

Das familiäre Klima, in dem Primo Levi aufwuchs, entsprach also der Haltung der vom Risorgimento geprägten piemontesischen Juden. In einem Interview, das Edith Bruck (geboren 1932 in Ungarn, 1944 nach Auschwitz deportiert und seit 1954 in Italien lebend) 1976 mit Primo Levi führte, sagte er: »Zum Juden hat man mich gemacht. Vor Hitler war ich ein italienischer Bürgerjunge. Die Erfahrung der Rassengesetze hat mir geholfen, unter den vielen Strömungen der jüdischen Tradition einige auszumachen, die mich ansprechen.«

Trotz des Abstands von einer halben Generation begegnen wir also bei Primo Levi ähnlichen Meinungen, Gefühlen und Reaktionen wie bei dem elf Jahre älteren Arnaldo Momigliano. Wobei Primo Levi den Zionismus weniger kritisch sah als der weltreisende Gelehrte. In den dreißiger Jahren hatte die zionistische Propaganda eine gewisse Anziehung auf ihn ausgeübt, auch wenn er nicht ernsthaft erwogen hatte, nach Palästina auszuwandern. Die Entscheidung Vittorio Segres, der im September 1939 von Triest nach Jaffa aufbrach, hätte zu Levi nicht gepaßt. Seine Haltung klärte sich während des Zweiten Weltkriegs, als er »die Notwendigkeit einer Heimat für die Juden aller Länder, die von der Naziokkupation bedroht waren«, erkannte. In dem Gespräch mit Edith Bruck fügte er dennoch hinzu: »Für die nichtzionistischen Juden ist das Heimatland indessen eine umstrittene Sache. Was mich betrifft, so muß ich trotz der Anziehung, die ich für jüdische Kultur, Geschichte und

Tradition empfinde, anerkennen, daß die Basis meiner kulturellen Prägung vorwiegend italienisch ist.«

Diese Worte vom Januar 1976 fielen in eine Phase, in der Primo Levi verschiedene Haltungen und Gefühle in Einklang zu bringen versuchte: Sympathie für das Ostjudentum, Solidarität mit dem Staat Israel, Verständnis für die nationalistischen Bestrebungen der Palästinenser, ein gewisses Mißtrauen gegenüber der zionistischen Ideologie und schließlich – Unabhängigkeit des Urteils. Als Levi mit Edith Bruck sprach, war der sozialistische General Yitzhak Rabin israelischer Ministerpräsident. In den darauffolgenden Monaten verlor die Regierung die Unterstützung der Nationalreligiösen Partei und hielt sich mühsam bis zu den Wahlen im Frühjahr 1977. Es siegte der konservative Likud, und die Regierung übernahm ein Mann, der seine politische Gesellenprüfung zur Mandatszeit in Form von Attentaten und Handstreichen gegen die britische Besatzung abgelegt hatte.

Menachem Begin, geboren 1913 in Brest-Litowsk als Russe, wurde nach dem Ersten Weltkrieg polnischer Staatsbürger. Er studierte Jura an der Universität Warschau und fand Gefallen an der zionistischen Bewegung. Wie die meisten israelischen Führungskräfte hatte er also seine Wurzeln in jenem »Judenreich«, das sich im Lauf der Jahrhunderte zwischen Polen, Ukraine, Weißrußland und Litauen herausgebildet hatte. Doch im Unterschied zu den meisten, die wie Chaim Weizmann, Ben Gurion, Golda Meir oder Yitzhak Rabin Israels Gründungsphase entscheidend beeinflußten und den Staat in den ersten dreißig Jahren seines Bestehens regierten, stand Begin nicht in der Tradition des »Bunds« und des jüdischen Sozialismus Mittel- bzw. Osteuropas. Sein Ideengeber war der bereits erwähnte Wladimir Zeev Jabotinsky, Anführer zionistischer Kampfgruppen und Verfechter eines »jüdischen Faschismus«.

Im Zuge der letzten polnischen Teilung floh Begin vor den Deutschen und fiel den Russen in die Hände. Er wurde zunächst nach Sibirien deportiert und zwei Jahre später für die polnische Armee rekrutiert, die sich nach der Invasion der Deutschen im Juni 1941 in der UdSSR konstituierte. Diese neue Armee zog Richtung Süden, dann durch den Nahen Osten, überquerte das Mittelmeer und landete früh genug an der italienischen Küste, um an der Schlacht von Monte Cassino teilzunehmen. Begin war unterdessen eigene Wege gegangen: 1942 wurde er Kommandant der militanten Untergrundorganisation Irgun Zvai Leumi, auf deren Konto in den Folgejahren einige der aufsehenerregendsten Attentate gehen, die teils vor, teils nach der israelischen Unabhängigkeit begangen wurden: die Ermordung Lord Moynes 1944 in Kairo, die Zerstörung des King-David-Hotels im Juli 1946 in Jerusalem, der Angriff auf die britische Botschaft im selben Jahr in Rom und das Attentat auf Graf Folke Bernadotte im September 1948 in Jerusalem, nachdem die Vereinten Nationen den Grafen wenige Monate zuvor zum Vermittler zwischen Arabern und Israelis bestellt hatten. Politisch und militärisch handelte Begin in den vierziger Jahren also im Prinzip nicht anders als Jassir Arafat und seine Kameraden von der palästinensischen Befreiungsorganisation PLO in den siebziger Jahren.

Als ehemaliger Kämpfer war er allerdings zu sehr Realist, um nach dem Jom-Kippur-Krieg von 1973 nicht anzuerkennen, daß die intensiven Vermittlungsbemühungen von Henry Kissinger und die neue Politik des Nasser-Nachfolgers Sadat die Voraussetzungen für eine Einigung mit Ägypten geschaffen hatten. Im November 1977 empfing Begin den ägyptischen Präsidenten in Jerusalem. Bald darauf reiste er zum Gegenbesuch nach Kairo. Im September 1978 schloß er mit Ägypten das Abkommen von Camp

David, und im März 1979 unterzeichnete er in Washington im Beisein von Präsident Carter einen Friedensvertrag mit Sadat. Zugleich aber agierte Begin immer noch im Sinne des nationalistischen Kämpfers, der er in seiner Jugend gewesen war. Als er Carters Einladung annahm, wollte er vor allem auf dem Sinai und im Gazastreifen Ruhe haben, um andernorts ungehindert fortsetzen zu können, was er der Größe und Sicherheit Israels für zuträglich hielt. Nach wie vor erlaubte er den Siedlern, sich in den besetzten Gebieten niederzulassen. Er ließ zu, daß Jerusalem zur unteilbaren, »ewigen« Hauptstadt des Staates erklärt wurde (Juli 1979), und er verstärkte die Bombenabwürfe auf Stellungen der palästinensischen Guerilla im Südlibanon.

Tatsächlich war in der Zwischenzeit auch eine libanesische Front aufgemacht worden. Der »alte« Libanon, geschaffen durch einen delikaten, von Frankreich ausgehandelten Kompromiß zwischen Christen und Muslimen, begann in den sechziger Jahren auseinanderzufallen. Am Anfang des schier endlosen Bürgerkriegs, der das Land ab Mitte der siebziger Jahre erschütterte, stand in vielerlei Hinsicht der israelisch-arabische Konflikt. Die palästinensischen Flüchtlingslager, ein Resultat der vorangegangenen Kriege, wurden zur Brutstätte von militanten Kämpfern und Terroristen, die Israel mit Bombenangriffen und Kommandoaktionen zu »bestrafen« begann. Um sich den israelischen Repressalien zu entziehen und die Kontrolle über das eigene Territorium zurückzugewinnen, versuchte die christliche Regierung in Beirut, die Aktivitäten der Palästinenser zu bremsen. Sie stieß aber auf Widerstand bei den eigenen Muslimen, denen die Gelegenheit günstig schien, die christliche Vorherrschaft im Staate erneut in Frage zu stellen. So brach der Bürgerkrieg aus, in den sich bald auch die Syrer einmischten, die die Gelegenheit nutzen wollten, um ihren Einfluß auf den

Libanon auszudehnen. Später stießen auch noch die Iraner dazu, jene »Tempelritter« des Islamismus, die den Libanon als Plattform für ihre Rückeroberung der ganzen Region nutzen wollten. Sie alle erklärten, ihnen liege das Schicksal der Palästinenser am Herzen, und sie alle kümmerten sich vor allem um die Durchsetzung ihrer eigenen Ziele.

In diesem endlos langen Bürgerkrieg kämpften die Israelis eine Zeitlang per Prokura; sie bedienten sich christlicher Milizen, der Falangisten, um ihre Gegner aus der Ferne zu schlagen. Im Juni 1982 beschloß Begin dann, selbst ins Kampfgeschehen einzugreifen. Es war der fünfte arabisch-israelische Krieg und der dritte – nach 1956 und 1967 –, in dem Israel mit einem Präventivschlag jäh zur Aktion überging, um seine Sicherheitszone auszuweiten. Israelische Truppen besetzten den Südlibanon und drangen bis nach Beirut vor. Der Feldzug stieß auf viel Kritik, vor allem bei den europäischen Linksparteien; und aus der Kritik wurde Entrüstung, als israelische Truppen im September desselben Jahres dabei zusahen, wie christliche Milizen in den Lagern von Sabra und Schatila die erwähnten Massaker unter den Palästinensern anrichteten. Dieser Vorfall hatte sehr nachteilige Auswirkungen auf Israel, wo eine Untersuchungskommission den damaligen Verteidigungsminister Ariel Scharon für mitverantwortlich erklärte.

Primo Levi gab seine bis dahin streng gewahrte kritische Neutralität auf. »Ich habe mich davon überzeugt«, sagte er im September 1984 zu dem Journalisten Gad Lerner, »daß die Rolle Israels als verbindendes Zentrum des Judentums jetzt – er unterstreicht das ›jetzt‹ – in eine Phase der Eintrübung eingetreten ist. Der Schwerpunkt des Judentums muß sich darum verlagern, er muß verlagert werden aus Israel heraus, zurück zu uns Juden der Diaspora, die wir die Verantwortung haben, unsere israelischen Freunde an die jüdische Tradition der Toleranz zu erinnern.« Zur Zeit von Sabra und Schatila ist im Judentum und in der israelischen Gesellschaft deutlich ein beunruhigend wachsender Fundamentalismus zu erkennen. Einen Mann wie Rabbiner Meir Kahane, der nach Gad Lerner »mit einem Fernsehspot für sich Propaganda machte, in dem Ströme von Blut über Marmor flossen«, hielt Primo Levi für einen »verrückten Außenseiter«. Er verschloß sich zwar der Vorstellung, die israelischen Massen könnten sich eines Tages »vor einem neuen Ajatollah, heiße er Kahane oder Scharon, auf die Knie werfen«. In kluger Voraussicht räumte er aber ein, Israel sei »ein nahöstliches Land« und werde deshalb vermutlich »den anderen Nationen dieser Region zunehmend ähnlicher«.

Möglicherweise spiegelt die Position, die Primo Levi von nun an einnimmt, die der meisten europäischen und amerikanischen Juden. Möglicherweise weichen die Unsicherheit und das Unbehagen, mit denen viele Juden einen Staat wachsen sahen, in den sie strenggenommen hätten auswandern müssen, zunehmend einer emotionalen Abkühlung. Indirekt zeigt sich das unter anderem an der steigenden Zahl von Mischehen in den jüdischen Gemeinden der Vereinigten Staaten. Israel ist nicht *der* Staat der Juden; Israel ist eher der Staat eines Teils der orientalischen und nordafrikanischen Juden. Allerdings können die offiziellen Vertreter der jüdischen Welt Israel unmöglich verraten und deshalb nehmen sie, wenngleich keine vorbehaltlose, so doch eine wohlwollend verständnisvolle Haltung ein. Für viele jüdische, zionistische und nichtzionistische Aktivisten wird die Erinnerung an den Holocaust noch einmal zu einem Deckmantel für die Divergenzen, die die jüdische Welt belasten. Etwas Ähnliches ist bei der Linken passiert, wo die Erinnerung an den Völkermord, vor allem seit dem Mord an

Rabin und dem Wahlsieg der konservativen Parteien im Jahre 1996, dazu dient, den wachsenden Unmut über die Politik des Staates Israel zu dämpfen oder zu kompensieren. Darüber hinaus ist das Gedenken an den Völkermord das Terrain, auf dem Juden und Linke sich über sonstige Differenzen hinweg verständigen und zusammenarbeiten können. Für die Juden ist die mahnende Erinnerung an die nationalsozialistischen Greueltaten ein Schutz gegen zukünftige Verfolgungen. Für die Linke ist sie der »Beweis«, daß, wie Brecht gesagt hätte, der Schoß noch fruchtbar ist, aus dem das kroch, und daß der Faschismus auf lange Sicht eine gefährliche Möglichkeit der Menschheit bleibt. Den Juden erlaubt die Erinnerung, eine Art antirassistische Dauerüberwachung zu unterhalten. Der Linken erlaubt sie, eine Art Volksfront oder wie ab 1943 in Italien ein »antifaschistisches CLN (Nationales Befreiungskomitee)« zu betreiben. Vieles von dem, was man während des Verfahrens gegen den ehemaligen SS-Hauptsturmführer Erich Priebke 1995 in Rom wegen des Massakers in den Fosse Ardeatine (1944) beobachten konnte, weist darauf hin, daß Judentum und Linke in Italien trotz aller Meinungsverschiedenheiten bislang ein Pakt gegenseitiger Hilfeleistung zusammenhält.

Unter bestimmten Umständen ergeben sich manchmal weitere Koalitionen. Ich denke zum einen an die Kampagne gegen den österreichischen Bundespräsidenten Kurt Waldheim, dem 1986 vorgeworfen wurde, an Kriegsverbrechen in Jugoslawien beteiligt gewesen zu sein, und zum anderen an die Kampagne gegen die Schweizer Banken wegen der Konten von Holocaustopfern. Im ersten Fall fanden die jüdischen Gemeinden ihre Verbündeten im Establishment der amerikanischen Politik, das dem UNO-Generalsekretär Waldheim (1972-1981) eine sowjetfreundliche Politik unterstellt hatte. Im zweiten Fall ziehen sie mit all denen potentiell an einem Strang, die die Position der Schweizer Banken auf dem internationalen Finanzmarkt schwächen wollen.

Ich fürchte, in solchen Bündnissen liegt eine Gefahr für das Judentum. Ich glaube nicht, daß es im Interesse einer so großen, respektierten und einflußreichen religiös-kulturellen Gemeinschaft liegen kann, sich mit politischen Gruppierungen, denen es vor allem um die Selbsterhaltung geht, und mit anderen öffentlichen oder privaten Interessen partikularer Art gemein zu machen. Die Linke zu unterstützen, was viele Juden in den letzten fünfzig Jahren getan haben, scheint mir die schlechteste aller denkbaren Investitionen zu sein, und das aus zwei Gründen: Erstens, weil Judentum weder rechts noch links sein kann. Zweitens, weil die antifaschistische Linke die altmodischste, bequemste und konservativste unter den linken Gruppierungen Europas ist. Das gleiche muß man meines Erachtens über das jüdisch-amerikanische Bündnis gegen Waldheim und die Schweizer Banken sagen. Immerhin war es ausgerechnet der unermüdliche Nazijäger Simon Wiesenthal, der darauf aufmerksam machte, daß die Kampagne gegen die Schweizer Banken Gefahr lief, einen »Waldheimeffekt« zu produzieren, also einen ähnlichen Umkehreffekt, wie er sich in der Solidaritätswelle der Österreicher für ihren Bundespräsidenten äußerte. Wenn es die Gefahr eines neuen Antisemitismus gibt, dann sind dies die Samen, aus denen er sprießen könnte.

DAS JUDENTUM UND DIE KIRCHE

Als Primo Levi Anfang der achtziger Jahre befürchtete, Israel könnte den anderen Ländern des Nahen Ostens mit der Zeit immer ähnlicher werden, war er noch zu optimistisch, als daß er damit die tatsächlich eingetretene Veränderung getroffen hätte. Würde er noch leben, wäre Levi der erste, der besorgt feststellte, daß die israelische Gesellschaft seit ein paar Jahren weit weniger laizistisch ist als zur Zeit der Staatsgründung. Seit Begins Amtszeit (1977-1983) sind religiöse Parteien an der Regierung beteiligt oder üben entscheidenden Einfluß auf die israelische Politik aus. Im Gegensatz zu den Prognosen Herzls beschränken die Rabbiner ihren Einfluß nicht auf die Synagogen; im öffentlichen Leben des Landes haben sie zunehmend an Bedeutung gewonnen. In ihren Augen besteht das Judentum nicht nur aus Tradition, Geschichte und Kultur – wie die zionistische Bewegung, der »Bund«, ein Großteil der Diaspora und die an der Staatsgründung beteiligten laizistischen Parteien meinen. Den Rabbinern geht es vor allem um Religion, und nicht selten um Religion in ihrer unnachgiebigsten und radikalsten Variante.

Nach einer ersten Phase, in der das Land hauptsächlich von jungen, weltlich orientierten Eliten gelenkt wurde, die bei der großen europäischen Sozialdemokratie in die Schule gegangen waren, durchläuft der Staat Israel gegenwärtig eine zweite Phase, in der die energischsten und aggressivsten politischen Kräfte aus der introvertierten Welt des Schtetl und der nordafrikanischen Gemeinden stammen. An die Seite des flexiblen und schöpferischen Judentums, das mit seinem Unternehmungsgeist die europäische Kultur seit dem späten 18. Jahrhundert außerordentlich belebt hat, ist in Reaktion auf die Aufklärung ein schroffes, archaisches Judentum getreten, das sich gegen Forderungen der Toleranz oder des Zusammenlebens unterschiedlicher Kulturen abschottet. Die Haltung der römisch-katholischen Kirche zum Judentum muß man vor dem Hintergrund dieser Entwicklung sehen.

Für die Kirche war der Zionismus von Anfang an bedrohlich. »Daß verfolgte Juden in Palästina Zuflucht fanden«, so der Historiker Renzo De Felice, »war das eine; daß allerdings in Palästina – in Jerusalem – das ›Reich Israel‹ neu erstehen sollte, hatte theologisch gesehen ganz anderes Gewicht.« Dort befinden sich die heiligen Stätten, dort liegt der geschichtliche »Beweis«, daß der alte Bund zwischen Gott und seinem erwählten Volk durch einen »neuen und ewigen Bund« zwischen Gott und der Menschheit abgelöst wurde. Die Juden sind in dieser Sicht ein Überbleibsel, ein »archäologisches« Relikt. Man wirft ihnen die Beharrlichkeit vor, mit der sie die Existenz des neuen Bundes leugnen, und doch sind sie unverzichtbar als das lebendige Zeugnis, das sie auch für die Geschichte des Christentums darstellen. Aus dieser doppelten Wahrnehmung resultiert die Ambivalenz der römisch-katholischen Kirche, jenes »confirmamus sed non consentimus«, mit dem Papst Leo X. die Bittschrift der jüdischen Gemeinde von Rom entgegennahm. Die Vorstellung, daß die Stätten des Gebets, der Wunder und der Passion, der Garten Gethsemane, Golgatha und das Heilige Grab, dem Volk der Juden »in die Hände fallen« könnten, war für die Kirche stets ein theologischer Alptraum.

Nach dem Ersten Weltkrieg hatte der Heilige Stuhl vergebens gehofft, daß Palästina aufgeteilt und die heiligen Stätten in die Obhut Belgiens kommen würden. Nach dem Ende des Zweiten Weltkriegs mußte er sich mit der Entstehung des Staates Israel abfinden, setzte aber all seine Hoffnung auf die UNO-Resolution 181 von 1947 über die Internationalisierung der heiligen Stätten und weigerte sich lange Zeit, diplomatische Beziehungen zur israelischen Regierung aufzunehmen.* Hinzu kommen problematische Aspekte der islamischen Welt, die den Heiligen Stuhl ebenfalls nicht gleichgültig lassen können: der arabische Nationalismus, der palästinensische Nationalismus, der radikale Islamismus sowie vier Millionen arabische Christen, die es zu beschützen und deren Glauben es zu bewahren gilt. Die Kirche kann sich weder der Kooperation mit dem Islam noch dem Schutz der eigenen Gläubigen in den muslimischen Ländern verweigern. So erklärt sich die zuweilen feindselig getönte Reserviertheit gegenüber den aggressiveren Zügen der israelischen Politik.

Die Haltung des Heiligen Stuhls zu Beginn der nationalsozialistischen Judenverfolgungen und während des Zweiten Weltkriegs macht die Sache nicht einfacher. War das christlicher Antisemitismus? Stimmt es, daß die Kirche damals viele Unterlassungssünden beging? Das behauptet Rolf Hochhuth in seinem 1963 erschienenen Theaterstück *Der Stellvertreter*. Darin wird der Heilige Stuhl des tatenlosen Zusehens angeklagt, und es wird ihm ein Prozeß gemacht, der mit Schuldspruch endet. Hauptangeklagter ist Pius XII., Papst seit dem 2. März 1939. Ein kürzlich erschie-

* Offizielle diplomatische Beziehungen wurden erst 1993/94 aufgenommen. Der päpstliche Nuntius residiert in der Apostolischen Delegation in Jerusalem, während die vatikanische Botschaft offiziell in Jaffa (Tel Aviv) situiert ist. (Anm. d. dt. Verlegers)

nenes Buch mit dem Titel *Die unterschlagene Enzyklika: Der Vatikan und die Judenverfolgung* (dt. 1997) rekonstruiert die Geschichte der Enzyklika gegen den Rassismus, die sein Vorgänger Pius XI. im Sommer 1938, wenige Monate vor seinem Tod, bei dem amerikanischen Jesuiten John LaFarge in Auftrag gegeben hatte. Nachdem er bereits 1937 in der Enzyklika *Mit brennender Sorge* das nazistische Heidentum verurteilt hatte, wollte Papst Pius XI. vor der Geschichte ein ebenso deutliches Zeichen gegen den Antisemitismus des Hitlerregimes setzen. Unterstützt von zwei Priestern, dem Franzosen Gustave Desbuquois und dem Deutschen Gustav Gundlach, machte sich LaFarge ans Werk. Gemeinsam arbeiteten sie einen Entwurf aus, der vom damaligen General der Jesuiten eine Zeitlang zurückgehalten wurde und erst in den letzten Lebenswochen Pius' XI. die päpstliche Kanzlei erreichte – zu spät, als daß ihn der alte Papst noch hätte lesen, korrigieren und der Welt bekanntmachen können.

Pius XII., mit bürgerlichem Namen Eugenio Pacelli, ließ ihn liegen. Er war 1917 Nuntius für Bayern und 1920 für Deutschland geworden, er hatte mit Bayern und Preußen Konkordate ausgehandelt, am Reichskonkordat von 1933 mitgewirkt und war als Kardinalstaatssekretär zum Papst gewählt worden. Mit anderen Worten: Er war mehr Diplomat als Seelenhirt. Als solcher mochte er sich fragen, ob er nicht lieber auf eine Initiative verzichtete, die den Juden nichts genutzt, Hitler gefährlich irritiert und den deutschen Katholiken geschadet hätte. Das sind jedenfalls die Argumente, mit denen seine Verteidiger die Judenpolitik des Heiligen Stuhls in den Jahren der »Endlösung« rechtfertigten. Hätte Pius XII. die Rassenverfolgungen öffentlich angeprangert, wäre das vom Naziregime als Kriegserklärung aufgefaßt und mit noch brutaleren Maßnahmen gegen den Klerus im besetzten Europa beantwortet worden; die Gauleiter im Osten gingen mit den dortigen Diözesen ohnedies wenig zimperlich um. In einer der vielen Antworten auf Hochhuths *Stellvertreter*, die in den vergangenen Jahren von katholischen Propagandisten veröffentlicht wurden, wird berichtet, der Krakauer Erzbischof Adam Sapieha habe 1942 den Entwurf einer Denkschrift über den Nationalsozialismus, den Pius XII. ihm vertraulich habe zukommen lassen, entsetzt ins Feuer geworfen. »Aber weiß der Heilige Vater denn nicht«, soll er ausgerufen haben, »in was für einer Lage wir uns befinden?« Und doch konnten diese Argumente bei vielen Historikern den Verdacht nie ganz ausräumen, die Haltung der Kirche sei von einer unbewußten Feindseligkeit oder, schlimmer noch, von der heimlichen Überzeugung bestimmt gewesen, die nationalsozialistischen Verfolgungen seien eine verdiente Gottesstrafe. Dieser Verdacht lastet auf dem Heiligen Stuhl weit schwerer als die im *Stellvertreter* vorgebrachten Beschuldigungen, und von genau dieser Last würde Johannes Paul II., wie wir gleich sehen werden, die römische Kurie gern befreien.

Der von LaFarge, Desbuquois und Gundlach ausgearbeitete Entwurf verurteilte die Rassenverfolgungen, bekräftigte aber die Notwendigkeit religiöser Abwehr und warnte die Katholiken vor den »spirituellen Gefahren [...], in die die Seele beim Kontakt mit Juden geraten kann«. Der amerikanische Essayist Gary Will vertritt die Meinung, die Warnung spiegele »die Angst der damaligen Katholiken vor religiösen Alternativen jedweder Art«, »protestantischen und orthodoxen nicht weniger als jüdischen«. Es handle sich mit anderen Worten um eine »präkonziliare« Haltung, wie sie in der römisch-katholischen Kirche damals sehr verbreitet gewesen sei.

Aus einem ganz anderen Blickwinkel ging zur gleichen Zeit der Philosoph Jacques Maritain, der nach dem Krieg französischer Botschafter am Vatikan wurde, das Problem an. In einem Vortrag über »Les Juifs parmi les Nations« (Die Juden unter den Nationen), den er am 5. Februar 1938 in Paris hielt, sprach er vom »Geheimnis Israels« und zitierte den Apostel Paulus, der den jüdischen Ungehorsam gegenüber dem »neuen und ewigen Bund« als Zeichen göttlichen Willens deutete. Die Stelle aus dem Römerbrief, von der bei Maritain nur einige Worte vorkommen, sei hier vollständig wiedergegeben:

»Nun frage ich: Sind sie etwa gestrauchelt, damit sie zu Fall kommen? Keineswegs! Vielmehr kam durch ihr Versagen das Heil zu den Heiden, um sie selbst eifersüchtig zu machen. Wenn aber schon durch ihr Versagen die Welt und durch ihr Verschulden die Heiden reich werden, dann wird das erst recht geschehen, wenn Israel zum Glauben kommt.

Euch, den Heiden, sage ich: Gerade als Apostel der Heiden preise ich meinen Dienst, weil ich hoffe, die Angehörigen meines Volkes eifersüchtig zu machen und wenigstens einige von ihnen zu retten. Denn wenn schon ihre Verwerfung für die Welt Versöhnung gebracht hat, dann wird ihre Annahme nichts anderes sein als Leben aus dem Tod. Ist die Erstlingsgabe vom Teig heilig, so ist es auch der ganze Teig; ist die Wurzel heilig, so sind es auch die Zweige. Wenn aber einige Zweige herausgebrochen wurden und wenn du als Zweig vom wilden Ölbaum in den edlen Ölbaum eingepropft wurdest und damit Anteil erhieltest an der Kraft seiner Wurzel, so erhebe dich nicht über die anderen Zweige. Wenn du es aber tust, sollst du wissen: Nicht du trägst die Wurzel, sondern die Wurzel trägt dich. Nun wirst du sagen: Die Zweige wurden doch herausgebrochen, damit ich eingepfropft werde. Gewiß, sie wurden herausgebrochen, weil sie nicht glaubten. Du aber stehst an ihrer Stelle, weil du glaubst. Sei daher nicht überheblich, sondern fürchte dich!

Hat Gott die Zweige, die von Natur zum edlen Baum gehören, nicht verschont, so wird er auch dich nicht verschonen. Erkenne die Güte Gottes und seine Strenge! Die Strenge gegen jene, die gefallen sind, Gottes Güte aber gegen dich, sofern du in seiner Güte bleibst; sonst wirst auch du herausgehauen werden.

Ebenso werden auch jene, wenn sie nicht am Unglauben festhalten, wieder eingepfropft werden; denn Gott hat die Macht, sie wieder einzupfropfen. Wenn du aus dem von Natur wilden Ölbaum herausgehauen und gegen die Natur in den edlen Ölbaum eingepfropft wurdest, dann werden erst recht sie als die von Natur zugehörigen Zweige ihrem eigenen Ölbaum wieder eingepfropft werden.« (Röm 11, 11-24)

Und weiter:

»Vom Evangelium her gesehen sind sie Feinde Gottes, und das um euretwillen; von ihrer Erwählung her gesehen sind sie von Gott geliebt, und das um der Väter willen. Denn unwiderruflich sind Gnade und Berufung, die Gott gewährt. Und wie ihr einst Gott ungehorsam wart, jetzt aber infolge ihres Ungehorsams Erbarmen gefunden habt, so sind sie infolge des Erbarmens, das ihr gefunden habt, ungehorsam geworden, damit jetzt auch sie Erbarmen finden. Gott hat alle in den Ungehorsam eingeschlossen, um sich aller zu erbarmen.« (Röm 11, 28-32)

JOHANNES PAUL II.

Nach Maritain gibt es also für den heiligen Paulus in Fragen der Religion weder Absonderung noch Gegnerschaft. Juden und Heiden sind Akteure innerhalb eines göttlichen Plans, wobei der Ungehorsam der Juden und das Erbarmen, das man den Heiden gewährt, im Rahmen der Vorsehung zusammengehören. Die Christen dürfen nicht hochmütig werden, vielmehr sollen sie den Juden in dem Bewußtsein, daß die Zweige des neuen Bundes aus dem Stamm des alten Glaubens sprießen, ihre Güte beweisen. 1944, einige Jahre später, bemerkte Maritain: »Gegen seinen Willen steigt Israel Seite an Seite mit den Christen den Kalvarienberg hinauf.« Denselben Gedanken griff Johannes Paul II. in einer Predigt auf, die er 1979 anläßlich seines Besuches in Auschwitz hielt und in der er das dortige KZ »das Golgotha unserer Zeit« nannte.

Doch zunächst lag auf dem Vatikan ein tiefer Verdacht. Zwar hatte er sich insofern menschlich korrekt verhalten, als er Zehntausende Juden gerettet und vielen die Klostertore geöffnet hatte. Aber solange Hitler an der Macht war, konnte man sich nicht dazu durchringen, die Greuel der nationalsozialistischen Judenverfolgungen öffentlich anzuprangern. Gewiß gab es dafür nachvollziehbare diplomatische Gründe. Aber konnte man sicher sein, daß diese Zurückhaltung, diese stillschweigende Duldung wirklich frei war von jeder Genugtuung angesichts der leidenden »Gottesmörder«? Dieser Argwohn belastete natürlich die Kirche.

Als sie unter Papst Johannes XXIII. den Kurs änderte, Kontakt zu den anderen Religionen suchte und eine ökumenische Initiative zur Belebung der weltweiten Mission startete, wurde aus der Belastung ein echtes Hindernis, das es zu beseitigen galt. Mitte der sechziger Jahre, in der ökumenischen Atmosphäre des Zweiten Vatikanischen Konzils, setzte sich allmählich die Überzeugung durch, die Kirche müsse dem christlichen Antijudaismus mit triftigen Argumenten eine offizielle Absage erteilen und gegebenenfalls ihre Reue bekunden. Eine erste Geste in dieser Richtung war die Korrektur des Gebets »für die ungläubigen Juden«, das bis 1960 gelautet hatte: »Lasset uns auch beten für die treulosen Juden *[perfidis Judaeis]* [...]. Allmächtiger ewiger Gott, du schließest sogar die treulosen Juden *[judaicam perfidiam]* von deiner Erbarmung nicht aus. Erhöre unsere Gebete, die wir ob der Verblendung jenes Volkes vor dich bringen: Möchten sie das Licht deiner Wahrheit, welches Christus ist, erkennen und ihrer Finsternis entrissen werden.« Agostino Kardinal Bea berichtet, Papst Johannes habe 1960 eines Tages »persönlich angeordnet [...], in dem bekannten Gebet für die Juden das beleidigende Adjektiv ›treulos‹ wegzulassen, das heute so schrecklich klingt, während es im mittelalterlichen Latein, auf das es zurückgeht, schlicht ›ungläubig‹ bedeutet hatte. Diese Geste wirkte auf die öffentliche Meinung im Judentum und weckte viele Hoffnungen.«

In seinem Buch *Wenn der Papst um Vergebung bittet. Alle »mea culpa« Johannes Pauls II. an der Wende zum dritten Jahrtausend* (1999), aus dem die zitierten Worte Kardinal Beas stammen, weist Luigi Accattoli darauf hin, daß dies nur der erste Schritt war. Im selben Jahr wurde das Taufritual für Täuflinge jüdischer Abstammung geändert und der Priester von der Mahnung »Widersage dem jüdischen Unglauben!«

entbunden. Am 28. Oktober 1965 verabschiedete das Konzil die Erklärung *Nostra aetate* (In unserer Zeit) über das Verhältnis der Kirche zu den nichtchristlichen Religionen. Im vierten Abschnitt heißt es unter anderem: »Im Bewußtsein des Erbes, das sie mit den Juden gemeinsam hat, beklagt die Kirche, die alle Verfolgungen gegen irgendwelche Menschen verwirft, nicht aus politischen Gründen, sondern auf Antrieb der religiösen Liebe des Evangeliums alle Haßausbrüche, Verfolgungen und Manifestationen des Antisemitismus, die sich zu irgendeiner Zeit und von irgend jemandem gegen die Juden gerichtet haben.« Es heißt, der 1978 gewählte und nach 33 Tagen im Amt verstorbene Papst Johannes Paul I. habe noch weiter gehen wollen. »Die Vernichtungslager der Nazis«, soll er zu einem befreundeten Priester gesagt haben, »müssen das Gewissen der Menschheit und der Christen gegenüber den Juden wachrütteln. Der Holocaust ist auch eine Tatsache, die den Glauben betrifft. Die Juden sind auch wegen ihres Glaubens getötet worden. Das Denken und die Haltung der Kirche gegenüber den Juden haben sich zutiefst gewandelt. Hier müssen wir die Christen aufklären und Priester und Bischöfe an spornen, eine klare und offene Sprache zu sprechen. Wir Christen müssen aus der Gegenwart und aus der Geschichte des jüdischen Volkes noch viel lernen. Der Karfreitag darf nicht länger ein Gedenktag gegen die Juden sein. Papst Johannes hat hier schon einiges getan, aber das ist noch nicht genug. Vergessen wir nicht, daß das Wort ›Karfreitag‹ bis heute in den Köpfen der alten Juden nachhallt, die über die Welt verstreut leben. Für sie ist es eine traurige, zuweilen tragische Erinnerung an all die Ereignisse, unter denen ihre Gemeinden an diesem Tag zu leiden hatten.«

Johannes Paul II. tat, wozu Albino Luciani keine Zeit mehr blieb. Am 13. April 1986 besuchte er die Synagoge von Rom und wiederholte dort wörtlich die Erklärung der Kirche über den Rassismus: »Ja, die Kirche beklagt nochmals durch mich mit den Worten des bekannten Dekrets *Nostra aetate* (Nr. 4) ›alle Haßausbrüche, Verfolgungen und Manifestationen des Antisemitismus, die sich zu irgendeiner Zeit und von irgendjemandem gegen die Juden gerichtet haben‹. Ich wiederhole: von wem auch immer.« Im Dezember 1991 räumte der Papst die »Passivität« der Kirche »angesichts der Verfolgungen und der Vernichtung der Juden« ein.

Und zwei Jahre später, im April 1993, gedachte er auf dem Petersplatz in Rom des Aufstandes im Warschauer Ghetto, der sich zum fünfzigsten Mal jährte: »In tiefempfundener Solidarität mit diesem Volk und in Einheit mit der gesamten Gemeinschaft der Katholiken möchte ich dieser schrecklichen Geschehen gedenken, die schon lange Zeit zurückliegen, aber im Gedächtnis vieler von uns haften geblieben sind: Die Tage der Shoa haben eine wahre Nacht der Geschichte angezeigt und unerhörte Verbrechen gegen Gott und gegen den Menschen verzeichnet. Wie sollten wir euch, liebe jüdische Schwestern und Brüder, nicht nahe sein im Gebet und Nachdenken über einen so schmerzlichen Jahrestag? Seid gewiß: Ihr tragt diese schmerzliche Erinnerung nicht allein. Wir beten und wachen mit euch unter den Augen des heiligen und gerechten Gottes, der reich an Erbarmen und Verzeihung ist.«

Nach diesen Auftritten und Erklärungen hat der Papst unter Vorsitz des Dominikanerpaters und Theologen Georges Cottier eine theologisch-historische Kommission eingerichtet, der die Aufgabe zukommt, die Wurzeln des Antisemitismus und der Intoleranz »als internes Problem der Kirchen« zu erforschen. Zweck der Kommission, so Pater Cottier in einem Interview mit Luigi Accattoli, sei »nicht so sehr, die historische Tatsache des Antisemitismus zu begreifen, über die ja bereits viele solide Untersuchungen vorliegen. Unser Ziel ist es vielmehr, ein theologisches Urteil zu fällen. Wie war es möglich, daß Christen, Bischöfe und Päpste, sogar Heilige, passiv blieben und Judenverfolgungen duldeten, vielleicht sogar ausübten und sie aus Glaubensgründen rechtfertigten?« Und seinem Interviewpartner, der ihn fragte, ob der Papst aufgrund der von der Kommission gezogenen Schlüsse »um Verzeihung bitten« werde, antwortete Cottier: »Das nehme ich doch an. Die ganze Arbeit geschieht in der Erwartung, daß man im Vorfeld des Jubiläums um Verzeihung bittet, aber das liegt außerhalb unserer Zuständigkeit. Wir übergeben unsere Vorschläge Kardinal Etchegaray, dem Präsidenten des Zentralkomitees für das Große Jubiläum, und der Kardinal legt sie dem Papst vor, der dann entscheidet.«*

* An der Klagemauer in Jerusalem am 26. März 2000 und beim Gottesdienst in St. Peter am ersten Fastensonntag des Jubiläumsjahres 2000 bat Johannes Paul II. um Vergebung für alle von Christen gegen Juden begangenen Sünden. (Anm. d. dt. Verlegers)

DIE STRATEGIE DES PAPSTES

Trotz aller Bekundungen von Reue und gutem Willen ist das Verhältnis zwischen Kirche und Judentum heute möglicherweise gespannter als in den Zeiten, da das Papsttum noch auf seinen traditionellen Positionen beharrte. 1964 errichtete der Karmeliterorden im ehemaligen Konzentrationslager Dachau, direkt neben dem einstigen Lagergelände, das Karmelkloster Heilig Blut. Als der Orden 1984 am Außenzaun des Lagers von Auschwitz einen zweiten Karmel eröffnen wollte, stieß die Initiative bei den jüdischen Gemeinden auf Ablehnung und Empörung. Viele Juden hatten den Eindruck, die Kirche wolle auf diese Weise die historische Bedeutung des Genozids zu eigenen Zwekken nutzen und ihr Banner an einem Ort aufpflanzen, an dem man die meisten jüdischen Opfer zu beklagen gehabt hatte. Die 1986 und 1987 in Genf geführten Verhandlungen endeten mit der Abmachung, das kleine Kloster innerhalb von zwei Jahren zu schließen und andernorts, »außerhalb des Lagers«, wieder zu eröffnen. An seiner Stelle wollte der Krakauer Erzbischof das [1992 eröffnete] »Zentrum für Information, Erziehung, Begegnung und Gebet« errichten, um »den Austausch zwischen den europäischen Kirchen zu fördern, […] gegen Desinformation und Banalisierung anzugehen, […] die Besuchergruppen angemessen zu empfangen und […] die Beziehungen zwischen Judentum und Christentum zu fördern«. Unter Berufung nicht zuletzt auf wirtschaftliche Schwierigkeiten ließen sich die Karmeliterinnen sehr viel Zeit, was bei den jüdischen Gemeinden für weiteren Unmut sorgte. Die Krise war erst überstanden, als der Papst der Oberin des Karmel persönlich den Umzug befahl.

Können wir daraus schließen, daß der alte Erzbischof von Krakau [Franciszek Kardinal Macharski, geb. 1927, amtierte 1978 bis 2005] liberaler als der polnische Klerus insgesamt und mittlerweile fest entschlossen ist, die Kirche auf dem Weg gegenseitiger Toleranz voranzubringen? Vielleicht. Einschränkend muß man sagen, daß der Papst, und zwar nicht nur gegenüber den Juden, »zweigleisig« fährt. Auf der einen Seite bittet er Indios, Frauen, Protestanten, Galileo Galilei, die Opfer der Kreuzzüge und der Religionskriege, morgen vielleicht auch die Juden, »um Verzeihung«. Auf der anderen Seite ist er dynamischer, apostolischer, »expansionistischer« und imperialer als seine Vorgänger. Erkennt er die Verfehlungen der katholischen Kirche nur an, *pour mieux sauter*, damit sie erfolgreicher missionieren und expandieren kann? Der Besuch Johannes Pauls II. in der Synagoge von Rom ist für das Judentum zweifellos eine verblüffende Geste. Und er tut zugleich etwas, was vom Großteil der Juden als geschichtspolitische Provokation empfunden wird: Er setzt sich für die Heiligsprechung des in Auschwitz ermordeten polnischen Priesters Maximilian Kolbe ein [1971 selig-, 1982 heiliggesprochen], für die Seligsprechung des in Dachau umgekommenen polnischen Weihbischofs Michael Kozal und des an den Folgen seiner qualvollen Haft verstorbenen deutschen Jesuitenpaters Rupert Mayer [beides 1987 geschehen] sowie der in Auschwitz ermordeten Karmeliterin Edith Stein [1987 selig-, 1998 heiliggesprochen]. Jede dieser Selig- und Heiligsprechungen ist aus jüdischer Sicht ein Übergriff, als wolle der Papst die Lager nach und nach für die Kirche »zurückerobern« und alle anderen, vor allem die Juden, aus der Erinnerung an den Völkermord ausschließen.

Am bedeutendsten ist in diesem Zusammenhang Edith Stein, die als Ordensschwester den Namen Teresia Benedicta trug. Sie wurde 1891 am Jom Kippur in Breslau als Jüdin geboren und wuchs in einer orthodoxen Familie auf. An der Universität Göttingen studierte sie bei dem großen Philosophen Edmund Husserl (der ebenfalls jüdischer Herkunft, aber zum Protestantismus konvertiert war) und gehörte schon bald zu seinen besten Schülern. Sie konvertierte 1922 zum Katholizismus und lehrte bis zum Berufsverbot von 1933 in katholischen Einrichtungen. Sie ersuchte Papst Pius XI. brieflich um eine entschiedenere Verurteilung der nationalsozialistischen Verfolgungen. Edith Stein war eine starke Frau mit großen dunklen Augen und durchdringendem Blick. 1933 tat sie den großen Schritt: Sie wurde Karmeliterin und zog sich aus dem weltlichen Leben ins Kloster zurück; man weiß allerdings, daß Edith Stein im Unterschied zu Simone Weil (auch sie Philosophin und konvertierte Jüdin) keine feindlichen Gefühle gegen ihren früheren Glauben gehegt hat.

1938 lebte Schwester Teresia Benedicta a Cruce, wie Edith Stein nun hieß, bereits seit fünf Jahren im Kölner Karmel und schrieb ihr autobiographisches Buch *Aus dem Leben einer jüdischen Familie*, in dem sie von ihrer Kindheit und Jugend erzählt. Da faßte die Kirche den Beschluß, sie nach Holland in den Karmel von Echt zu bringen, um sie vor den Verfolgungen zu schützen. Nachdem deutsche Truppen 1940 die Niederlande besetzt hatten, kam es zu einer harten Auseinandersetzung zwischen den deutschen Behörden und dem niederländischen Klerus. Die niederländischen Bischöfe hatten die antijüdischen Maßnahmen der Besatzungsbehörden offiziell kritisiert, worauf die Deutschen mit Erpressung reagierten: Wenn der holländische Episkopat von seiner Einmischung absähe, würde man die zum Christentum konvertierten Juden verschonen. Die Bischöfe lehnten den Tauschhandel ab und ließen in den Kirchen einen Hirtenbrief gegen die Verfolgungen verlesen. Die deutsche Seite antwortete mit der angedrohten Vergeltung: Anfang August wurden 722 Katholiken jüdischen Ursprungs deportiert – unter ihnen auch Edith Stein mit ihrer Schwester Rosa, zu der sie bei der Abfahrt gesagt haben soll: »Komm, wir gehen für unser Volk.« Wollte sie sagen, »zur Rettung des jüdischen Volkes«? Wahrscheinlich starb sie kurz nach ihrer Ankunft in Auschwitz den Tod in der Gaskammer.

Ihre Seligsprechung und bevorstehende Heiligsprechung haben die jüdischen Gemeinden ebenso aufgebracht und irritiert wie die Errichtung des Karmels in Auschwitz. Edith Stein ist nicht die erste Heilige jüdischer Herkunft, aber die erste, die das Martyrium erlitt, weil sie Jüdin war. Darf sich die römisch-katholische Kirche ihr Opfer »aneignen«, um ihr eigenes Ansehen zu heben? Möglicherweise ist Johannes Paul II. der größte Judenfreund unter den Päpsten der Geschichte, jedenfalls der erste, der offiziell eine Synagoge aufgesucht und aus den »treulosen Juden« »ältere Brüder« gemacht hat. Aber er ist auch der Papst, der energisch die historisch-theologische These vertritt, wonach die Konzentrationslager Stationen eines von Gott zum Triumph des »neuen und ewigen Bundes« bestimmten Kreuzweges sind. Im Rahmen einer solchen Vorsehung sind die Juden Werkzeuge, keine Akteure. Wieder fallen einem Maritains Worte ein: »Gegen seinen Willen steigt Israel Seite an Seite mit den Christen den Kalvarienberg hinauf.« Und wieder muß man an das kleine Buch *Judentum und Christentum* (1884) von dem großen russischen Philosophen Wladimir Solovjov denken. Beseelt von dem Ziel, die Einheit der christlichen Kirchen wiederherzustellen, hegte Solovjov eine für das Judentum problematische Hoffnung: Rußland und Polen,

»die beiden entgegengesetzten Pole des Slaventums [...] haben noch nicht dem Grundgedanken der christlichen Theokratie entsagt«. Und er schloß den Aufruf an: »Vereinigt die Kirche, verbindet sie in gerechtem Bündnis mit dem Staat, schafft einen christlichen Staat und eine christliche Gesellschaft. Es ist ganz natürlich, daß die Juden sich nicht zum Christentum bekehren werden, so lange es von den Christen selbst verleugnet wird; es ist schwer anzunehmen, daß sie sich mit dem vereinigen werden, was selbst zerfallen ist. [...] Die Einigung des Christentums wird eine große Zerspaltung des Judentums zur Folge haben. Wenn aber die Zerspaltung des Christentums für das Christentum ein Elend war, so wird die Zerspaltung Israels diesem zum Heile gereichen. Der beste Teil des Judentums wird in die christliche Theokratie eintreten, der schlechtere wird fortbleiben und am Ende der Zeiten werden die Juden, nachdem sie die göttliche Strafe erfahren haben werden, durch die göttliche Gnade erlöst werden, denn unerschütterlich fest steht das Wort des Apostels, daß das ganze Israel selig werden wird.« Vielleicht blickt auch der polnische Papst weit voraus und will die Voraussetzungen dafür schaffen, daß das Wort des Apostel Paulus Wirklichkeit wird.

Ein rein politischer Beobachter, der daran gewöhnt ist, die großen ideologischen und spirituellen Debatten nach den Kriterien von Macht und Stärke zu beurteilen, hat bisweilen den Eindruck, hinter diesen neuerlichen Auseinandersetzungen werde ein Duell zwischen den beiden großen »Verfehlungen« ausgefochten, die Juden und Katholiken zu verschiedenen Zeiten der Geschichte einander vorgeworfen haben. Dabei wird der »Gottesmord« gar nicht mehr diskutiert; kein Bischof würde es heute noch wagen, dieses bösartige und diskreditierende Argument anzubringen. Nicht verblaßt aber ist die Erinnerung an seine Folgen, an Verachtung, Mißtrauen, Übergriffe und Diskriminierungen; an all das, was die jüdischen Gemeinden vor allem in Mittelosteuropa wegen dieses Vorwurfs erleiden mußten. Johannes Paul I. erinnerte daran: Für die Juden ist Karfreitag der schlimmste aller Tage. Auf der anderen Seite droht nun der Holocaust als Argument eines radikal unversöhnlichen Judentums seinerseits ein Machtinstrument zu werden. Nachdem es dem Vorwurf des Gottesmordes ausgesetzt war, wirft das Judentum jetzt den Christen vor, das »Volk Gottes« getötet oder zumindest seine Tötung geduldet zu haben. Es überrascht nicht, daß sich die Kirche diesem Vorwurf zu entziehen sucht. Sie tut es, wie gesagt, mit der zweigleisigen Strategie des polnischen Papstes: mit dem Besuch in der römischen Synagoge und mit der Rückeroberung der Lager. Deshalb wird die Zeit des intensivsten Dialogs, in den diese beiden Religionen je getreten sind, von einem Teil des Judentums als höchste Gefahr für die eigene religiöse Identität erlebt. Und deshalb, um dieser Gefahr standhalten zu können, schützt sich dieses Judentum mit der mahnenden Erinnerung an den Holocaust.

DIE EROBERUNG DER VERGANGENHEIT

Das Problem, das zu diskutieren die Historiker das Recht und die Pflicht haben, ist nicht die Ermordung der europäischen Juden als historisches Faktum. Der erbärmliche Revisionismus derer, die dieses Ereignis leugnen oder die Zahl seiner Opfer um einige Hunderttausend nach unten »korrigieren« wollen wie Hochwürden Vitaliano Mattioli in dem 1997 erschienenen Buch (*Gli ebrei e la Chiesa 1933-1945* [Die Juden und die Kirche]), macht die ohnedies heikle »Judenfrage« bloß noch komplizierter. Was sehr wohl zur Debatte steht, ist der Rang, der diesem Völkermord und seinen Ursachen in der Menschheitsgeschichte zukommen soll. Für einen Teil des Judentums ist der Holocaust nicht nur das zentrale Ereignis des vergangenen Jahrhunderts, vielmehr manifestiert sich durch ihn das Böse in der Geschichte, und zwar das Böse selbst – eine Art »Gegengott«, den es mittels Gedenkveranstaltungen, Mahnmale, Museen, Zeugnisse der Betroffenheit und Bitten um Vergebung ständig zu bannen gilt. Hier geht es nicht um den Holocaust als historisches Faktum, sondern um die maximale Manifestation einer Schuld – nämlich der des Antisemitismus –, die niemals gesühnt werden kann.

Wir haben es hier mit einer religiösen Form von Geschichtsschreibung zu tun. Für eine laizistisch orientierte Forschung haben vergangene Ereignisse ihre Ursachen, ihre spezifischen Wirkungen und andere besondere Merkmale, die sie, dem äußeren Anschein und allen Ähnlichkeiten zum

Trotz, jeweils unwiederholbar machen. Genauer gesagt: Wenn sich der laizistisch geprägte Historiker mit einem Krieg oder einem Massaker befaßt, kann er sich nicht erlauben, den Anteil der Opfer – oder besser, die Gelegenheiten und die Vorwände, die diese ihren Verfolgern liefern – ganz außer acht zu lassen. Wenn ein Historiker den Genozid rekonstruiert, der während des Ersten Weltkriegs an den Armeniern verübt wurde, dann kommt er nicht daran vorbei, daß die Armenier des Osmanischen Reiches enge und der Regierung in Konstantinopel verdächtige Beziehungen zur armenischen Bevölkerung im gegnerischen Zarenreich unterhielten. Beschäftigt er sich mit dem japanischen Angriff auf Pearl Harbour am 7. Dezember 1941, wird er daran erinnern müssen, daß die Vereinigten Staaten in den vorangegangenen Monaten ein Embargo verhängt hatten, um den Export amerikanischer Erdölprodukte nach Japan zu unterbinden. Weist der Historiker auf diese Fakten hin, um die Täter zu rechtfertigen oder freizusprechen? Nein! Es ist nicht seine Aufgabe, moralische Urteile zu fällen, sondern zu verstehen. Wenn es um den Antisemitismus der Nationalsozialisten geht, muß er sich fragen, wie in der öffentlichen Meinung ein Klima entstehen konnte, das die Deutschen zur Judenverfolgung ermunterte oder ihnen zumindest erlaubte, die Massaker zu ignorieren. Er muß versuchen zu verstehen, weshalb weite Teile der Öffentlichkeit die Niederlage am Ende des Ersten Weltkriegs nicht anerkennen wollten und wie in einer derart frustrierten Stimmung die Juden zu »Drahtziehern« schwerer und »ungerechter« Schicksalsschläge werden konnten. (»Die Juden sind unser Unglück«, behaupteten die Nazis auf ihren Spruchbändern.) Wenn es um den italienischen Antisemitismus geht, muß sich der Historiker fragen, warum die Rassengesetze von der Mehrheit der Bevölkerung akzeptiert wurden, wenn auch unter vielen

Vorbehalten. Er wird sich weiter fragen müssen, weshalb so viele italienische Wissenschaftler – nach dem Krieg angesehene Vertreter des antifaschistischen Italien –, bereit waren, die Lehrstühle zu besetzen, deren jüdische Inhaber man vertrieben hatte, obwohl diesen Leuten doch klargewesen sein muß, daß sie sich die Finger nicht weniger schmutzig machten als andere, die etwa das Haus ihres jüdischen Nachbarn unter Wert aufkauften, als der nicht mehr arbeiten durfte und aus dem Land gejagt wurde.

Wenn der Historiker einmal anfängt, über diese Themen zu arbeiten, stellt er bald fest, daß nichts von alldem möglich gewesen wäre, wenn den antisemitischen Maßnahmen nicht teils durch alte, vor allem aber durch neue Vorurteile, die mit der Ausbreitung des europäischen Judentums unter den speziellen wirtschaftlichen und sozialen Bedingungen in Europa im 19. Jahrhundert zusammenhängen, der Boden bereitet worden wäre. Mit anderen Worten: Er stellt fest, daß eine ganze Reihe mitunter unangenehmer und peinlicher Fragen der Antwort harren: Warum gelten die Juden zu gewissen Zeiten in weiten Teilen der öffentlichen Meinung als »unsympathisch«? Weshalb stellen sie einen so hohen Anteil an der sozialistischen und kommunistischen Bewegung? Weshalb sind sie in den Banken, im Journalismus, in der akademischen Welt nicht minder stark vertreten? Weshalb wirken die Bande der Solidarität zwischen ihnen ungleich stärker als etwa zwischen Auslandsitalienern der zweiten oder dritten Generation? Ist es berechtigt, diese Solidarität, wie häufig geschehen, als »jüdische Internationale« zu bezeichnen? Diese Fragen, ich sage es noch einmal, sollen keiner Rechtfertigung der NS-Verbrechen, sondern dem besseren Verständnis dienen. Ansonsten läuft man Gefahr, Geschichte mit der Feder der Entrüstung zu schreiben und gefährlich unwiderrufliche moralische Urteile zu fällen.

Genau das würden sich die »theologischen« Historiker wünschen, die aus solchen Fragen sofort ein Kleinreden des Genozids und seiner Bedeutung herauslesen.

Aber Geschichtsschreibung hat immer eine laizistische Tendenz, Kultur immer eine revisionistische, die Fragen hören nie auf, und keine Generation begnügt sich mit den Antworten, die sie in den Büchern ihrer Eltern findet. Die Gefahr eines neuen Antisemitismus liegt gerade in dem Bestreben des unversöhnlichen Teils des Judentums, die Geschichte mit Beschlag zu belegen und die Hierarchie bestimmter Ereignisse und ihrer Bedeutung zu zementieren. Wenn der Parlamentsabgeordnete Furio Colombo vorschlägt, den 16. Oktober (den Tag, an dem 1943 im Ghetto von Rom 1024 Juden von den Deutschen verhaftet wurden) zum *memorial day* der italienischen Nation zu machen, wird ein anderer unweigerlich einen »Foibe-Tag« ausrufen wollen, um an die mehreren tausend Mordopfer zu erinnern, die es am Ende des Zweiten Weltkriegs in Istrien zu beklagen gab.* Jeder Versuch, die Geschichte in Besitz zu nehmen, stößt auf die entsprechende Reaktion. Die Vergangenheit ist viel zu kostbar, als daß man sie den religiösen Ideologen überlassen sollte.

Droht denn heute wirklich ein neuer Antisemitismus? Wenn der »jüdische Freund«, an den sich dieses Buch wendet, mir diese Frage stellte, würde ich ihm folgendermaßen antworten: Der alte Antisemitismus und der alte Antijudais-

* Unter dem Begriff »Foibe-Massaker« versteht man Kriegsverbrechen, die während des Zweiten Weltkriegs und danach von jugoslawischen Partisanen an der italienischen Bevölkerung in den istrischen und dalmatinischen Küstengebieten verübt wurden. Die Opfer wurden in Karsthöhlen, sogenannte Foibe, geworfen. Sie waren mehrheitlich Anhänger des ehemaligen faschistischen Regimes, das während des Zweiten Weltkriegs seinerseits die kroatische und slowenische Bevölkerung terrorisiert hatte. (Anm. d. dt. Verlegers)

mus, die in tiefen rassistischen, religiösen, sozialen und wirtschaftlichen Vorurteilen gründeten, gehören der Vergangenheit an und fristen ihr Dasein am äußersten Rand der öffentlichen Meinung Europas. Niemand von vergleichbarem intellektuellem und moralischem Format käme heute auf die Idee, wie Martin Luther 1543 die grausame Abhandlung *Von den Juden und ihren Lügen* zu schreiben. Aber es gibt einen neuen Antisemitismus, der vor allem zwei Ursachen hat. Erstens die privilegierte Stellung Israels, die das Land der Unterstützung durch die jüdischen Gemeinden in aller Welt verdankt. Israel trägt alle Kennzeichen eines Staates, der sich zu bestimmten Zeiten zu Recht oder Unrecht bedrängt und bedroht fühlt. Er ist mutig, hart, herrisch, hochmütig und in vielen Situationen rücksichtslos verlogen. Ich denke beispielsweise an die Erklärung aus dem Jahre 1953, in der Ben Gurion behauptete, daß israelische Zivilisten und nicht israelische Streitkräfte einige Tage zuvor, am 14./15. Oktober, im Zuge einer Vergeltungsmaßnahme im Gebiet von Qibya fünfzig Häuser zerstört und 69 palästinensische Araber getötet hätten. Die Geschichte der Beziehungen zwischen Juden und Arabern von den zwanziger Jahren bis heute verzeichnet auf beiden Seiten unzählige terroristische Racheakte. Ich kann zwar nachvollziehen, daß Israel besondere Sympathien weckt und daß es für die Außenpolitik der Vereinigten Staaten im Nahen Osten nach wie vor eine wichtige Rolle spielt. Aber der Holocaust darf für Israel kein moralischer Freibrief sein. Ein solcher Anspruch schadet letztlich der Diaspora und dabei auch den Juden, die sich zum Zionismus bekennen, ohne direkte Verantwortung für das Wohl Israels zu übernehmen. Der Druck, den die Diaspora auf die öffentliche Meinung des Westens ausübt, verzerrt die internationalen Beziehungen und setzt diese Juden dem Vorwurf einer doppelten Loyalität aus: gegenüber Israel und dem jeweiligen Heimatland. Auf die führenden Köpfe der Diaspora mag dieser Vorwurf gelegentlich sogar zutreffen; ungerecht aber scheint er mir gegenüber den jüdischen Gemeinden zu sein, die in zunehmendem Maße in die jeweiligen Nationalstaaten integriert sind; man denke nur an die steigende Zahl gemischter Ehen in den Vereinigten Staaten.

Die zweite Ursache des neuen Antisemitismus ist paradoxerweise der Raum, den der Holocaust seit 1945 nach und nach eingenommen hat. Es ist kaum vorstellbar, daß der während des Zweiten Weltkriegs verübte Völkermord an den europäischen Juden je vergessen oder, wenn man von einigen Unverbesserlichen absieht, verharmlost werden könnte. Und dennoch ist auch der Holocaust insofern ein »normales« geschichtliches Ereignis, als er wie jedes andere die Summe aus (in diesem Fall besonders vielen) individuellen Verantwortlichkeiten und einem geschichtlichen Kontext darstellt. Nun gibt es aber die Tendenz, den Völkermord gleichsam zu kanonisieren, ihn zu einer festen geschichtlichen Kategorie zu machen, ihn metahistorisch zu interpretieren. In der Art und Weise, in der man an ihn erinnert und seiner Opfer gedenkt, schwingt die Überzeugung mit, der Holocaust sei weit mehr als ein geschichtliches Faktum: Nämlich, er sei die gemeinsame Schuld ganzer Nationen und Religionen. Doch gerade in dieser Vorstellung einer »Kollektivschuld« verbirgt sich einer der gefährlichsten Ursprünge rassistischer Phänomene. Der Rassismus beginnt dort, wo jemand behauptet, die Verantwortung für ein bestimmtes Ereignis laste auf den Schultern eines ganzen Volkes. Und früher oder später ruft jede Verallgemeinerung eine nicht minder radikale und ausschließende Reaktion hervor.

BIBLIOGRAPHISCHE NOTIZ

In einigen Teilen des Buches habe ich auf Artikel zurückgegriffen, die zuvor in der Wochenzeitung *Panorama* (»Hundert Jahre Zionismus«) und in der *Rivista dei libri* (»Arnaldo Momigliano, Die marranischen Intellektuellen«) erschienen sind. Mein Dank gilt den jeweiligen Schriftleitern. Im folgenden beschränke ich mich auf einige Hinweise zu den Büchern und Aufsätzen, aus denen zitiert wurde.*

Die Familienerinnerungen von Roger Weiss sind 1975 bzw. 1988 in der Chicagoer Kimbark Press erschienen; die von ihm herausgegebenen Essays in *Jewish Social and Economic History* von Arcadius Kahan 1986 in der University of Chicago Press. Die Lebenserinnerungen Vittorio Segres (ital. Originalausgabe: *Storia di un ebreo fortunato*, Mailand 1985; erweiterte engl. Ausgabe: *Memoirs of a Fortunate Jew. An Italian Story*, London 1987) liegen in deutscher Übersetzung vor unter dem Titel *Ein Glücksrabe. Die Geschichte eines italienischen Juden* (übers. v. Sylvia Höhler u. Hanni Ehlers, Frankfurt/M. 1993). Das Buch *The Holocaust in History* von Michael R. Marrus ist in der University Press of New England (Hanover u. a. 1987) erschienen. Darin findet der Leser unter anderem Elie Wiesels Urteil über das Holocaust-

* Anm. d. Übers.: Die Angaben wurden für die deutschsprachigen Leser leicht überarbeitet. Anstelle der vom Autor angeführten italienischen Ausgaben werden, sofern vorhanden, die deutschsprachigen Übersetzungen bzw. die jeweiligen Originalausgaben nachgewiesen.

gedenken. Raul Hilbergs *The Destruction of European Jews* ist zuerst 1961 erschienen. Seit 1985 liegt eine durchgesehene und erweiterte Ausgabe vor, auf der auch die aktuell verfügbare deutschsprachige Taschenbuchausgabe basiert: *Die Vernichtung der europäischen Juden*, übers. v. Christian Seeger, 3 Bde., Frankfurt/M. 1990. Die Originalausgabe des erwähnten Buches von Yves Ternon trägt den Titel *L'état criminel. Les génocides au XXe siècle* (Paris 1995); die deutsche Übersetzung v. Cornelia Langendorf trägt den Titel *Der verbrecherische Staat* (Hamburg 1996). Daniel Jonah Goldhagens Buch *Hitler's Willing Executioners* (New York 1996) ist im selben Jahr auch in deutscher Übersetzung erschienen: *Hitlers willige Vollstrecker*, übers. v. Klaus Kochmann, Berlin 1996. Zu Finkelsteins Goldhagen-Kritik vgl. Norman G. Finkelstein / Ruth Bettina Birn, *Eine Nation auf dem Prüfstand. Die Goldhagen-These und die historische Wahrheit.* Mit einer Einleitung von Hans Mommsen. Übers. von Bernd Leineweber, Hildesheim 1998.

Nikolai Leskows Erzählung »Der Schafochs«, der die Stelle über die Rekrutierung jüdischer Knaben im Rußland des 19. Jahrhunderts entnommen ist, findet sich in der Übersetzung von Erich Müller in Band 7 (Charaktere und Sonderlinge) der *Gesammelten Werke*, München 1926. Was die Reisen von Moses Montefiore und vor allem seine Begegnung mit Zar Nikolaus I. betrifft, verweise ich auf *The Story of Sir Moses Montefiore* von Josephine Kamm (London 1960). Max Nordaus Rede auf dem Ersten Zionistischen Kongreß (Basel, 29. August 1897) ist abgedruckt in *Zionistische Schriften* (Köln/Leipzig 1909). Aus Theodor Herzls erstmals 1896 erschienener Schrift *Der Judenstaat* wird hier nach der 1988 im Züricher Manesse-Verlag erschienenen, in Orthographie und Interpunktion modernisierten Ausgabe zitiert. Pietro Quaronis Artikel über Chaim Weizmann ist ein Feuilleton aus dem *Corriere d'Informazione* vom 23. Januar 1956. Zu Zeev Jabotinsky verweise ich auf eine italienischsprachige Sammlung seiner Schriften, die unter dem Titel *Verso lo Stato* von Leone Carpi herausgegeben wurde (Florenz 1960). Zum Vorwurf des »jüdischen Faschismus« an die Adresse Jabotinskys vgl. Tom Segev, *Die siebte Million. Der Holocaust und Israels Politik der Einnerung*, übers. v. Jürgen Peter Krause u. Maja Ueberle-Pfaff, Reinbek 1995 (die hebräische Originalausgabe erschien 1993).

Arnaldo Momiglianos Vorlesungen in Cambridge wurden unter dem Titel *Pace e libertà nel mondo antico. Lezioni a Cambridge: gennaio - marzo 1940* herausgegeben von Riccardo Di Donato (Florenz 1996). Seine Briefe an die Israelitische Gemeinde von Rom sind abgedruckt in »Materiali per una biografia intellettuale di Arnaldo Momigliano« von Riccardo Di Donato (in der Zeitschrift *Athenaeum*, I, 1995). Arnaldo Momiglianos Aufsatz über »The Jews of Italy« (*New York Review of Books* vom 24. Oktober 1985) liegt unter dem Titel »Die Juden in Italien« in deutscher Übersetzung vor (in Momiglianos Aufsatzband *Die Juden in der Alten Welt*, übers. v. Martina Kempter, Berlin 1988). Paolo Oranos Buch *Gli ebrei in Italia* ist 1937 in dem römischen Verlag Pinciana erschienen; ebenfalls 1937 und im selben Verlag auch die Entgegnung *Noi ebrei* von Abramo Levi (Pseudonym von Alfredo Di Donno). Die Memoiren des Rabbiners Marco Momigliano (Arnaldos Uronkel) wurden 1986 als schmales Bändchen *(Autobiografia di un Rabbino italiano)* mit einem Kommentar von Alberto Cavaglion vom Sellerio-Verlag in Palermo herausgebracht.

Das Interview mit Rabbiner Toaff findet sich in dem Band *Essere ebreo* von Elio Toaff und Alain Erkann (Mailand 1994). Der von Corrado Vivanti herausgegebene, den Juden in Italien gewidmete Band *(Gli ebrei in Italia)* der *Annali della storia d'Italia* (Einaudi) ist 1996 in Turin erschienen. Eine deutsche Übersetzung von Paul Johnsons *A History of the Jews* (London 1987) liegt bislang nicht vor. Riccardo Calimanis Buch *I destini e le avventure dell'intellettuale ebreo (1650-1933)* erschien 1996 in Mailand. Das Heine-Zitat über Spinoza stammt aus seiner Schrift »Zur Geschichte der Religion und Philosophie in Deutschland« (1834/1835), das Zitat von Karl Popper entstammt dessen Lebenserinnerungen *Ausgangspunkte: meine intellektuelle Entwicklung*, übers. v. Friedrich Griese und vom Autor selbst (Hamburg 1979). Von Moses Mendelssohn wird aus dessen Abhandlung »Jerusalem oder über religiöse Macht und Judentum« (1783) zitiert. Die Reportage von Joseph Roth über die »Ostjuden« unter dem Titel »Juden auf Wanderschaft« findet sich im 3. Band seiner *Werke in drei Bänden* (Köln/Berlin 1956).

Jesurums Gespräch mit Primo Levi ist in *Essere ebrei nella testimonianza di ventuno protagonisti* von Stefano Jesurum (Mailand 1987) nachzulesen. Die mit Primo Levi von Gianpaolo Pansa, Edith Bruck und Gad Lerner geführten Interviews sind in dem Band *Conversazioni e interviste (1963-1987)*, Turin 1997, enthalten. Die deutsche Übersetzung des Bandes (*Gespräche und Interviews*, übers. v. Joachim Meinert, München/Wien 1999) enthält die Gespräche mit Bruck und Lerner, jedoch nicht mit Gianpaolo Pansa. Von Edith Bruck liegt außerdem vor: *Wer dich so liebt. Lebensbericht einer Jüdin*, übers. v. Cajetan Freud, zuletzt Berlin 1999.

La droite révolutionnaire. 1885-1914. Les origines françaises du fascisme von Zeev Sternhell ist erstmals 1978 in Paris erschienen, eine erweiterte Neuausgabe von *Ni droite, ni gauche: l'idéologie fasciste en France* 1992 in Brüssel. Die Zitate von Blanqui und Proudhon sind *La droite révolutionnaire* entnommen. Die Bemerkung über Ezra Pounds Antisemitismus findet sich in dem Büchlein *L'antisemitismo* von Roberto

Finzi (Florenz 1997). Die Originalausgabe des Buchs von Louis Rapoport über *Stalin's War against the Jews* erschien 1990 in New York; die deutsche Übersetzung *Hammer, Sichel, Davidstern. Judenverfolgung in der Sowjetunion* (übers. v. Peter Zacher) 1992 in Berlin. Die Memoiren von Ida Nudel kamen in englischer Übersetzung aus dem Russischen 1990 in New York heraus *(A Hand in the Darkness)*. Das Zitat von Arturo Carlo Jemolo stammt aus dessen *Anni di prova*, Vicenza 1969.

Das Buch von Maurizio Molinari *La sinistra e gli ebrei in Italia 1967-1993* ist 1995 in Mailand erschienen. Die Erklärungen Simon Wiesenthals zum »Waldheim-Effekt« stehen in dem Artikel »Bern Resists Pressure by U.S. Senator for Apology« in *International Herald Tribune* vom 1. August 1997. Die Bemerkungen von Renzo De Felice über die Haltung der Kirche zum Zionismus finden sich in seinem Vorwort zur italienischen Ausgabe des Buchs *Il Vaticano, la Terra Santa e il Sionismo* (Mailand 1988) von Sergio I. Minerbi (engl. Übersetzung des hebräischen Originals *The Vatican and Zionism. Conflict in the Holy Land 1895-1925*, übers. v. Arnold Schwarz, New York / Oxford 1990). Das Buch von Georges Passelecq und Bernard Suchecky, *L'encyclique cachée de Pie XI. Une occasion manquée de l'Église face à l'antisémitisme* (Paris 1995), liegt in deutscher Übersetzung vor unter dem Titel *Die unterschlagene Enzyklika. Der Vatikan und die Judenverfolgung*, übers. v. Markus Sedlaczek (München / Wien 1997). Zu den Polemiken, die Rolf Hochhuths *Der Stellvertreter* und der Bau eines Karmels in Auschwitz ausgelöst haben, verweise ich auf *Gli ebrei e la Chiesa 1933-1945* von Vitaliano Mattioli, Mailand 1997, das der Verlag nach einem Protest der Israelitischen Gemeinden aus dem Buchhandel zurückzog. Das Buch von Luigi Accattoli *Quando il Papa chiede perdono. Tutti i mea culpa di Giovanni Paolo II*, erschienen

1997 in Mailand, liegt in deutscher Übersetzung vor: *Wenn der Papst um Vergebung bittet. Alle »mea culpa« Johannes Pauls II. an der Wende zum dritten Jahrtausend*, übers. v. Peter-Felix Ruelius, Innsbruck / Wien 1999. Das Interview, das Accattoli mit Georges Cottier führte, findet sich im *Corriere della Sera* vom 10. April 1997. Zu Edith Stein verweise ich auf den Artikel »The Saint of Auschwitz« von Calev Bed-David im *Jerusalem Post Magazine* vom 2. Mai 1997. Die Schrift »Evrejstvo i christianskij vopros« von Wladimir Solovjow liegt auf deutsch vor: *Judentum und Christentum*, übers. v. Ernest Keuchel (Dresden 1911) oder *Das Judentum und die christliche Frage*, übers. v. Johannes Harder (Wuppertal-Barmen 1961).

S. R. / M. K.

ANHANG

VORWORT ZUR NEUAUSGABE 2002

Viele Leser und Rezensenten reagierten wohlwollend auf dieses 1997 erschienene Buch. Es provozierte aber auch harsche Kritik und löste eine monatelange Polemik aus, darunter eine *Risposta a Sergio Romano* (Entgegnung auf Sergio Romano), die der israelische Historiker und ehemalige Botschafter Sergio Minerbi im Florentiner Verlag Giuntina veröffentlichte. Angesichts solcher Kritik geriet ich in Verlegenheit. Bis auf ein paar wenige nicht ernst zu nehmende Stimmen hatte mir niemand vorgeworfen, die Unwahrheit gesagt oder die unerhörte Tragödie geleugnet zu haben, die die Juden nach Hitlers Machtergreifung erleiden mußten. Viele waren allerdings der Meinung, ich hätte versucht, die Verantwortung der christlichen Länder und besonders des Heiligen Stuhls herunterzuspielen; ich hätte nicht, wie es richtig und nötig gewesen wäre, darauf hingewiesen, daß die böse Pflanze des Rassismus auf dem gut gepflügten Boden der römisch-katholischen Kirche gewachsen sei; ich hätte die Tatsache übergangen, daß die von Hitlers Vernichtungspolitik und den italienischen Rassengesetzen ausgelösten Verfolgungen und Massaker ohne die christliche Erziehung niemals ein solches Ausmaß erreicht hätten, denn die habe den Katholiken wie den Protestanten beigebracht, in den Juden ungläubige, nichtswürdige Verräter und Feinde zu sehen; kurz, ich hätte die »Einzigartigkeit des Holocaust« in Frage gestellt und deshalb sei auch ein kultivierter, unparteiischer Beobachter wie ich letzten Endes Antisemit.

Was hätte ich dem entgegnen sollen? Ich hätte wiederholen können, daß es einen wesentlichen Unterschied zwischen Antijudaismus und Antisemitismus gibt. Der Antijudaismus hat die Bekehrung des Juden zum Ziel, während der Antisemitismus in seinen radikalsten Formen dessen Vernichtung betreibt. Es stimmt, daß auch der Antijudaismus tötet, und zwar auf eine Weise, die wir aus den europäischen Religionskriegen von der Verfolgung der Katharer bis zur Vertreibung der Hugenotten kennen: wiederkehrende Haßausbrüche, gefolgt von langen Phasen wechselseitiger Toleranz. Der Antisemit dagegen beruhigt sich nicht; er betrachtet den Juden als einen Feind, den es zu erpressen, auszubeuten und am Ende zu vernichten gilt. Mir wurde sehr bald klar, daß diese Unterscheidung meine Kritiker überhaupt nicht beeindruckte. Sie waren fest davon überzeugt, daß Antijudaismus und Antisemitismus am selben Strang zögen, daß die Vertreibung der Juden aus Spanien und die deutschen Lager, daß die Inquisition und die Rassengesetze auf derselben Linie lägen. In dieser Sicht waren Isabella die Katholische, Pius VII., Pius IX., Pius XI. und Pius XII. allesamt »Antisemiten«. Isabella vertrieb die Juden aus Spanien. Pius VII. steckte sie nach dem Ende der napoleonischen Kriege wieder ins Ghetto. Pius IX. war verantwortlich für die Entführung eines jüdischen Kindes. Pius XI. widersetzte sich nur Mussolinis Verbot von Mischehen und vermittelte auf diese Weise den Eindruck, er billige alle übrigen Rassengesetze. Sein Nachfolger vermied es, die Verfolgungen durch die Nazis ausdrücklich zu verurteilen und war seit den Jahren, die er als päpstlicher Nuntius in München und Berlin verbracht hatte, sogar ausgesprochen deutschfreundlich.

Sie alle gelten kurz gesagt als Antisemiten, und diesen Vorwurf haben die höchsten Vertreter jüdischer Gemeinden bislang noch jedesmal ins Feld geführt, wenn die Kirche die

Heiligsprechung von Isabella, Pius IX., Pius XI. oder von Pius XII. erwog.

In dieser Verwendung hat das Wort »Antisemitismus« eine ähnliche Schlagkraft wie »Faschismus«: Es gleicht einem unanfechtbaren Urteil, es spricht jeden schuldig, der immer noch darauf besteht zu differenzieren. Daß der Antisemitismus als relativ junges Phänomen auf der Behauptung gründet, es gebe über- bzw. unterlegene Rassen, spielt dabei keine Rolle. Das neue Wort wirft seinen Schatten auf die älteren Vergehen und unterwirft sie demselben Urteil, das über die Rassenverfolgungen des 20. Jahrhunderts gefällt wurde. An so einer Mauer prallt wohl jedes Argument ab. Das bestätigte mir erst kürzlich die Lektüre von David Kertzers 2001 erschienenem Buch *Die Päpste gegen die Juden*.

Kertzer, Professor für Anthropologie und Geschichte an der Brown University in Providence (USA), kritisiert den am 16. März 1998 veröffentlichten Abschlußbericht der von Johannes Paul II. elf Jahre zuvor eingerichteten »Päpstlichen Kommission für die religiösen Beziehungen zum Judentum«. Das Dokument mit dem Titel »Wir erinnern uns: Eine Reflexion über die Shoah« stellte, wie Kertzer schreibt, »einen wichtigen Teil der Vorbereitungen auf die bevorstehenden Millenniumsfeierlichkeiten« dar. Seine Verfasser erkennen die Feindseligkeit und die Diskriminierungen an, denen die Juden im Lauf der Jahrhunderte zum Opfer fielen, behaupten aber, die Verfolgungen des 20. Jahrhunderts seien das Ergebnis eines im 19. Jahrhundert aufgekommenen, eher »sozial und politisch motivierten« denn religiösen Antijudaismus gewesen. »Als ich [...] den Kommissionsbericht las«, so Kertzer weiter, »wurde mir klar, daß an der Darlegung des Vatikans etwas nicht stimmte. Es ist eine Geschichte, von der viele wünschen, sie hätte sich so zugetragen, nicht aber jene, die wirklich passiert ist. [...] Wie wenig sie bekannt ist, konnte ich den Reaktionen auf mein letztes Buch *Die Entführung des Edgardo Mortara* entnehmen. Dort hatte ich vom Schicksal eines sechsjährigen jüdischen Jungen aus Bologna berichtet, der 1858 auf Befehl des dortigen Inquisitors seiner Familie weggenommen wurde. Da das Kind, wie die örtliche Inquisition behauptete, von einem Diener heimlich getauft worden war, galt es fortan als Katholik und durfte als solcher nicht in einem jüdischen Haushalt bleiben.«

Edgardo Mortara, das Kind, von dem Kertzer spricht, wurde tatsächlich aus seiner Familie herausgerissen, in einem Katechumenenhaus erzogen und zum Priester ausgebildet. Einige Jahre lang, bis zur Einnahme Roms 1870, erregte die Angelegenheit die Gemüter so sehr, daß sogar zwei international bekannte Persönlichkeiten intervenierten: Napoleon III. und Moses Montefiore, der große Führer des englischen Judentums. Pius IX. weigerte sich jedoch, den Jungen seinen Eltern zurückzugeben, und nachdem die Päpste ihre weltliche Macht verloren hatten, ließ Edgardo persönlich seine Angehörigen wissen, er sei nicht bereit, seinem neuen Leben zu entsagen. Er trat in den Augustinerorden ein und wurde Professor für Theologie; zu Beginn des Zweiten Weltkriegs starb er hochbetagt in einem belgischen Kloster. Um den dramatischen Unterschied zum Holocaust festzuhalten, sei an die spontane Konversion Edith Steins erinnert, einer jungen deutschen Philosophin, von der in diesem Buch die Rede ist [»Die Strategie des Papstes«]. Nachdem sie Nonne geworden war, mußte sie in einen holländischen Konvent flüchten, wurde im Sommer 1942 von den deutschen Besatzern gefangengenommen und nach Auschwitz deportiert. Was die Kirche mit Edgardo Mortara angestellt hatte, war zwar eine Entführung, aber auf diese Weise wurde ein jüdisches Kind zu ihrem »liebsten

Sohn«. Die nationalsozialistischen Antisemiten hingegen handelten so, als könne nichts, auch nicht ein Äquivalent zum religiösen Engagement innerhalb der katholischen Kirche, den rassischen Makel von Edith Stein nehmen. Ist es wirklich legitim, den religiösen Antijudaismus und den rassistischen Antisemitismus in einen Topf zu werfen?

Meine Kritiker sagen, ja, solange man zwei Dinge berücksichtigt: erstens die Fortwirkung des kirchlichen Antijudaismus auf die allgemeine Mentalität in den christlichen Ländern; zweitens die tiefe Ambivalenz, mit der die römisch-katholische Kirche in den Jahren des Völkermords auf das Schicksal der Juden reagierte. Zweitausend Jahre Judenfeindschaft, behaupten meine Kritiker, hätten das Klima geschaffen, in dem Hitler letztlich unbehelligt agieren konnte und Pius XII. die Verfolgungen nur sehr zurückhaltend mißbilligen mußte. Mir scheint, hier werden wiederum zwei Dinge vermischt: der traditionelle christliche Antijudaismus mit dem, der nach der Französischen Revolution für die römisch-katholische Kirche charakteristisch wurde. Bis zum Ende des 18. Jahrhunderts kämpfte die Kirche um die Vorherrschaft der eigenen Lehre und damit gegen die Feinde des »wahren Glaubens« wie Häretiker, Schismatiker, Animisten, Heiden und konkurrierende Monotheisten. Unter den letzteren nahmen die Juden eine Sonderstellung ein. Als lebende »Reliquie« der biblischen Geschichte verdienten sie Schonung. Da sie aber dem Messias ihre Anerkennung verweigerten, ließ man sie nicht aus den Augen, man tadelte sie, man hielt sie hartnäckig zur Bekehrung an, und wenn es nötig schien, bestrafte man sie auch. So gesehen war das Ghetto ein Schaukasten, in dem die Juden als ein Zeugnis aus vorchristlicher Zeit ausgestellt wurden, und zugleich war es ein Gefängnis, in das man sie jeden Abend einsperrte.

Seit den beiden großen Ereignissen am Ende des 18. Jahrhunderts, der Französischen und der industriellen Revolution, gibt es einen neuen Feind: die Moderne. Im Kampf gegen die neuen Angriffe auf ihre Lehre steht die Kirche mit dem Rücken zur Wand. Die Französische Revolution erhebt den Staat und ein neues soziales Subjekt, den Bürger, zu Gottheiten. Napoleon demütigt den Papst. Die Intellektuellen stellen seine Lehrmeinungen in Frage und bieten dem Volk Journale und Zeitungen als die neue »Schrift« an. Die Eisenbahn reißt die Provinz aus dem Dornröschenschlaf und entzieht die Bürger dem Einfluß des Klerus. Aus Städten werden Metropolen. Die Industrie schafft neue Ballungsräume und lockt den Bauern fort von seiner heimatlichen Scholle. Neue Bewegungen, seien es die Freimaurer oder die nationalrevolutionären italienischen Karbonari, schwächen den Einfluß religiöser Orden und anderer alter Bruderschaften. Als neue laizistische Religionen besetzen die Ideologien im Seelenleben der Menschen die Stelle des Glaubens. Als neue »Priester« verdrängen Agitatoren, Aktivisten und Gewerkschaftler die Pfarrer und Beichtväter. Die Kirchengüter sind zu groß und zu bedeutend, als daß die neue Industrie- und Finanzökonomie den Besitz »zur toten Hand« länger respektieren könnte. Als sich die Könige nach der Restauration damit abfinden müssen, nur »nach dem Willen der Nation« zu regieren, begreift die Kirche, daß das Gottesgnadentum zu heraldischem Blendwerk, zur hohlen Phrase zu verkommen droht. Louis Philippe erobert den Thron 1830 dank dreier »glorreicher« revolutionärer Tage. Louis Napoleon und Viktor Emanuel II. sind plebiszitäre Monarchen, »gekrönt« und »gesalbt« vom Votum des Volkes.

In diesem Klima sitzt von 1846 bis 1878 die pathetische und tragische Figur Pius' IX. auf dem Thron Petri; es ist das längste Pontifikat der Geschichte. Nachdem er vergeblich versucht hat, mitzureiten auf der großen Welle der Moderne, mehr noch: sie mit einigen liberalen Reformen in seinem Sinne zu lenken, beschließt Giovanni Maria Mastai Ferretti, ihr zu widerstehen. Nach der Ermordung seines Ministerpräsidenten Pellegrino Rossi im November 1848 flüchtet der Papst aus Rom und kehrt erst 1850 zurück. Von nun an verteidigt er alles, was er bedroht glaubt: die weltliche Macht, die päpstliche Vorherrschaft und das kirchliche Lehramt zur Erziehung der Massen. Wie ein belagerter Souverän erhöht er die Mauern, verstärkt seine Abwehr und ersinnt neue Waffen. 1850 ermutigt er die Jesuiten, die Zeitschrift *Civiltà Cattolica* zu gründen, und gibt selbst die redaktionellen Leitlinien vor. 1854 verkündet er das Dogma von der Unbefleckten Empfängnis. 1864 erläßt er die Enzyklika *Quanta cura*, in der er sämtliche Übel des Jahrhunderts geißelt: Gewissensfreiheit, religiöse Toleranz, »Wille des Volkes«, Kommunismus, Sozialismus, »verkehrte Meinungen«, »verderbliche Schriften« und »schädliche Bücher«; den für verkehrt und verderblich befundenen Meinungen widmet er ferner den Anhang »Syllabus errorum«, in dem er achtzig Aussagen des Pantheismus, des Naturalismus und des reinen Rationalismus verurteilt. Am Vorabend der Ereignisse, die im September 1870, im *annus horribilis* seines Pontifikats, das Ende der weltlichen Herrschaft nach sich ziehen sollten, beruft er das (Erste) Vatikanische Konzil ein, um das Dogma der päpstlichen Unfehlbarkeit zu verkünden. Nach der Auflösung des Kirchenstaates durch die italienischen Truppen kämpft der »Gefangene des Vatikan« unablässig weiter: gegen die Beteiligung der italienischen Katholiken am politischen Leben ihres neuen Landes, gegen die »antiklerikalen« Gesetze Bismarcks (»Kulturkampf«) und gegen die österreichische Kündigung des Konkordats, das das Habsburgerreich wenige Jahre zuvor mit dem Heiligen Stuhl geschlossen hatte. Die jüdischen Gemeindevertreter, die eine Kampagne gegen die von Johannes Paul II. angeordnete und am 3. September 2000 erfolgte Seligsprechung starteten, wollten offenbar nicht verstehen, daß Pius IX. für die Kirche ein Held im Kampf gegen die Moderne war, der mutigste, wenn auch glückloseste Steuermann des Schiffes Petri in den Stürmen des 19. Jahrhunderts.

In diesem verzweifelten Kampf gegen die Moderne ist der seit der Französischen Revolution emanzipierte und aus dem Ghetto ausgebrochene Jude ein Symbol all dessen, was den Primat der katholischen Kirche bedroht. Er ist Bankier (wie die Familie Rothschild, wie Joseph Hambro, die Brüder Péreire oder Gerson Bleichröder, der Bankier Bismarcks); er ist Sozialphilosoph (wie Karl Marx oder Ferdinand Lasalle); er ist Journalist (wie Paul Julius Reuter und Joseph Pulitzer). Einer der interessantesten Aspekte der europäischen Sozialgeschichte am Übergang vom 19. zum 20. Jahrhundert ist die überdurchschnittliche Präsenz von Juden in allen modernen Berufsgruppen: in der Finanzwelt, in der Politik, im Rechtswesen, im Journalismus, in der Medizin, in der naturwissenschaftlichen Forschung, in der Kommunikation, in der Psychologie und in der Unterhaltung.

Aufgrund einer einzigartigen Trendwende, die ich in meinem Buch *I falsi protocolli: Il »complotto ebraico« dalla Russia di Nicola II a oggi* [Die falschen Protokolle. Das »jüdische Komplott« vom Rußland Nikolaus' II. bis heute] von 1992 über »die Protokolle der Weisen von Zion« zu beschreiben versucht habe, wurden aus den besonderen Merkmalen der Rückständigkeit auf einmal Kennzeichen von Modernität. Was bis dahin als archaisch galt, erhielt unversehens eine neue Funktion. Nachdem die Juden in der europäischen Gesellschaft lange Zeit als Trödler, Wucherer, Schneider, Handwerker, Synagogensänger oder rituelle

Schächter die ältesten oder niedrigsten Berufe ausgeübt hatten, übersprangen sie mehrere Jahrhunderte und übernahmen die innovativsten Tätigkeiten des 19. und 20. Jahrhunderts. Der moderne Jude wird nicht nur Bankier oder Journalist, sondern auch Anwalt, Arzt, Romancier, Avantgardekünstler, Impresario, Schauspielproduzent, Film- oder Theaterregisseur. Aus Sicht des traditionellen Christentums kann jeder dieser Berufe, vor allem, wenn ihn ein »Ungläubiger« ausübt, eine besondere Herausforderung für die überlieferte Ordnung, die soziale Hierarchie, die moralischen Gesetze und die »geoffenbarten Wahrheiten« bedeuten.

Für die Nachfolger Pius' IX. besetzt der Jude ein weiteres Feld, das ihn in ihren Augen besonders gefährlich macht. Er wird politischer Agitator, Windmaschine der Revolution. Bestenfalls ist er Sozialreformer wie der Deutsche Eduard Bernstein, wie die französischen Politiker Léon Blum und Pierre Mendès-France oder wie die italienischen Sozialisten Giuseppe Emanuele Modigliani und Claudio Treves. In der öffentlichen Meinung setzt sich aber vor allem die Tatsache fest, daß die Juden in den revolutionären Parteien (nach der Oktoberrevolution auch in den kommunistischen) überrepräsentiert sind. Warum gab es in der von Lenin nach der Revolution gebildeten Regierung, dem »Rat der Volkskommissare«, unter 21 Mitgliedern 17 Juden? Warum waren 1919 in Ungarn, zur Zeit der Räterepublik, von 45 Volkskommissaren 32 jüdischer Herkunft? Warum rekrutierten sich die frühen revolutionären Parteien und Regime, dann die »antikapitalistischen« Oppositionellen in den demokratischen Staaten der Zwischenkriegszeit und später, nach dem Zweiten Weltkrieg, auch die Satellitenregime Osteuropas und die kommunistischen Parteien Westeuropas in so hohem Maße aus dem deutschen, polnischen, litauischen und russischen Judentum?

Darauf gibt es viele Antworten. Zum Beispiel, daß diese Juden wie Leo Trotzki ihr Judentum verleugnet und sich als »Internationalisten« betrachtet hätten. Daß der revolutionäre Protest auch eine Reaktion auf die vielen Zwänge gewesen sei, die man den Juden im zaristischen Rußland auferlegt hatte. Und schließlich, daß die messianische Erwartung und der dialektische Sophismus der Talmudschulen sie für die politische Diskussion und die revolutionäre Agitation prädestiniert hätten. Diesen Argumenten fehlt es nicht an Plausibilität; immerhin versuchen sie, ein bis heute rätselhaftes Phänomen rational zu erklären. Wenn man denn bereit ist, die »Kollusion« eines Teils der Juden mit dem Kommunismus aus ihren subjektiven Erfahrungen und Dispositionen abzuleiten, dann will mir nicht einleuchten, warum man nicht ebenso vernünftig die Befürchtungen der katholischen Kirche bezüglich der bolschewistischen Machtergreifung im Oktober 1917 zu erklären versucht. Man braucht wahrlich kein sturer Antikommunist zu sein, um die Unruhe nachzuvollziehen, die die weltweite Verbreitung kommunistischer Ideen und Regime damals beim Heiligen Stuhl erzeugt hat. Es ist auch nicht schwer zu verstehen, warum die Kirche, wenn sie vor der Wahl stand, jeweils das tat, was ihr unter den gegebenen Umständen als das kleinere Übel erschien. Die Kritiker Pius' XI. und Pius' XII. vergessen offenbar, daß Achille Ratti und Eugenio Pacelli unmittelbare Zeugen der Ereignisse in Mittelosteuropa nach dem Ende des Ersten Weltkriegs gewesen waren. Ratti kam als Apostolischer Visitator Ende 1918 nach Polen, und im August 1920 blieb er in Warschau, als die Rote Armee unter Michail Tuchatschewski die Stadt angriff. Pacelli erlebte 1919 als Nuntius in München, wie der jüdische Sozialist Kurt Eisner vom Arbeiter- und Soldatenrat zum ersten Ministerpräsidenten der Republik »Freistaat« Bayern erhoben wurde.

Ich bitte, mich nicht mißzuverstehen. Ich bin kein Richter, und ich will weder die eine Seite verurteilen noch die andere freisprechen. Ich beschränke mich auf die Feststellung, daß sich die christliche Wahrnehmung der Juden je nach den geschichtlichen Umständen wandelt und daß das Judentum im Laufe der Zeit verschiedene Konnotationen erhält. Daher kann man unmöglich von einem immergleichen christlichen Vorurteil sprechen. Es gibt kein ungeschichtlicheres Argument, als Christentum und Judentum wie zwei unwandelbare Größen aufzufassen und den Judenhaß als ein Krebsgeschwür der Christenheit zu betrachten, das immer weiter wächst, bis es als letzte Metastasen die Gaskammern hervorbringt. Selbst die »Einzigartigkeit des Holocaust«, eines der beliebtesten Argumente, wenn man die Schuld dem christlichen Antisemitismus geben will, scheint mir eher das Gegenteil zu beweisen. Wenn es denn einen Aspekt gibt, von dem man mit Einschränkung auf den außerordentlichen Charakter des Massakers an den Juden schließen kann, dann ist es die Einzigartigkeit des Nationalsozialismus als einer nicht nur antisemitischen, sondern auch zutiefst antichristlichen Ideologie.

Nun zu dem zweiten Punkt, der immer wieder in den Debatten um diese Einzigartigkeit des Völkermords angesprochen wird: Daß ein Verbrechen solchen Ausmaßes nicht möglich gewesen wäre, wenn die christlichen Länder nicht gleichgültig bis zustimmend auf die Rassengesetze reagiert hätten. Es ist zweifellos richtig, daß diese Gesetze dort, wo man sie übernahm, im allgemeinen akzeptiert und kaum kritisiert wurden. Genauso richtig ist es aber auch, daß die großen westlichen Demokratien, die keine Rassengesetze verabschiedeten, die Diskriminierung auf ihre Weise betrieben. Dies bekamen die ab 1933 flüchtenden Juden zu spüren, als nicht einmal die Vereinigten Staaten bereit waren, ihre strengen Einwanderungsbestimmungen zu lockern. Es besteht kein Zweifel: Daß die Regierung Roosevelt selbst unter dramatischen Umständen wie 1940 nach dem militärischen Zusammenbruch Frankreichs an ihrer ausgesprochen geizigen Vergabepraxis für Einreisevisa festhielt, lag ganz einfach daran, daß die Zahl der amerikanischen Juden einen gewissen Grenzwert nicht übersteigen sollte. Aber selbst bei aller berechtigten Kritik an dieser Haltung ist es von hier aus immer noch ein großer Schritt zu der Behauptung, die christlichen Gesellschaften seien objektiv Komplizen des Völkermords gewesen, wie in den letzten Jahren oft gesagt wurde. Die heute so dumpf und schwer verständlich wirkende Gleichgültigkeit war vor allem das Ergebnis der exzessiven Gewalt, die im 20. Jahrhundert über Europa hereinbrach, und der schwierigen Umstände, unter denen viele Europäer um ihr nacktes Leben bangen mußten. Nach dem Terror unter Lenin, der Verfolgung der Kulaken, den Blutbädern in Spanien, den Säuberungen unter Stalin und den japanischen Greueln in China war der Wert eines Menschenlebens drastisch gesunken. Während rund sechs Millionen Juden in den deutschen Lagern oder bei den Massenexekutionen der sogenannten Einsatzgruppen starben, starb man massenhaft auch in Polen, in der Ukraine, in Weißrußland und in Jugoslawien. Drei Millionen Polen wurden während des Zweiten Weltkriegs getötet, sechshunderttausend Roma verschwanden in den Lagern, eine halbe Million Serben wurde von den Kroaten umgebracht, und einige tausend Italiener wurden in die Foibe, die istrischen Karsthöhlen, geworfen. Es waren leider dunkle Jahre, in denen alle Europäer erst einmal an sich selbst dachten, wenn sie vom Unglück anderer hörten.

Es gibt kein ungeschichtlicheres Argument, als daß der massenmordende Antisemitismus das Ziel einer linearen

Entwicklung gewesen sei. Wenn das zuträfe, wäre der Antisemitismus ein durchgängiges, in unserer christlichen Kultur tief verwurzeltes Phänomen, und die Verantwortung dafür würde zwangsläufig von einer Generation auf die nächste übergehen. Man müßte ihn also auch bei jenen bekämpfen und ausmerzen, die für die Verfolgungen der dreißiger und vierziger Jahre nicht direkt verantwortlich waren. Aber wie? Indem man sie permanent umerzieht und sie heute mit ihrem Geld für eine Schuld zahlen läßt, die andere in den Jahren der Verfolgungen auf sich geladen haben? Als ich dieses Buch verfaßte, brachte ich auch diese Tendenz zur Sprache und deutete einige Formen jener Geschichtspädagogik an, die immer häufiger werden: Holocaustmuseen, die von den Parlamenten verschiedener Staaten angesetzten Gedenktage oder die von Regierungen und kirchlichen Würdenträgern immer öfter zu vernehmenden Reuebekundungen. Inzwischen hat diese Tendenz nicht nur zugenommen, sie wurde auch um eine vermögensrechtliche Dimension erweitert. Doch damit nicht genug. Befürworter dieser Initiativen sind der Meinung, man dürfe die Geschichte nicht den Wissenschaftlern überlassen, sondern es sei Aufgabe der jeweiligen Regierung, die entscheidenden Lehren in ehernen Gesetzen zu fixieren. Im Jahr 2000 hat auch das italienische Parlament einen Gedenktag am 27. Januar eingerichtet. Dieses Datum, an dem 1945 das Konzentrationslager von Auschwitz befreit wurde, soll alljährlich zum Nachdenken anregen über »die individuelle und kollektive Verantwortung in einer Zeit, in der Tausende italienischer Bürger enteignet, beraubt und ermordet oder aus Schulen, Universitäten und Betrieben entfernt wurden«. In den letzten Jahren des 20. Jahrhunderts haben zweiundzwanzig europäische Länder historische Untersuchungen über den Völkermord an den Juden eingeleitet, d. h. über die Verantwortung, die jedes einzelne Land für die Vorfälle trägt. Und fünfundzwanzig Kommissionen in ebenso vielen Ländern wurden gleichzeitig damit beauftragt, zu untersuchen, welchen Anteil Firmen und öffentliche Einrichtungen an den Enteignungen der Opfer hatten. So auch in Italien, wo der Ministerrat am 1. Dezember 1998 einen Untersuchungsausschuß einsetzte, um die Vorgänge zu rekonstruieren, die den »Erwerb von Gütern jüdischer Bürger durch öffentliche und private Einrichtungen« betreffen. Es tut dabei wenig zur Sache, daß diese Güter zum größten Teil (einige sprechen von 95 Prozent) bereits in den ersten Nachkriegsjahren zurückgegeben wurden. Der Ausschuß unter Vorsitz von Tina Anselmi hat bis April 2001 gearbeitet und einen allgemeinen Bericht verfaßt, in dem zusammen mit den zwischen 1938 und 1945 in Italien erlassenen Rassengesetzen sämtliche in diese Zeit fallenden Enteignungsakte einzeln aufgelistet sind. Der Bericht hat eine bescheidene praktische Relevanz, dafür aber den Zweck, den italienischen Antisemitismus jener Jahre für die Nachwelt zu quantifizieren und zu dokumentieren. Als ich dieses Buch schrieb, kam ich zu dem Schluß, daß im Zuge dieser Antisemitenjagd der Holocaust eine Art Gegenstück zum Gottesmord geworden ist, den man den Juden jahrhundertelang vorgeworfen hat. Heute habe ich darüber hinaus den Eindruck, daß an die Stelle des Heiligen Offiziums eine jüdische Inquisition getreten ist, die den Antisemitismus in den christlichen Gesellschaften untersucht und quantifiziert, ein ständig tagendes Antisemitismustribunal, vor das weltweit jeder zitiert werden kann, von dem man Rechenschaft über seine Worte und Gefühle verlangt.

Die interessanteste Kommission ist wohl die, die im Dezember 1996 in der Schweiz einberufen wurde. Am Ende der damaligen Kampagnen, in denen Vertreter der jüdischen

Welt auflisteten, was sich das Abendland im Lauf der Jahrhunderte alles hatte zuschulden kommen lassen, fand sich die Schweiz im Prinzip auf derselben Anklagebank wieder wie die römisch-katholische Kirche. Während man dem Heiligen Stuhl bekanntlich vorwarf, den Antisemitismus gesät und den Naziverfolgungen gleichgültig zugesehen zu haben, bestand das Vergehen der Schweiz darin, aus derselben Einstellung eiskalt finanziellen Profit gezogen zu haben. So wurden das geistliche Lehramt der Kirche und die Finanzmacht der Eidgenossenschaft schon bald zu zwei Seiten derselben Medaille. Die Schweiz verdient deshalb einige Aufmerksamkeit.

Von 1940 bis 1945 erlebte das Land eine der gefährlichsten und zwiespältigsten Phasen seiner Geschichte. Die Schweiz war zwar eine Demokratie, aber umgeben von autoritären oder totalitären Regimen. Sie hielt auf ihre Neutralität, grenzte aber direkt an kriegführende Staaten. Sie hatte eine Marktwirtschaft, war aber auf den deutschen Wirtschaftsraum angewiesen, wo jede Entscheidung an den Notwendigkeiten des Krieges ausgerichtet wurde. Als Emmanuel-Joseph Sieyès nach der Französischen Revolution gefragt wurde, wie er in den Jahren der Schreckensherrschaft zurechtgekommen sei, antwortete der Abbé lakonisch, »Wir haben gelebt«, und überging damit diskret die vielen akrobatischen Kunststücke, die ihm das Leben gerettet hatten. Ich war immer der Meinung, die Schweiz habe das Recht, dieselbe Antwort zu geben. Statt dessen neigte sie nach dem Krieg eher dazu, sich für die zivile Tugendhaftigkeit zu loben, die das Land in den Kriegsjahren bewiesen zu haben glaubte: Hatte es nicht Deutschland erfolgreich angedroht, seine nationale Unabhängigkeit notfalls auch mit Waffengewalt zu verteidigen? Hatte man nicht Tausende von Flüchtlingen aufgenommen? Hatte man die strikte Neutralität nicht mit klaren demokratischen Sympathien verbunden? Diesem wohlmeinenden Selbstporträt zufolge hatte die Schweiz – anders als die Alliierten, die den Krieg mit Waffengewalt gewonnen hatten – das Überstehen des Nationalsozialismus ihrer Prinzipientreue zu verdanken.

Später begann das nationale Gewissen dann doch zu nagen. Eines Tages stellten sich die Schweizer peinliche Fragen: nach den abgewiesenen Flüchtlingen, nach den kriegswichtigen Lieferungen an Deutschland, nach dem Transit deutscher Kohle für den italienischen Verbündeten, nach der freiwilligen »Arisierung« deutscher Niederlassungen von Schweizer Firmen, nach Nazivermögen in eidgenössischen Geldinstituten, nach der zweifelhaften Herkunft des deutschen Goldes, das die Schweizer Zentralbank angekauft hatte, und schließlich nach den jüdischen Konten, deren Einlagen sich die Banken faktisch angeeignet hatten. In den neunziger Jahren wurde es dann ernst, als jüdische Gemeinden, humanitäre Organisationen und öffentliche Medien die internationale Kampagne verschärften und dem Land eine Art Prozeß machten. Nachdem die Schweiz nicht ohne Arroganz ihre Trümpfe ausgespielt hatte, mußte sie nun das Büßergewand anlegen und auf der Anklagebank Platz nehmen.

Sogleich hatte die Sache auch finanzielle Folgen. Es wurde der »Schweizer Fonds zugunsten bedürftiger Opfer von Holocaust/Shoah« geschaffen und beschlossen, die Bürger der Eidgenossenschaft in einem Referendum über die Einrichtung einer »Stiftung solidarische Schweiz« abstimmen zu lassen, die das Parlament im September 2001 billigte. Aber die mutigste Entscheidung fiel bereits Ende 1996 mit der Einrichtung einer »Unabhängigen Expertenkommission Schweiz – Zweiter Weltkrieg (UEK)«, die befugt war, unter Umgehung des Bankgeheimnisses die Archive der in Kriegsgeschäfte verwickelten Firmen und Banken zu untersuchen. Unter dem Vorsitz eines namhaften Historikers (Jean-François Bergier) und zusammengesetzt aus Wissenschaftlern unterschiedlicher Nationalität, legte die Kommission nach fünf Jahren ihren 600 Seiten starken Bericht vor. Die Analysen, Dokumente, Grafiken, ökonomischen Daten und abschließenden Überlegungen wurden am 22. März 2002 im Rahmen einer Pressekonferenz in Bern vorgestellt.

Um die akrobatischen Kunststücke der Schweiz während des Krieges historisch einzuordnen, erinnert die Kommission an den Börsenkrach von 1929 und seine Folgen. Die Eidgenossenschaft hielt an ihren liberalen Grundsätzen und an der Konvertibilität des Franken zum Beispiel gegenüber dem Dollar fest, mußte aber in einer Welt voller Protektionismus und Währungskontrollen agieren. Die Sanierung der deutschen Wirtschaft nach Hitlers Machtergreifung wurde in Bern und Zürich mit einem Seufzer der Erleichterung begrüßt. Man meinte, wenn die deutsche Lokomotive wieder an Fahrt gewinne, würde auch die Eidgenossenschaft davon profitieren. Um an der günstigen Entwicklung teilzuhaben, reformierten die Schweizer ihr Finanzsystem, legten sich ein Gesetz zum Bankgeheimnis zu und schalteten sich vorsichtig in die Programme zur Wiederbewaffnung der Wehrmacht ein. An der antisemitischen Politik des Hitler-Regimes störte man sich nicht. »Jude« war in der Schweiz seit einigen Jahren ein Synonym für »Fremder«, auf eine jüdische Herkunft reagierte man also mit Vorurteilen und Mißtrauen. Mit Sicherheit gab es in der Schweiz wie in anderen Ländern auch eine Judenfeindschaft, der bestimmte »positivistische« Theorien eine rassistische Tendenz gegeben hatten. Zwecks besserer Zusammenarbeit mit dem Dritten Reich schreckten die eidgenössischen Firmen folglich auch nicht vor Arisierungen zurück. Beim Anschluß Österreichs an das Deutsche Reich verfügte sich der Direktor der Rückversicherungsgesellschaft Schweizer Rück eilends nach Wien und »enthob die gesamte Leitung der österreichischen Tochtergesellschaft ›Der Anker‹ ihres Amtes« – er entließ 73 jüdische Angestellte und zahlte ihnen zur Vertragsauflösung eine Abfindung aus, die nicht einmal ein Drittel der gesetzlich vorgesehenen Höhe betrug. Außerdem vertrat die Schweiz bis in die Endphase des Kriegs die Auffassung, rassisch Verfolgte könnten nicht als politische Flüchtlinge angesehen werden. Und es war die Eidgenossenschaft, die 1938 das Reich bat, die Pässe deutscher Juden mit einem »J« zu stempeln, damit man sich besser gegen die unerwünschten Immigranten schützen könne. Aber der größte Zynismus bestand darin, daß die Schweizer Banken nach dem Krieg die Rückgabe des von Juden hinterlegten Geldes an deren Erben praktisch unmöglich machten. Das sakrosankte Bankgeheimnis, ursprünglich eine besondere Garantie für den Kunden, wurde zu einem Instrument der Beschlagnahmung.

Es gab aber auch viele mildernde Umstände, die nicht leicht von der Hand zu weisen waren. Die Schweiz lebte von Importen und war nahezu völlig von ihren Nachbarn, vor allem also von Deutschland, abhängig. Zwar ging sie mit vielen Flüchtlingen nicht gerade zimperlich um und lieferte etliche an die deutschen Behörden aus. Aufs Ganze gesehen benahm sich die Schweiz aber nicht schlechter als andere Länder wie Schweden oder die Vereinigten Staaten; vor allem, wenn man bedenkt, daß die Schweiz in letzter Minute 115 000 Flüchtlinge aufnahm. Sie agierte mal vorsichtig, mal unentschieden, mal opportunistisch. Aber ihre Beamten, ihre Diplomaten und ihre Polizei bewiesen selbst unter schwierigen Bedingungen Mut und Unabhängigkeit. Den wichtigsten mildernden Umstand haben die Kommissionsmitglieder nicht einmal genannt. Oberste Priorität hatte für die Schweiz damals der Erhalt ihrer Unabhängigkeit. Jede Gefälligkeit diente letzten Endes diesem einen Zweck. Solange man sich nicht sicher sein konnte, daß Deutschland das Spiel verlieren würde, trug man den Bedürfnissen des Dritten Reiches Rechnung. Als man dann begriff, daß Hitlers Niederlage nur noch eine Frage von Monaten sein würde, korrigierte die Schweiz schrittweise ihren politischen Kurs. Wer beweisen kann, daß er unter denselben Umständen anders gehandelt hätte, werfe den ersten Stein.

Die Kommission Bergier versuchte, sich den inquisitorischen Zudringlichkeiten zu entziehen. Sie verhielt sich gerade nicht wie vor Gericht und präsentierte ihren Bericht als Ergebnis eines historiographischen Projekts, das weitere Untersuchungen und »Nachforschungen« anregen solle. Trotzdem wurde der Bericht als ein Urteil aufgefaßt, und sogleich suchten viele Leser darin das entsprechende Verdikt. Die internationale Presse war es zufrieden und setzte Überschriften über ihre Zusammenfassungen, die keinen Zweifel an der Schuld der Eidgenossenschaft ließen. Ohne es zu wollen, hatte die Kommission der These von der jahrhundertealten christlichen Schuld ein weiteres Argument beigegeben.

An diesem Punkt drängt sich die Frage auf, weshalb so viele Länder freiwillig an der Konstruktion einer solchen »Wahrheit« mitgewirkt haben. Der Leser findet in diesem Buch eine Reihe von Hinweisen, die meines Erachtens den Erfolg solcher Kampagnen erklären. Viele Vertreter jüdischer Gemeinden sannen auf eine Art Revanche für die im Lauf der Geschichte erlittenen Demütigungen. Der Staat Israel bedient sich des Holocaust, um sein Existenzrecht zu schützen. Manche Parteien betreiben den »Kampf gegen den Antisemitismus«, um in der Öffentlichkeit die Furcht vor einem drohenden »Faschismus« am Leben zu erhalten, den nur die Linke wirksam eindämmen könne. Nach wie vor bin ich der Meinung, daß solche Faktoren diesen Kampagnen zu ihrer durchschlagenden Wirkung verholfen haben. Aus heutiger Sicht halte ich aber eine Tendenz der neunziger Jahre für entscheidend: die Hoffnung, daß die Menschenrechte nach dem Ende des Kalten Krieges endlich zu einer globalen Errungenschaft werden, daß Verbrechen gegen die Menschheit unabhängig davon, wann und wo sie begangen wurden, jederzeit und überall auf der Welt von einem Staatsanwalt untersucht werden können. Die bekanntesten Protagonisten solcher Gerichtsverfahren waren bekanntlich Augusto Pinochet und Slobodan Milošević. Gleichzeitig gab es auch immer mehr Prozesse gegen weniger prominente Akteure: gegen alte SS-Offiziere, gebrechliche Folterknechte und senile, stotternde Gefängnisaufseher. Sie alle wurden vor den Richter gebracht, um sich für Taten zu rechtfertigen, die sie nicht weniger als fünfzig Jahre zuvor begangen hatten und für die in früheren Zeiten bereits mildernde Umstände geltend gemacht worden waren – etwa bei dem 1913 geborenen SS-Offizier Erich Priebke, der 1998 zu lebenslanger Haft verurteilt wurde. Weil sich der Haß auf die Juden erwiesenermaßen in Verbrechen gegen die Menschheit äußern kann, lautete einer der in diesen Prozessen am häufigsten vorgebrachten Anklagepunkte auf Antisemitismus.

Zu dieser Tendenz der neunziger Jahre gehört die Überzeugung, daß auch Firmen und in manchen Fällen sogar ganze Länder wie die Schweiz, Deutschland oder Österreich Auskunft über die vermögensrechtlichen Folgen ihrer antisemitischen Politik zu geben hätten. In Deutschland, dem spektakulärsten Fall, war die Sache politisch längst geklärt. Im April 1951 begannen nach einem Vorgespräch zwischen Bundeskanzler Konrad Adenauer und israelischen Vertretern

Verhandlungen, die am 10. September 1952 in Luxemburg mit der Unterzeichnung des deutsch-israelischen Wiedergutmachungsabkommens abgeschlossen wurden. Hauptvertreter für die jüdische Seite war Nahum Goldmann, Präsident der Jewish Agency für Palästina sowie Gründer und langjähriger Präsident des Jüdischen Weltkongresses (WJC). In seiner Autobiographie [dt. *Staatsmann ohne Staat*, 1970] berichtet er eindrucksvoll von den Verhandlungen. Immer wieder bekundete er seine Zufriedenheit über die erzielten Resultate. Beide Länder hatten großes Interesse daran, sich miteinander zu verständigen. Israel hatte zwar Anfang 1949 seinen ersten Unabhängigkeitskrieg gewonnen, aber dem jungen Staat fehlte es so ziemlich an allem: Man hatte weder Straßen, Eisenbahnen, Stromleitungen, Industrieanlagen noch eine Handelsflotte. Die erst seit zwei Jahren bestehende Bundesrepublik wurde mit Konrad Adenauer von einem Mann regiert, der sich nicht auf das Hitler-Regime eingelassen hatte. Das damals noch weitgehend zerstörte Land verfügte über keine nennenswerten finanziellen Mittel, war aber darauf angewiesen, vor der Weltöffentlichkeit ein positives Image aufzubauen und das Kapitel der nationalsozialistischen Verfolgungen mit einem Akt der Versöhnung abzuschließen. Da der Staat Israel nicht in juristischem Sinne als Vertreter der in den deutschen Lagern ermordeten Juden handeln konnte, bemaß man die Entschädigungssumme nach der Zahl der den Nazis entkommenen und in Palästina eingewanderten Juden. Die Israelis legten 500 000 Überlebende zugrunde und forderten für jeden einzelnen 3 000 Dollar, insgesamt also eineinhalb Milliarden. Die Deutschen vertraten die Auffassung, einen Teil der Verantwortung müsse Ostdeutschland übernehmen, wo die Sowjets 1949 die Deutsche Demokratische Republik geschaffen hatten, und boten eine halbe Milliarde. Schließlich einigte man sich auf eine mittlere Summe von 833 Millionen Dollar (nach heutiger Kaufkraft fünfeinhalb Milliarden), zahlbar in Naturalien, vor allem in Gütern und Dienstleistungen über einen Zeitraum von zwölf Jahren. Nachdem das Hauptproblem gelöst war, wandten sich die Verhandlungsführer dem Problem der individuellen Entschädigungen zu. Es wurde vereinbart, daß nur bis Januar 1953 nach Israel eingewanderte Juden deutscher Herkunft ein Anrecht auf Entschädigung haben sollten. Die Israelis eröffneten die Verhandlung mit der Forderung von 150 D-Mark für jeden Tag im Lager. Dem Delegationsmitglied Noach Flug zufolge [heute Präsident des Internationalen Auschwitz-Komitees] erblaßte der Bundeskanzler, begann zu zittern und sagte, eine solche Summe könne Deutschland nicht aufbringen und stattdessen nur eine symbolische Wiedergutmachung gewähren. Er schlug 5 D-Mark vor [nach heutigen Lebenshaltungskosten ungefähr 7 Euro]. Nahum Goldmann machte es kurz und akzeptierte. Für die von den Gefangenen geleistete Zwangsarbeit war keine Entschädigung vorgesehen. Die westlichen Alliierten, denen daran lag, die Bundesrepublik in das antisowjetische Bündnis zu integrieren, hatten beschlossen, das Problem bis zur Unterzeichnung eines Friedensvertrags auszuklammern – ein Ereignis, das mit dem Beginn des Kalten Krieges immer ferner rückte. 1972 kam die Frage noch einmal auf, als Nahum Goldmann der israelischen Regierung mitteilte, daß Deutschland bereit sei, eine Million D-Mark für die nach 1953 aus Osteuropa nach Israel gelangten Einwanderer zu zahlen. Man verlange jedoch, daß Israel auf jede weitere Forderung verzichte. Die Regierung, damals unter Vorsitz von Golda Meir, willigte ein.*

* Anm. d. dt. Verlegers: Im Interview mit Léon Abramowicz sagte Goldmann 1976: »Inzwischen müssen die Deutschen, den mit mir ausgehandelten Vereinbarungen entsprechend, insgesamt achtzig Milliarden Deutsche Mark

Waren diese Verträge schlecht? Es waren politische Verträge, geschlossen zwischen Ländern, die das Kapitel Vergangenheit rasch abschließen und in die Zukunft blicken wollten. Heute meinen viele, die israelische Delegation hätte höhere Forderungen stellen müssen. Aber damals nahmen alle Rücksicht auf die zeitgemäßen Bedingungen. Ben Gurion wollte sein Land mit den Mitteln ausstatten, die es brauchte, um zu überleben und sich zu entwickeln. Deutschland wollte sich von der moralischen Last freikaufen, aber nicht um einen Preis, der seinen Wiederaufbau gehemmt hätte. Und die Westalliierten waren bereit, Israel zu unterstützen, wollten aber nicht die europäische Blockbildung vom Atlantik bis zur Elbe gefährden, die sie als Bollwerk gegen die Sowjetunion brauchten. Die Forderung nach »Gerechtigkeit« ist unter solchen Bedingungen eher eine rhetorische Übung, ein Klotz am Bein. Leben und Überleben sind unter bestimmten Umständen wichtiger.

Heute dagegen ist »Gerechtigkeit« scheinbar wichtiger als Politik. Erneut ist die Frage der Zwangsarbeit auf den Tisch gekommen, wofür die Bundesrepublik Deutschland unlängst einen Fonds von zehn Milliarden D-Mark bereitgestellt hat. Die Unternehmenspolitik der deutschen Tochtergesellschaften einiger großer amerikanischer Firmen wurde

zahlen.« (Nahum Goldmann, *Das jüdische Paradox. Zionismus und Judentum nach Hitler*, übers. v. Michael R. Lang, Köln 1978, S. 168) – Die Gesamtsumme aller Entschädigungsleistungen der Bundesrepublik Deutschland (öffentliche Hand) belief sich laut Bundesfinanzmisterium bis Ende 2005 auf 63,224 Milliarden Euro; diese Zahl ergibt sich als Summe aus Zahlungen zu unterschiedlichen Zeitpunkten (die fallende Kaufkraft ist daher nicht berücksichtigt). Weiter heißt es: »Nach dem erklärten Willen der Bundesregierung sollen die zuerkannten laufenden Entschädigungszahlungen den Verfolgten des Nazi-Regimes bis an deren Lebensende zugute kommen. Das Bundesministerium der Finanzen geht daher nach vorsichtigen Schätzungen von weiteren Leistungen in zweistelliger Milliardenhöhe aus.« (Bundesministerium der Finanzen [Hrsg.], *Entschädigung von NS-Unrecht. Regelungen zur Wiedergutmachung*, Berlin 2006) kritisch durchleuchtet. IBM zum Beispiel sah sich daraufhin dem Vorwurf ausgesetzt, an der Erfassung der Juden mitgewirkt zu haben. Zur Rechenschaft gezogen wurden Banken und Versicherungsgesellschaften, die die mit späteren Lageropfern abgeschlossenen Verträge nicht erfüllt bzw. Bankguthaben oder Versicherungsprämien nicht ausgezahlt hatten. Im August 1998 haben die Schweizer Banken UBS AG und Credit Suisse Group mit den Sammelklägern der Holocaustopfer vereinbart, 1,25 Milliarden Dollar auf ein New Yorker Treuhandkonto einzuzahlen. Im März 1999 haben sich die beiden österreichischen Banken Creditanstalt-Bankverein und Bank Austria AG bereit erklärt, 40 Millionen Dollar zu zahlen. Und im Mai desselben Jahres haben fünf Versicherungsgesellschaften – eine deutsche, eine französische, eine italienische und zwei schweizerische – ihre Bereitschaft erklärt, die vor dem Krieg abgeschlossenen Policen unter Berücksichtigung der Geldentwertung und der Verzinsung auszuzahlen. Zu Beginn der Verhandlungen hatten sich die Gesellschaften unter anderem noch mit dem Hinweis verteidigt, daß viele Policen von ihren Filialen in Osteuropa ausgehandelt worden seien, die nach Ende des Zweiten Weltkriegs von den kommunistischen Regimen übernommen wurden. Sie gaben nach, als der Konferenzvorsitzende Lawrence Eagleburger (Stellvertretender Außenminister der Regierung Bush sen.) damit drohte, ihre Haltung öffentlich zu machen.

Hauptsächlich wurde der Widerstand der Versicherer mit einer großen Anzeige gebrochen, die am Tag zuvor in der amerikanischen Presse erschienen war. Unterzeichnet von der kalifornischen Versicherungsbehörde, verkündete die Annonce, das Amt kämpfe »an vorderster Front, damit die Versicherungsriesen für ihre Handlungen zur Verantwortung gezogen werden«, und erinnerte daran, daß Chuck

Quackenbush, der Versicherungsbeauftragte des Bundesstaates Kalifornien, kurz zuvor die Interessenvertretung »California Holocaust Insurance Settlement Alliance« gegründet hatte. »Sie können uns behilflich sein«, schloß die Anzeige: »Wenn Sie Holocaustüberlebender oder Nachfahre von Überlebenden sind, wenn jemand aus Ihrer Bekanntschaft in derselben Lage ist oder Sie ein Anrecht auf Entschädigung haben, dann melden Sie sich beim California Department of Insurance.« Im Pazifikstaat der USA lebten zum damaligen Zeitpunkt 6367 Überlebende des Holocaust oder 78 Prozent der Überlebenden in den Vereinigten Staaten. Welche der fünf Versicherungsgesellschaften hätte nach dieser »Kriegserklärung« noch in Kalifornien tätig werden können? Und wie viele weitere Bundesstaaten hätten sich womöglich ebenfalls noch auf diese Linie verständigt?

Natürlich empfindet man angesichts der einen oder anderen Vereinbarung ein Gefühl der Genugtuung. Natürlich hätten die Schweizer Banken die Gelder der Opfer nicht vereinnahmen dürfen. Die Versicherungsgesellschaften hätten die Erben ausfindig machen und die vereinbarte Prämie zahlen müssen. Und dennoch kann man ein gewisses Unbehagen nicht leugnen. Die Entschädigungen werden von Gesellschaften oder von Staaten gezahlt, deren heutige Mitarbeiter oder Beamte nicht mehr diejenigen sind, die seinerzeit die Verträge unterzeichneten. Verwaltungsräte, Manager, Regierungsmitglieder und Sachbearbeiter sind längst andere. Nicht mehr dieselben sind vor allem auch die Aktionäre und die Beitragszahler, also jene, die letztlich die Lasten und Risiken der Schuldverschreibungen tragen müssen. Die meisten Gesetzbücher sehen vor, daß nach einer bestimmten Frist Verbrechen verjähren und Schulden erlöschen. Für Verbrechen gegen die Menschheit und für die entsprechende Entschädigung gilt das nicht. Auf den ersten Blick ist das richtig so. Es führt allerdings zu einer immerwährenden Verantwortung, die von einer Generation auf die nächste übergeht. Ist das nicht gerade das Prinzip, das den rassistischen Theorien zugrunde liegt? Unbehagen verursachen auch die sachfremden Interessen, die in dieser Angelegenheit im Spiel sind. Hier trifft vielleicht am ehesten die Bemerkung zu, mit der das Editorial des *Economist* vom 20. Februar 1999 schließt. Nachdem die positiven Seiten einiger Verhandlungen beschrieben wurden, heißt es in der Wochenzeitung: »Trotzdem hat diese Jagd nach ›Entschädigung‹ etwas Abstoßendes. Die Unermüdlichkeit einiger jüdischer Gruppen, der Ehrgeiz amerikanischer Politiker, die auf die Wählerstimmen bestimmter ethnischer Gruppen schielen, die Sammelklagen bei Gericht, die Honorare der Anwälte: Das alles läßt den Überlebenden des Naziterrors Gerechtigkeit widerfahren und ehrt das Gedächtnis derer, die ihn nicht überlebten? Gibt man sich nicht vielmehr der Täuschung hin, die Schrecken des Holocaust ließen sich irgendwie quantifizieren? Stellt man dieses abgründige Ereignis nicht mit einem beliebigen Verbrechen auf dieselbe Stufe?«

Diese Neuausgabe des *Briefs an einen jüdischen Freund* erscheint [2002] in einer ausgesprochen kritischen Phase des Nahostkonflikts. Israel ist eine Demokratie, in der es mutige und spektakuläre Formen für Opposition und Dissens gibt. Aber es ist auch ein Staat von und für Juden, wie ihn Theodor Herzl 1896 in dem schmalen Buch *Der Judenstaat* vorausgesehen hatte. Der Zionismus war eine Bewegung wie aus dem Geist des italienischen Freiheitskämpfers Giuseppe Mazzini, aber er entwickelte auch faschistisch anmutende Tendenzen, etwa in der Partei des Terroristen und genialen Agitators Wladimir Zeev Jabotinsky, aus der später der Likud Menachem Begins und Ariel Scharons hervorging.

(Ein Foto Jabotinskys gab auf der Bühne des Jerusalemer Theaters den Hintergrund für die Versammlung ab, auf der sich das Zentralkomitee des Likud gegen die Gründung eines unabhängigen Palästinenserstaates aussprach.) Die arabischen Bürger des jüdischen Staates, rund eine Million auf eine Bevölkerung von fünfeinhalb Millionen, genießen alle Bürgerrechte, leben im Grunde aber unter Bedingungen der Apartheid. Israels Ursprünge sind laizistisch, aber der jüdische Fundamentalismus und die religiösen Parteien gewinnen bei den jungen Leuten deutlich an Boden. Viele Jahre lang wurde Israel in seiner Existenz bedroht, aber es bleibt die Frage, ob ausgerechnet die gewaltsame Besetzung arabischer Gebiete das richtige Mittel ist, die Sicherheit des Staates zu garantieren. Gerade in den kritischsten Augenblicken seiner Geschichte hängt Israels Ansehen sehr davon ab, wie die internationale Öffentlichkeit über Wesen und Legitimität dieses Staates denkt. Ihr Urteil war lange Zeit von dem Schuldgefühl geprägt, das viele Europäer wegen des Völkermords an den Juden hegen. Die israelische Regierung weiß das und benutzt dieses Gefühl, um sich nachsehen zu lassen, was dieselbe öffentliche Meinung anderen Ländern unter vergleichbaren Umständen niemals nachsehen würde. Das jüngste Beispiel ist der Untersuchungsausschuß, den die UNO nach der israelischen Besetzung des Palästinenserlagers Dschenin in den ersten Apriltagen des Jahres 2002 eingesetzt hat. Die Geschichte verdient es, erzählt zu werden.

Nach der Besetzung des Lagers verwehrte die israelische Regierung der internationalen Presse einige Tage lang den Zutritt. Es erschienen erste Artikel über die Brutalität der Truppen. Es hieß, die Soldaten hätten Bewohner des Lagers als lebende Schutzschilde benutzt, um von einem Haus zum anderen zu gelangen. Irgend jemand behauptete, das von den

Israelis verhängte Zutrittsverbot für die Presse habe ganze Massaker verschleiern sollen. Solche Gerüchte erwiesen sich später als gegenstandslos. Dennoch kritisierte die UN-Menschenrechtskommissarin Mary Robinson Israel öffentlich, und der UN-Sicherheitsrat erteilte einer Untersuchungskommission das entsprechende Mandat. Kofi Annan besetzte sie mit dem ehemaligen finnischen Präsidenten Martti Ahtisaari, der früheren Flüchtlingskommissarin, der Japanerin Sadako Ogata, sowie dem ehemaligen Präsidenten des Internationalen Komitees vom Roten Kreuz (IKRK), dem Schweizer Juristen Cornelio Sommaruga. Daraufhin stellte Israel zwei Bedingungen: Es wollte die Kommission nur einreisen lassen, wenn sie auch die Angriffe der Selbstmordattentäter zum Gegenstand ihrer Untersuchung machte, und wenn die UN eine Umbesetzung vornähmen. Das Kommissionsmitglied, das die Jerusalemer Regierung ersetzt wissen wollte, war Cornelio Sommaruga. Der ehemalige Vorsitzende des Internationalen Komitees vom Roten Kreuz sei, so hieß es in den darauffolgenden Tagen, »Antisemit«.

Sommarugas »Antisemitismus« geht auf eine Begegnung mit Bernardine Healy, der damaligen Vorsitzenden des Amerikanischen Roten Kreuzes, im Jahr 1999 zurück. Im Laufe des Gesprächs erwähnte Healy, die Israelis ersuchten schon seit längerem beharrlich um die offizielle Erlaubnis für die Benutzung des »Roten Davidsterns« (»Magen David Adom«, d.h. Roter Schild Davids) als Symbol ihrer Organisation. Wenn in Ländern mit christlicher Tradition das Kreuz und in muslimischen Ländern der Halbmond das Symbol des Roten Kreuzes sei, warum dann den Israelis das Recht absprechen, den Davidstern zu verwenden?

Dieser Streit um die Symbole begann mit dem Russisch-Türkischen Krieg 1876-1878. Das Osmanische Reich hatte die Genfer Konvention von 1864 anerkannt, vertrat aber zu

Beginn des Krieges in einer diplomatischen Note die Auffassung, »die Natur des Erkennungszeichens der Konvention als solche verletze das Feingefühl des muslimischen Soldaten«. Danach gab es nicht eine einzige große internationale Friedenskonferenz, auf der das Osmanische Reich, Persien und gelegentlich auch Siam nicht um die Erlaubnis ersucht hätten, ihre eigenen Symbole verwenden zu dürfen: die Türken den Halbmond, die Perser den Löwen und die Sonne, die Siamesen die Flamme.

Auf der Konferenz von 1906 versuchten sich die Unterzeichnerstaaten der Genfer Konvention mit der Behauptung aus der Affäre zu ziehen, das rote Kreuz habe keinerlei religiöse Bedeutung, sondern zeige lediglich als Hommage an die Schweiz durch »Umkehrung der Farben der eidgenössischen Fahne« statt eines weißen Kreuzes auf rotem Grund ein rotes Kreuz auf weißem Grund. Im Laufe einer weiteren Konferenz zur Revision der Genfer Konvention, die 1929 ebenfalls in Genf abgehalten wurde, unternahmen drei muslimische Staaten (Türkei, Persien und Ägypten) einen neuerlichen Vorstoß und verkündeten, die Verwendung ihrer Symbole sei bereits »beschlossene Sache«. Die Konferenz nahm dies zur Kenntnis und endete schließlich bei einem Kompromiß. Demnach war das offizielle Symbol nach wie vor das rote Kreuz, einigen Staaten wurde aber der Halbmond erlaubt und speziell dem Iran der Löwe und die Sonne.

Bei der internationalen Konferenz 1949, der ersten nach Gründung des Staates Israel, bedienten sich die israelischen Delegierten derselben Argumente wie die muslimischen Staaten. Sie teilten mit, daß es die »Gesellschaft des Magen David Adom« schon fast zwanzig Jahre gebe und daß der Sanitätsdienst der israelischen Armee in den zurückliegenden Monaten, also während des ersten arabisch-israelischen

Krieges, den roten Davidstern bereits benutzt habe. Es folgte eine Debatte, in deren Verlauf Paul Ruegger, der damalige Vorsitzende des IKRK, die Delegierten vor einer Vermehrung der Symbole warnte. Das israelische Gesuch wurde mit einer Stimme Mehrheit abgelehnt. Seit damals versuchen die Israelis beharrlich, eine Anerkennung des Davidsterns zu erreichen, die das Internationale Komitee unter Berufung auf die Entscheidungen von 1929 und 1949 ebenso beharrlich verweigert. Geweigert hat sich das Komitee beispielsweise auch angesichts eines Gesuchs von Kasachstan, das ein Symbol verwenden möchte, in dem Kreuz und Halbmond gleichermaßen vorhanden sind, eins neben dem anderen – ein vernünftiger Vorschlag, vor allem für einen Staat, in dem 40 Prozent der Bevölkerung russischer Abstammung sind. Aber nach dem Auseinanderbrechen der Sowjetunion und der Entstehung neuer Staaten befürchtet das IKRK, in die von einem neuen Symbol geschlagene Bresche könnten sich weitere nationale Symbole drängen.

Die Frage ist inzwischen immer heikler geworden. In einer Zeit, in der Kriege offenbar zu einem »Kampf der Kulturen« werden, laufen die Friedenssymbole Kreuz, Halbmond und Davidstern Gefahr, den Charakter von Toppflaggen anzunehmen, mit denen Kriegsschiffe am Großmast die Eröffnung des Gefechts signalisierten.

Sommaruga, der dem IKRK von 1987 bis 1999 vorstand, schlug folgende Lösung vor: Die internationale Organisation solle ein neues, streng neutrales Symbol verwenden (beispielsweise einen Diamanten oder das in der Sprache der Heraldik »Sparren« genannte V-förmige Zeichen), neben das jeder nationale Verband oder militärische Sanitätsdienst sein eigenes Symbol würde setzen können. Eben dies versuchte Sommaruga Bernardine Healy zu erklären. Und um die Gefahr von Auswüchsen zu verdeutlichen, erwähnte er, daß Ceylon 1957 versucht hatte, das buddhistische und hinduistische Hakenkreuz durchzusetzen. Er stellte Bernardine Healy die rhetorische Frage, ob sie dies wohl toleriert hätte. Es war bloß ein Beispiel, wurde aber als skandalöse Gleichsetzung von Davidstern und Hakenkreuz empfunden.

Sommaruga gab 1999 den Vorsitz des IKRK ab, und der Vorschlag blieb weiter im Rennen, bis mit dem Ausbruch der Zweiten Intifada im September 2000 nach dem Scheitern der Verhandlungen von Camp David die diplomatischen Bemühungen zum Erliegen kamen. Doch das internationale Echo jenes Gesprächs lieferte der israelischen Regierung den Vorwand für die Behauptung, die UN-Kommission sei nicht unparteiisch, und die Vereinten Nationen ließen sich wieder einmal von antiisraelischen Vorurteilen leiten. Sommarugas »Antisemitismus« wanderte für einige Tage wie ein Lauffeuer von einer Redaktion zur anderen und galt schließlich als Tatsache. Der Ex-Präsident des Roten Kreuzes mußte an die Zeitungen schreiben, um sich mit Verweisen auf seine offiziellen Israelbesuche, seine jüdischen Freunde und seine Verdienste um das Judentum zu verteidigen. Als ein Angeklagter, der seine Worte vor dem Inquisitionstribunal zu rechtfertigen suchte, war er schon so gut wie schuldig. Dann wurde er doch noch »freigesprochen«, als ein Vertreter des israelischen Außenministeriums daran erinnerte, daß Sommaruga den Krieg der Symbole mit einem Kompromißvorschlag zu beenden versucht hatte, und als ein Rechtsberater desselben Ministeriums abstritt, daß er ein Gegner Israels oder gar ein Antisemit sei. Mit anderen Worten, die Regierung in Jerusalem ruderte zurück. Aber das Tamtam der Presse und der öffentlichen Meinung blieb lange genug an Sommaruga hängen, um die UN-Untersuchungskommission nachhaltig zu diskreditieren.

In diesem Buch findet der Leser weitere Hinweise auf die israelische Paralleldiplomatie, bei der die jüdische Lobby in den Vereinigten Staaten und die führenden Vertreter der jüdischen Gemeinden in aller Welt zum Einsatz kommen. Ich glaube, daß ihre Aktionen gerade jetzt, nach den Entschädigungskampagnen, einen Bumerang-Effekt auslösen. Natürlich darf man die Politik Israels, auch die »normale« Skrupellosigkeit, der sich jedes Land zur Wahrung seiner Interessen bedient, nicht mit den öffentlichen Kampagnen verwechseln, die von jüdischen Gemeinden oder jüdischen Journalisten in der Diaspora angeheizt werden. Aber wie soll man solche Verwechslungen vermeiden, wenn Israel sich als legitimen Vertreter des weltweiten Judentums betrachtet und jeden Juden weltweit als virtuellen israelischen Staatsbürger? Es gibt oft Augenblicke in der Geschichte, da ein Vorteil, der bis zum äußersten ausgenutzt wurde, in sein Gegenteil umschlägt. Genau das, fürchte ich, passiert in jüngster Zeit.

VORWORT 2004

Während der Verlag die Neuauflage dieses Buches vorbereitete, forderte der israelische Premierminister Ariel Scharon die französischen Juden auf, möglichst schnell »ihre Koffer zu packen«. Unter normalen Umständen wäre diese Äußerung als legitimer zionistischer Appell durchgegangen. Israel braucht Zuwachs; der »Judenstaat« (Theodor Herzl) ist von einer palästinensischen Bevölkerung umgeben, die eine deutlich höhere Geburtenrate hat als die israelisch-jüdische. Aus praktischen und ideellen Gründen hat die Regierung in Jerusalem nie aufgehört, die Juden der Diaspora zur Einwanderung zu ermuntern. Der Ton und der Zeitpunkt der Verlautbarung geben Scharons Worten aber eine andere Stoßrichtung. Mit seiner Aufforderung hat der israelische Premier die Welt auf die gefährliche Lage hingewiesen, in der er das französische Judentum gegenwärtig sieht, und er hat Frankreich indirekt als das Land angeprangert, in dem das Virus des Antisemitismus am weitesten verbreitet sei.

Verständlicherweise irritierte Scharons Erklärung die französische Regierung, aber so überraschend dürfte sie gar nicht gewesen sein, denn der Antisemitismusvorwurf gegen Frankreich und gegen Europa insgesamt ist im Lauf der letzten Jahre wohl zum brisantesten Thema der europäischen und der euroamerikanischen Diskussion geworden. Mit seiner »unkorrekten« Bemerkung hat Scharon eigentlich nur das wiederholt, was viele und nicht unbedingt jüdische Intellektuelle zuvor in ihren Zeitungsartikeln geschrieben hatten. Und er hat die Ängste einzelner Vertreter des europäischen Judentums exakt wiedergegeben. Inzwischen wird die Frage offen diskutiert: Gibt es in der westlichen Welt einen neuen Antisemitismus? Muß man, wie vor kurzem behauptet wurde, bereits davon ausgehen, daß die Ächtung von Auschwitz, daß die Verurteilung des nationalsozialistischen Völkermords nur ein trügerisches Intermezzo in der Geschichte des »christlichen« Antisemitismus war?

Schon bevor das Problem so akut wurde, versuchte dieses 1997 erschienene und fünf Jahre später mit einem neuen Vorwort wieder aufgelegte Buch, eine Antwort auf diese Fragen zu geben. Doch mittlerweile ist der ganze Komplex gerade im Hinblick auf die internationale Entwicklung (Zweite Intifada, islamistischer Terrorismus, Amerikas Krieg gegen den Irak, Bau der Mauer zwischen Israel und den Palästinensergebieten) noch brisanter und strittiger geworden. Lange Zeit gaben eher die Schändungen jüdischer Friedhöfe und die judenfeindlichen Übergriffe, besonders in Frankreich, Anlaß zur Sorge. Die Täter sollen in diesen Fällen im wesentlichen Jugendliche aus den maghrebinischen Ghettos gewesen sein, getrieben von Wut und Zorn über die Palästinenserpolitik der Regierung Scharon. Einigen jüdischen Sprechern zufolge haben diese Ereignisse in einem besorgniserregenden Ausmaß zugenommen und sind inzwischen in immer weiteren Kreisen der europäischen Gesellschaft zu beobachten. Ich greife wahllos ein paar Beispiele heraus.

Mel Gibsons Film *The Passion of Christ*, der Ostern 2004 in die Kinos kam, reproduziert in der Wahl seines Gegenstands, in seiner Erzählweise und in seiner Konzentration auf die grausamsten Aspekte des Geschichte offenbar die alte These, daß die Römer sich eigentlich neutral verhalten hätten und letztlich »die Juden« an der Kreuzigung schuld gewesen seien. Zweifellos wurde der Film von vielen Zuschauern, und nicht nur von jüdischen, genau so interpretiert. Zu Recht wurde bemerkt, die christliche Ikonographie habe die Passion nach und nach verharmlost, bis die ursprüngliche Grausamkeit praktisch verschwunden gewesen sei. Dieser Film beläßt es weder bei Andeutungen, noch sollen die blutigen Szenen irgend etwas symbolisieren; er konfrontiert uns stattdessen mit einem hemmungslosen Realismus. Ist das lediglich eine Konzession an die neuesten Moden Hollywoods? Oder spricht daraus der Wunsch, bei den Christen Wut und Haß zu schüren?

Ein weiterer Fall ist die Diskussion über den Bericht »Manifestationen des Antisemitismus in der Europäischen Union«, der am Zentrum für Antisemitismusforschung der Technischen Universität Berlin erstellt wurde. Auftraggeber war die 1997 von der Brüsseler Kommission in Wien eingerichtete »Europäische Stelle zur Beobachtung von Rassismus und Fremdenfeindlichkeit« (EUMC). Im November 2003 vertraten einige europäische Zeitungen, darunter auch die *Financial Times*, die Meinung, die Ergebnisse der Untersuchung seien »unterdrückt« worden, weil man sie für »peinlich« befunden habe. In dem Bericht stand unter anderem, die antisemitischen Vorfälle hätten in den vorausgegangenen Monaten kontinuierlich zugenommen und ließen generell einen Zusammenhang mit der israelischen Repressionspolitik in den Palästinensergebieten erkennen. Verantwortlich seien an erster Stelle nicht mehr wie bisher radikalislamische Gruppen oder rassistische Rechtsextremisten. Zahlreiche antisemitische Ausfälle gingen neuerdings vielmehr auf das Konto linksgerichteter Mehrheitsparteien. Laut einer Zusammenfassung des *Corriere della Sera* (»EU friert Antisemitismusbericht ein«, 2. Dezember 2003) führt der Bericht als entsprechenden Beleg aus Italien ein Video an, mit dem die

Rifondazione comunista, die Partei der »kommunistischen Neugründung«, ihren letzten Parteitag eröffnet hatte: »Zunächst sieht man Schüsse auf ein palästinensisches Kind, dessen Vater es vergeblich zu schützen versucht, dann Anna Magnani in dem Film *Rom, offene Stadt*, wie sie von den Kugeln der Nazis niedergestreckt wird«. Potentiell antisemitisch seien im Zusammenhang des Nahostkonflikts auch andere Vergleiche, etwa wenn man sage, die Bevölkerung der besetzten Gebiete lebe wie die Juden im Warschauer Ghetto oder, die Intifada erinnere an den Warschauer Aufstand vom April 1943.

Weitere (nicht unbedingt rechtsextreme) Vorkommnisse waren offenbar als Reaktionen auf die israelische Belagerung von Bethlehem und Ramallah zu verstehen. In der Turiner Zeitung *La Stampa* erschien eine aufsehenerregende Karikatur von der Hand Giorgio Forattinis, in der sich der Jesusknabe beim Anblick israelischer Panzer fragt, ob er ein zweites Mal getötet werden solle. Aber die größere Verstimmung verursachte eine andere Karikatur, die im Londoner *Observer* erschien. In Anlehnung an eine Goya-Radierung zeigt die von Dave Brown signierte Zeichnung Scharon nackt zwischen den Trümmern von Gaza. Ein Wahlkampfbanner (»Wählt Likud!«) um die Lenden geschlungen und im Begriff, ein Kind zu beißen, fragt er die Leser: »Was denn, habt ihr noch nie einen Politiker gesehen, der ein Kind küßt?« Die israelische Botschaft in London vertrat die Ansicht, die Karikatur spiele auf die mittelalterliche Verleumdung an, wonach die Juden den Teig für das ungesäuerte Osterbrot mit dem Blut kleiner Christenkinder versetzt hätten.

Daneben gab es scharfe Provokationen rein politischer Art, die in jüdischen oder israelischen Kreisen ebenfalls heftige, teils polemische Reaktionen auslösten. Der schottische

Labour-Abgeordnete Tam Dalyell erklärte, die Irakpolitik von Ministerpräsident Tony Blair sei auf die Kabbala jüdischer Berater zurückzuführen. Ebenfalls in Großbritannien bekannte eine liberale, demokratische Parlamentarierin, wenn sie im Gazastreifen lebte, würde auch sie Selbstmordattentäter werden wollen. Gretta Duisenberg, Ehefrau des früheren Chefs der Europäischen Zentralbank, sammelte Unterschriften für eine palästinenserfreundliche Petition und antwortete auf die Frage eines Journalisten, wie viele sie schon beisammen habe: »Sechs Millionen.«

Vor den jüngsten Kampagnen gegen Frankreich wurden die aufsehenerregendsten Fälle allerdings aus Deutschland gemeldet. Jürgen Möllemann, Bundestagsabgeordneter und Stellvertretender Parteivorsitzender der FDP, verteidigte den aus Syrien stammenden damaligen Grünen-Politiker Jamal Karsli, der die Maßnahmen der Israelis gegen die Palästinenser als »Nazimethoden« verurteilt hatte. Im Fernsehen lieferte sich Möllemann einen polemischen Schlagabtausch mit Michel Friedman, damals Stellvertretender Vorsitzender des Zentralrats der Juden in Deutschland.

Der christdemokratische Abgeordnete Martin Hohmann bildete eine Analogie aus den Verbrechen der Nazis und denen von Juden, die an der bolschewistischen Revolution beteiligt waren, um den Begriff »Tätervolk« zurückzuweisen. Hohmann wurde im Juli 2004 aus seiner Partei ausgeschlossen. Brigadegeneral Reinhard Günzel, Kommandeur der Spezialeinheit KSK, wurde in den vorzeitigen Ruhestand versetzt, nachdem er in einem Brief Hohmanns Rede gelobt hatte.

Viele dieser Vorfälle ziehen in den Vereinigten Staaten ihre Kreise und werden von einem Teil der amerikanischen Presse als klares Indiz für einen neuen europäischen Antisemitismus gewertet. Von manchen Neokonservativen wird der entsprechende Vorwurf gelegentlich benutzt, um erklärte Gegner des Irakkrieges zu diskreditieren. Folgt man Walter Wells, Chefredakteur der *International Herald Tribune*, dann sind in den Vereinigten Staaten seit der französisch-amerikanischen Krise viele davon überzeugt, daß »der französische Antiamerikanismus lediglich eine verkappte Form von Antisemitismus« sei. Selbst *Vanity Fair*, »ein keineswegs rechtsgerichtetes Blatt«, so Wells, habe »den französischen Antisemitismus mit einem Unterton geschildert, der das Paris von heute mit dem Berlin der Reichskristallnacht in Verbindung bringt«. Seit einiger Zeit dient die Erinnerung an die Dreyfus-Affäre und an die Rassenpolitik von Vichy dazu, Frankreich noch vor Deutschland zum großen Angeklagten zu machen.

Die europäischen Regierungen und Parteien sind unter diesen Bedingungen bemüht, ihre Unschuld zu beweisen und ihre Wachsamkeit zu verdoppeln. Ein besonderer Eifer wurde erst wieder vor wenigen Monaten demonstriert, als sich eine junge Frau in Paris zum Opfer antisemitischer Gewalt erklärte und Staatspräsident Jacques Chirac sich beeilte, sein Bedauern über den Vorfall zu bekunden – wenig später fand man heraus, daß der Übergriff nur vorgetäuscht war.

Einige Monate später, wiederum in Paris, stellte sich nach verfrühter Erregung heraus, daß ein Brand in einem jüdischen Sozialzentrum auf das Konto eines Juden ging, der ein persönliches Motiv für die Tat gehabt hatte.

Ich frage mich, ob diese eilfertigen Reaktionen auf den Vorwurf des Antisemitismus in der Öffentlichkeit langfristig nicht gerade jenes Ressentiment provozieren, das man verhindern will. Ich frage mich, ob es nicht besser wäre, sich in aller Ruhe Gedanken darüber zu machen, was in Europa derzeit geschieht. Ist das wirklich Antisemitismus? Besteht nicht vielmehr die Gefahr, daß seine ständige Abwehr die genannten Vorfälle verzerrt und unverständlich macht?

Ich halte mich stur an die Definition von »Antisemitismus«, die ich in diesem Buch gegeben habe, und so bin ich nach wie vor davon überzeugt, daß Spuren dieser Ideologie aus dem 19. Jahrhundert in Europa nur noch an den äußersten Rändern der Gesellschaft zu finden sind. Gleichwohl kann man nicht bestreiten, daß gerade in den letzten Jahren eine gewisse Antipathie aufgekommen ist, wie es sie ähnlich auch gegenüber anderen nationalen Gruppen gegeben hat: zur Zeit des Risorgimento gegenüber den Österreichern, in Frankreich nach dem Deutsch-Französischen Krieg gegenüber den Deutschen, in bestimmten englischen Kreisen über weite Strecken des 19. Jahrhunderts gegenüber den Amerikanern, in Frankreich und Amerika zur Zeit der großen Einwanderungswelle gegenüber den Italienern, in Österreich bei Ausbruch des Ersten Weltkriegs ebenfalls gegenüber den Italienern, in Italien zur Zeit des Äthiopienkriegs gegenüber den Engländern oder auch, in geringerem Umfang, in Triest gegenüber den Slawen, in Istrien gegenüber den Italienern und in bestimmten Gegenden Rußlands gegenüber den Polen. Sicher gibt es Unterscheide je nach Bedeutung der Ereignisse und kollektiver Stimmungslage. Aber die Antipathie ist insofern nicht gerechtfertigt, als dabei stets partielle Verantwortlichkeiten verallgemeinert und der gesamten nationalen Gruppe übergeholfen werden. Es ist richtig, solchen Haß zu verurteilen. Und doch werfe niemand den ersten Stein. Für unser Alltagsgerede sind die nationalen Vorurteile genauso wichtig wie die Wettervorhersagen und die Fehler der jeweils amtierenden Regierung. Wer behauptet, er sei dafür nicht empfänglich, der lügt, auch wenn ihm das vielleicht nicht bewußt ist. Deshalb ist es besser, nach den Gründen von Antipathien zu suchen.

Abschließend möchte ich mich noch zu ein paar Fragen äußern, die in den vergangenen Jahren besonders heiß diskutiert wurden.

Die erste These betrifft die intensive Kampagne, die sich in den letzten Jahren gegen die römisch-katholische Kirche und speziell gegen Pius XII. richtete. Ich beziehe mich dabei nicht auf die Historikerdebatte über die Rolle des Papstes und die des Heiligen Stuhls in den Jahren der nationalsozialistischen Judenverfolgungen. Dazu sind wichtige Bücher erschienen. Mir geht es vor allem um den Widerhall der Debatte in den Medien und speziell um die unzähligen öffentlichen Erklärungen, die Vertreter jüdischer Gemeinden abgeben, wann immer die Kirche es wagt, das Gedächtnis dieses Papstes zu ehren. Ich habe den Eindruck, daß sie in dieser Sache von einer außergewöhnlichen Blindheit geschlagen sind. Sie begreifen nicht, daß man das Bild eines Papstes (und Pius' XII. im besonderen) unmöglich zerschlagen kann, ohne den Stolz und die Selbstachtung extrem vieler Gläubiger anzugreifen oder zu verletzen. Denselben Fehler, soviel sei in Klammern angemerkt, haben auch viele areligiöse Intellektuelle begangen.

Die zweite Überlegung betrifft die Entschädigungszahlungen an die Holocaustopfer und ihre Nachkommen von Seiten der Banken und Versicherungsgesellschaften. Die Ansprüche waren grundsätzlich begründet und berechtigt. Die Entschädigungen wurden jedoch mehr als fünfzig Jahre nach den Ereignissen von Firmen und Staaten bezahlt, die nur dann als verantwortlich angesehen werden können, wenn man sich diese Verantwortung als eine immerwährende und kollektive denkt. Die Zahlungen gingen nicht nur zu Lasten persönlich Unschuldiger; die Fürsprecher der Entschädigung haben nicht einmal gemerkt, daß sie sich eines rassistischen Arguments bedienten.

Die dritte Überlegung betrifft den Staat Israel und die Palästinenserfrage. Auch hier scheinen viele Juden und Israelis nicht zu verstehen, was für eine Wirkung die Belagerung der Geburtskirche in Bethlehem, die Demolierung von Häusern, das Eindringen in Flüchtlingslager, gezielte Tötungen und der Bau einer Mauer auf die öffentliche Meinung in Europa haben. Zur Rechtfertigung hat Israel den Kampf gegen den Terrorismus angeführt und seinen Gegnern auf diese Weise die Achtung verweigert, die man in jeglichem Krieg seinen Feinden entgegenbringen sollte. Wiederholt hat sich Israel auf seine tausend Toten berufen und ist damit über die dreitausend Todesopfer auf palästinensischer Seite einfach hinweggegangen. Wurde hier nicht eine »Konkurrenz« aufgebaut zwischen tausend beklagenswerten und dreitausend »unwichtigen« Opfern?

Diese Vorfälle haben viele Europäer zu dem Schluß kommen lassen, das heutige Israel sei das exakte Gegenteil jenes Staates, auf den sie einst ihre oft vagen Hoffnungen gesetzt hatten. Während der ideale Staat für das heutige Europa im allgemeinen nicht konfessionell, sondern multiethnisch und multikulturell geprägt ist, gehört Israel als jüdische Gründung notwendig in die Kategorie ideologisch und konfessionell geprägter Staaten. Verglichen mit dem europäischen Begriff von Staatsbürgerschaft, der ideell letztlich an keine bestimmte Konfession oder Herkunft gebunden ist, spielt das Abstammungsprinzip für die Identität Israels eine viel wichtigere Rolle. Während die europäische Zivilgesellschaft darauf verzichtet, die Loyalität derer einzufordern, die die Staatsbürgerschaft gewechselt haben, behält Israel sich das Recht vor, sie auch von Juden zu verlangen, die sich für ein Leben in der Diaspora entschieden haben. Diese »Anomalie« war uns natürlich immer bewußt. Und besonders bewußt ist sie den über die Welt verstreut lebenden Juden, die, solange sie nicht ins Heilige Land aufbrechen, jeden Tag aufs neue für Länder optieren, in denen das Prinzip der Abstammungsgemeinschaft einen deutlich niedrigeren Stellenwert hat. Freilich war diese Tatsache angesichts der Erinnerung an die Leiden und Erniedrigungen der europäischen Juden während des Zweiten Weltkriegs unserer Aufmerksamkeit lange Zeit entgangen. Heute, sechzig Jahre nach Kriegsende, lassen die Entwicklungen der jüngeren Geschichte sie wieder sichtbar werden und tragen darüber hinaus zu jener »Antipathie« bei, die ich als ein zwar bedauerliches, aber im Leben der Völker »normales« Phänomen beschrieben habe. Inzwischen ist die »Anomalie« der israelischen Politik eine Tatsache, die man nur um den Preis weiterer Ungerechtigkeiten verdrängen kann. Der leichtfertig und beharrlich geäußerte Antisemitismusvorwurf jedoch nutzt weder der Sicherheit Israels noch dem Judentum.

Jens Petersen

DIE REFLEXIONEN SERGIO ROMANOS

Sergio Romanos Buch *Lettera a un amico ebreo*, erstmals im November 1997 im Mailänder Verlag Longanesi erschienen[1], löste damals eine intensive Debatte aus. Um sie angemessen zu verstehen, müßte man die Rolle der weniger als 50 000 Personen zählenden jüdischen Minderheit im heutigen Italien skizzieren. Das kann hier nicht geschehen. Aber einige Hinweise sind vielleicht nützlich. Die faschistischen Rassengesetze von 1938 und vor allem die häufig tödlich endenden Verfolgungen und Deportationen unter der deutschen Besatzung 1943-45 haben dieser Minderheit schwerste geistige und materielle Verwundungen sowie Verluste an Menschenleben zugefügt; um so erstaunlicher und bewundernswerter ist der Beitrag des Judentums zur italienischen Kultur im 20. Jahrhundert. Das gilt nicht allein für die Literatur, um von Alberto Moravia, Carlo Levi, Primo Levi, Giorgio Bassani, Natalia Ginzburg bis Umberto Saba und Italo Svevo nur einige wenige Namen zu nennen. Ähnlich bedeutend ist der Beitrag des Judentums zu Natur- und Geisteswissenschaften.

In den neunziger Jahren des vorigen Jahrhunderts erschienen zwei Bände in der »Annali«-Reihe des Einaudi Verlages, wo auf fast 2000 Seiten und in über vierzig Beiträgen die Geschichte des italienischen Judentums vom Mittelalter bis zur Gegenwart nachgezeichnet wurde.[2] Zu nennen wären auch die Beiträge einer deutsch-italienischen Tagung, die unter einem komparatistischen Ansatz der

Geschichte der jüdischen Minderheiten in Deutschland und Italien in den letzten Jahrhunderten nachging.[3] Die rassischen Verfolgungen im Dritten Reich ab 1933 haben zu einer zahlenmäßig und kulturell bedeutsamen Emigration nach Italien geführt, der der Berliner Historiker Klaus Voigt nachgegangen ist.[4] Dieser erzwungene Exodus hatte wertvolle Begegnungen zur Folge, deren Nachwirkungen noch heute positiv zu spüren sind. Aus der umfangreichen Memoralistik seien hier nur die Beiträge von Karl Löwith[5], Ursula Hirschmann[6], der Frau des Europa-Politikers Altiero Spinelli, und von Ingrid Warburg-Spinelli[7] genannt.

Schließlich sei auf die Langzeitwirkungen verwiesen, die der Holocaust und die Diktatur Hitlers bis heute auf das italienische Deutschlandbild haben. Die Geschichte Deutschlands im 19. und 20. Jahrhundert besitzt in den zwölf Jahren des Unheils 1933-1945 eine Art Fluchtpunkt, wobei viele Überlegungen auf diesen zulaufen oder von ihm ausgehen. Auch aus italienischer Sicht handelt es sich hier um »eine Vergangenheit, die nicht vergehen will«. Deutschland befindet sich mit den deutlich-drastischen Worten von Angelo Bolaffi in der Rolle des Vorbestraften: »Seine Vergangenheit spricht nicht für ihn.«[8] Jenseits aller Normalität von Gegenwart und Zukunftshoffnung herrscht in den geschichtsbewußten politischen und kulturellen Eliten die von Primo Levi formulierte und nicht nur auf Deutschland bezogene Furcht, »was einmal geschehen ist, kann wieder geschehen«.[9]

Diese von der Zeit der großen Katastrophe ausgehende »Faszination« hat ihre quantitative Seite. Schätzungen sind schwierig. Aber wenn nicht alles täuscht, so beziehen sich über die Hälfte der in Italien publizierten Originalbeiträge oder Übersetzungen zur deutschen Geschichte direkt oder indirekt auf die Jahre der Hitler-Diktatur. Insbesondere im Laufe der letzten zwanzig Jahre widmete sich eine stetig steigende Aufmerksamkeit den Themen Rassismus, Antisemitismus, Konzentrationslager und Holocaust. Dabei wird das Thema Auschwitz vielfach durch eigene italienische Erfahrungen veranschaulicht. An verschiedenen Stellen in Italien, so vor allem im »Centro di Documentazione Ebraica Contemporanea« (CEDEC) in Mailand werden heute Zeugnisse von deportierten Überlebenden gesammelt. Der jahrzehntelangen Sammeltätigkeit dieses Instituts verdankt man mit dem *Libro della memoria*[10] eine die einzelnen Lebensschicksale nachzeichnende Kollektivbiographie der von den Deutschen ab September 1943 deportierten jüdischen Italiener, von denen nur die wenigsten aus den Vernichtungslagern zurückkehrten.

Manche der heute über Achtzigjährigen waren erst nach Jahrzehnten fähig und willens, über die Schrecken der Vergangenheit zu berichten. Aus solchen Reisen in die Erinnerung, die auch ganz konkret einen Besuch der Vernichtungslager im heutigen Polen einschlossen, entstand der Dokumentarfilm *Memoria*, der 1997 auf den Berliner Filmfestspielen gezeigt wurde und den das italienische Staatsfernsehen RAI Anfang Mai 1997 zu bester abendlicher Sendezeit in voller Länge ausstrahlte. »*Memoria*«, so schreibt der Publizist Giorgio Bocca, »erwächst aus der Pflicht zur historischen Erinnerung. Diese Siebzigjährigen wollen vor ihrem Tod daran erinnern, daß sie einer Kultur des Todes und der Gewalt begegnet waren, die versucht hatte, sie zu zerstören und zu entmenschlichen. Sie hingegen hatten überlebt mit ihrer Weichheit des Herzens und ihrer Liebe zum Leben und zum Nächsten.« Giorgio Bocca hält *Memoria* für »die mit Abstand interessanteste und beunruhigendste Produktion« der gesamten italienischen Fernsehgeschichte.[11]

Stellvertretend für Tausende von Augenzeugenberichten, Tagebüchern und Memoiren aus Lager- und KZ-Zeit steht das Œuvre von Primo Levi. In seiner Werk- und Wirkungsgeschichte spiegelt sich die enorm gewachsene Bedeutung, die »Auschwitz« für die italienische Kultur der Gegenwart hat. Die Gesamtauflage seiner Augenzeugenberichte *Se questo e un uomo* (dt. EA 1961: *Ist das ein Mensch?*) und *La tregua* (dt. EA 1964 unter dem Titel *Die Atempause*) beträgt heute mehr als zwei Millionen. Als Pflichtlektüre im Schulunterricht ist Levi auch den jüngeren Generationen ein Begriff. Zwei Jahrzehnte nach seinem Tod gilt Levi heute als einer der bedeutendsten italienischen Autoren des 20. Jahrhunderts. Wie sagte der Germanist Claudio Magris: »Den Werken Levis werden wir begegnen im Augenblick des Jüngsten Gerichts, wenn die Geschichte der Menschheit ein Ende hat.«[12]

Das Werk Primo Levis steht als Symbol für die Rezeption des düstersten Aspekts der nationalsozialistischen Herrschaft. Auf Levis Spuren wurden in den letzten Jahrzehnten zahlreiche literarische, autobiographische und wissenschaftliche Texte der internationalen Rassismus-, Antisemitismus- und Holocaustliteratur übersetzt und in Italien rezipiert. Das gilt für die Studien von Zygmunt Baumann, Christopher Browning, Philippe Burrin, Raul Hilberg, Ernst Klee, Walter Laqueur, Arno Mayer, Wolfgang Sofsky, Pierre Vidal-Naquet und vieler anderer mehr.[13] Allein die Neuerscheinungen des letzten Jahrzehnts würden eine kleine Bibliothek füllen, die fast täglich Neuzugänge erhielte. In diesem Umfeld fehlt es auch nicht an originär italienischen Beiträgen. Dabei gibt es die Tendenz, jegliche Gefangenen-, Deportations- und Lagererfahrung vor dem Hintergrund von Mauthausen, Buchenwald oder Auschwitz zu sehen. Dabei wird manchmal kaum beachtet, daß etwa zwischen einem Offiziersgefangenenlager in der Lüneburger Heide und einem Vernichtungslager Welten liegen.

Wie stark in der italienischen Öffentlichkeit das Interesse an Judenverfolgung und Holocaust gewachsen ist, zeigte sich auch, als das staatliche Fernsehen RAI Anfang Mai 1997 Steven Spielbergs dreistündigen Film *Schindlers Liste* im Hauptabendprogramm ohne Unterbrechungen durch Werbespots sendete. Der Film war eingerahmt von Einführungen, Interviews und Gesprächen mit Überlebenden. Zur Überraschung aller Experten fesselte der Film mit über zwölf Millionen Zuschauern und einer Quote von über fünfzig Prozent ein außerordentlich breites Publikum. Der Publizist Furio Colombo sprach von einem »Volk der Erinnerung«[14], das sich in einer bewußten Anstrengung, unter heftigen Emotionen und Tränen diesem dunkelsten Ereignis der Geschichte des 20. Jahrhunderts zugewandt habe. Für viele Beobachter war die Ausstrahlung eine Sternstunde in der Geschichte des italienischen Fernsehens.

Sergio Romanos Buch *Lettera a un amico ebreo* löste 1997/98 in der italienischen Öffentlichkeit eine entsprechend breite Diskussion über die geschichtliche Verortung des Holocaust aus. Der 1929 geborene Autor zählt zu den profiliertesten italienischen Intellektuellen der Gegenwart. Er hat viele Jahrzehnte als Diplomat gewirkt und sich gleichzeitig als Historiker, Publizist und politischer Kommentator einen Namen gemacht. Romano war Leiter der Kulturabteilung im italienischen Außenministerium, ging dann als NATO-Botschafter nach Brüssel und übernahm 1985 den Posten des Botschafters in Moskau. 1989 nahm er seinen Abschied, nachdem seine zunehmend kritischen Berichte, in denen er einen baldigen Zusammenbruch des sowjetischen Imperiums prognostiziert hatte, in der römischen Zentrale auf wachsenden Unwillen gestoßen waren. Hinzu kam ein Konflikt mit dem damaligen italienischen Ministerpräsidenten Ciriaco De Mita bei dessen Staatsbesuch in Moskau. Der Nestor des italienischen Journalismus, Indro Montanelli, schrieb damals, Italien verliere einen vorzüglichen Botschafter und gewinne einen noch besseren politischen Kommentator und Publizisten.

Befreit von den Arbeits- und Schweigepflichten eines hohen Diplomaten, hat Sergio Romano seitdem vielfach als Buchautor[15] sowie als Kolumnist und ständiger Mitarbeiter von Tages- und Wochenzeitungen eine durch Umfang, Qualität und Unabhängigkeit des Urteils beeindruckende wissenschaftliche und publizistische Aktivität entfaltet. Neben seiner umfassenden Bildung und glänzenden Kenntnis fast aller großen europäischen Sprachen kommt ihm dabei die als Diplomat lang geübte Fähigkeit zustatten, komplizierte Sachverhalte knapp und anschaulich wiederzugeben. Hochkarätige politische Engagements, die ihm mehrfach angeboten wurden, hat er abgelehnt. Auch Silvio Berlusconi gelang es 2001 nicht, Romano für seine Regierungsmannschaft zu gewinnen. Mit zahlreichen Buchbeiträgen – darunter Biographien über Francesco Crispi, Giovanni Giolitti und Giuseppe Volpi – hat er große Teile der italienischen Geschichte im 19. und 20. Jahrhundert erzählt und kommentiert und sich dabei früh von vielen Mythen und Lehrmeinungen der antifaschistischen Linken gelöst. Seine Rolle in der heutigen italienischen Kultur entspricht in etwa der Bedeutung, die Golo Mann für die Bundesrepublik der sechziger und siebziger Jahre hatte. Sergio Romano zählt zu den wenigen Intellektuellen Italiens, die sich keinem »Lager« und keinem Zitierkartell zuordnen lassen, sondern die mit ihrem eigenen Kopf denken.

Sein Beitrag von 1997 galt der Rolle, die der Holocaust im öffentlichen Bewußtsein Europas und der christlichen Welt spielt. Zur Vorgeschichte dieses Textes ist es wichtig zu wissen, daß der Autor 1992 das Wagnis unternahm, die

»Protokolle der Weisen von Zion« mit einer langen Einleitung zu versehen und neu herauszugeben.[16] In einem ganzen Dutzend elegant geschriebener Kapitel verfolgte er die Wirkungsgeschichte dieser von der zaristischen Geheimpolizei Ochrana 1905 in Umlauf gebrachten Fälschung, in der von einer angeblichen jüdischen Weltverschwörung die Rede war. Dieser Text hatte eine jeweils eigene Wirkungsgeschichte in Rußland, England, Frankreich, Italien, in den USA, in der Weimarer Republik und im Dritten Reich. Hitler und die führenden Nationalsozialisten propagierten den Wahrheitsgehalt dieser Fälschung. Romano skizzierte auch die Wirkungsgeschichte der Protokolle im arabischen Raum nach 1945, wo sie, als antizionistisches Dokument interpretiert, erneut brisant wurden. In Frankreich sind sie heute wegen ihrer potentiell gefährlichen Auswirkungen auf die islamischen Minderheiten verboten.

In wirtschaftlichen und politischen Krisensituationen mit enttäuschten und verletzten Nationalismen, so in Rußland nach 1905 oder in Deutschland nach 1918, finden antisemitische Stimmungen und damit auch die »Protokolle der Weisen von Zion« einen fruchtbaren Nährboden. Sie erscheinen geradezu als Inkarnation einer Verschwörungstheorie, die gegen jede Widerlegung gefeit ist. Schon in Rußland 1905/06 zeigte sich ihre »Hauptcharakteristik«, umso »wahrer« zu sein, je offensichtlicher die Fälschung war. »Wenn die jüdische Weltverschwörung per Definition verschlagen, diabolisch und undurchschaubar ist, können keine Beweise gegen ihre Existenz angeführt werden. Und diese Unmöglichkeit wird der entscheidende Beweis für ihre Authentizität.«[17]

Romano glaubt, daß trotz aller rationalen Widerlegungsversuche die Wirkungsgeschichte der »Protokolle« – ähnlich wie bei den Weissagungen des Nostradamus – weitergehen wird. »Solange es Personen und gesellschaftliche Gruppen gibt, die nicht in der Lage sind, bestimmte Ereignisse ohne den Rückgriff auf Jesuiten, Freimaurer, den Imperialismus der Multinationalen [...], die CIA, den KGB, die ›Gnome von Zürich‹* oder die [italienische] Geheimloge P2 zu erklären, wird eine Verschwörungstheorie immer ihre Anhänger finden. Hier liegen die Ursachen für die Erfolgsgeschichte der »Protokolle«: sie bieten eine transnationale Aristokratie an, der man die Heimsuchungen des eigenen Volkes anlasten kann, und die hartnäckige Überzeugung, daß die Geschicke der Welt von einigen hundert Personen gelenkt werden.«[18]

Der nun erstmals auf deutsch vorliegende Band *Brief an einen jüdischen Freund* besteht aus einer Reihe früher erschienener Aufsätze – über das »Jahrhundert der Ideologien«, über Theodor Herzl und die Geschichte des Zionismus, über herausragende Persönlichkeiten des italienischen Judentums wie Arnaldo Momigliano oder Primo Levi, über Papst Johannes Paul II. und das Verhältnis der katholischen Weltkirche zum Judentum. Die aufsehenerregenden Passagen befinden sich in dem Einleitungskapitel »Der Völkermord und die Geschichte« und in dem Schlußwort »Die Eroberung der Vergangenheit«.

Nach Sergio Romano scheint der in Auschwitz kulminierende Genozid nicht nur der nachhaltig prägende Vorgang des Zweiten Weltkriegs zu sein, sondern in wachsendem Maße auch das zentrale Ereignis in der Geschichte des 20. Jahrhunderts, ja das Menschheitsverbrechen schlechthin. Der Autor fragt nach dem Ort, den der Holocaust künftig in der Geschichte der Menschheit einnehmen soll. »Für

* Als »Gnome von Zürich« bezeichnete Harold Wilson (1916-1995), britischer Premierminister, Schweizer Bankiers, die mit Hilfe von Spekulationen angeblich den Kurs des Britischen Pfund drückten.

einen Teil des Judentums ist der Holocaust nicht nur das zentrale Ereignis des vergangenen Jahrhunderts, vielmehr manifestiert sich durch ihn das Böse in der Geschichte und zwar das Böse selbst – eine Art ›Gegengott‹, den es mittels Gedenkveranstaltungen, Mahnmale, Museen, Zeugnisse der Betroffenheit und Bitten um Vergebung ständig zu bannen gilt.«[19]

Romano vertritt durchaus die Ansicht, der an den Juden verübte Genozid sei »ein einzigartiger Vorgang, der sich von allen anderen Massenmorden des 20. Jahrhunderts unterscheidet.« Aber selbst unter der Voraussetzung dieses »qualitativen« Unterschieds bleibe der Holocaust »immer noch ein geschichtliches Ereignis, das es in Zusammenhang mit der besonderen Situation, in der es stattfand, zu untersuchen und zu verstehen gilt«.[20]

Nach Romano gibt es im internationalen Judentum eine »Strategie der Erinnerung«: »Nach einer langen Geschichte der Schikanierung und Verfolgung sei die Erinnerung an den Völkermord eine Art Versicherungspolice, der beste Schutz vor einem ›Rückfall‹. Für Israel war sie bislang auch eine wichtige diplomatische Waffe, ein kostbarer Quell internationaler Legitimation.«[21] Nach Ansicht des Autors strebt der »unversöhnliche Teils des Judentums« danach, »die Geschichte mit Beschlag zu belegen und die Hierarchie bestimmter Ereignisse und ihrer Bedeutung zu zementieren.«[22] Es entstehe so eine metahistorische, kanonisierte Interpretation des Holocaust. »Aber Geschichtsschreibung hat immer eine laizistische Tendenz, Kultur immer eine revisionistische, die Fragen hören nie auf, und keine Generation begnügt sich mit den Antworten, die sie in den Büchern ihrer Eltern findet.«[23]

In der Neuaufnahme der Kollektivschuldthese sieht Sergio Romano die Gefahr eines neuen Antisemitismus.

»Es ist kaum vorstellbar, daß der während des Zweiten Weltkriegs verübte Völkermord an den europäischen Juden je vergessen oder, wenn man von einigen Unverbesserlichen absieht, verharmlost werden könnte. Und dennoch ist auch der Holocaust insofern ein ›normales‹ geschichtliches Ereignis, als er wie jedes andere die Summe aus (in diesem Fall besonders vielen) individuellen Verantwortlichkeiten und einem geschichtlichen Kontext darstellt. Nun gibt es aber die Tendenz, den Völkermord gleichsam zu kanonisieren, ihn zu einer festen geschichtlichen Kategorie zu machen, ihn metahistorisch zu interpretieren.« Er erscheint so nicht mehr als ein geschichtliches Ereignis, sondern als »gemeinsame Schuld ganzer Nationen und Religionen«. Hier könnte ein neuer Antisemitismus entstehen: »Der Rassismus beginnt dort, wo jemand behauptet, die Verantwortung für ein bestimmtes Ereignis laste auf den Schultern eines ganzen Volkes. Und früher oder später ruft jede Verallgemeinerung eine nicht minder radikale und ausschließende Reaktion hervor.«[24]

Die Mailänder Tageszeitung *Corriere della Sera* widmete Romanos Buch mit zwei Beiträgen von Indro Montanelli und Arrigo Levi gleich eine ganze Seite. Montanelli hielt die Thesen Romanos für zutreffend. Er sprach von einem »glänzenden Essay« eines »großen und bewährten Philosemiten«. Montanelli schrieb: »Es stimmt, liebe jüdische Freunde. Auch wenn die an die ganze christliche Welt gerichtete Anklage berechtigt sein sollte (und sie ist es nicht), daß sie sich kollektiv mitschuldig gemacht habe am Genozid, so droht dieser Vorwurf [...] zwischen christlicher und jüdischer Welt einen Abgrund zu eröffnen, der nur zum Ursprung neuer Verfolgungen werden kann.«[25] Nach Arrigo Levi verfehlt der Autor den Beweis seiner zentralen These, daß der Staat Israel und das internationale Judentum versuchten, die Erinnerung an den Holocaust »künstlich« lebendig zu halten. Dieses Ereignis sei vielmehr eine Frage an Europa selbst. »Der Holocaust läßt nicht nur seine Opfer nicht in Frieden, [...] sondern auch alle diejenigen, die sich fragen, ob diese atomar bedrohte Welt weiterhin lebenswert bleibt und ob solche extremen Schrecken [...] nicht erneut die Kultur über den Haufen werfen können.«[26] Den gleichen Eindruck formulierte auch Gad Lerner in der Turiner Tageszeitung *La Stampa*. »Ich glaube, daß der Genozid an den Juden deshalb mehr als alle anderen Völkermorde das Bewußtsein der Industrienationen in Europa und Amerika berührt, weil er in einem ihrer geistigen Zentren konzipiert wurde, in einer kulturell hochstehenden, weit entwickelten Nation.«[27]

Einer der angesprochenen »jüdischen Freunde«, der israelisch-italienische Publizist und Politologe Vittorio Segre, antwortete in der römischen Tageszeitung *Il Foglio*. Segre sprach von »intelligenten, klarsichtigen und verständnisvollen Überlegungen das Problem des Judentums betreffend«. Die Erinnerung an die Shoa wachzuhalten, sei indes nicht nur Aufgabe des Judentums. Das Böse sei »eine Krebskrankheit, die nicht die Seele der Opfer, sondern die der Täter zerfrißt«. Die Shoa habe nicht nur eine schreckliche Leere im Judentum hinterlassen, sie habe »eine vielleicht noch tiefere und dauerhaftere Leere im Bewußtsein Europas geschaffen«. Sie sei die Widerlegung alles dessen, »was die Kraft, die Kultur, die Größe und die Vitalität und den Stolz Europas« ausgemacht habe. Die Erinnerung an die Shoa sei deshalb eine Aufgabe für ganz Europa.[28]

Die römische Tageszeitung *La Repubblica* widmete dem Thema eine ganze Seite. Mario Pirani warnte, der Beitrag Sergio Romanos bilde einen Tabubruch. Ein weitverbreiteter kleinbürgerlicher Antisemitismus fühle sich durch die

Argumente eines »hochkarätigen liberalen Intellektuellen« wie Sergio Romano legitimiert. Jetzt heiße es plötzlich: »Endlich ist es Zeit, [...] mit den Jeremiaden über den Holocaust aufzuhören.«[29] Die von Romano getroffene Unterscheidung zwischen Antisemitismus und Antijudaismus sei künstlich. Der Judenhaß begleite die Weltgeschichte seit der Antike. Der Genozid sei »der Endpunkt dieser unendlich langen und grausamen Vergangenheit«.[30]

Eine Rezension voll uneingeschränkten Lobes publizierte die Wirtschaftszeitung *Sole 24 Ore*. Edgardo Bartoli nannte den Beitrag Romanos »ein vorbildliches Werk, einen fast unerträglich aufrichtigen Text, der ohne Zögern und Hintergedanken geschrieben ist. Dieser Text trägt die Züge eines strengen Laizismus und ist von jenem liberalen Geist geprägt, dessen Grundlage die unerschrockene Kritik ist.«[31]

Die italienisch-israelische Publizistin Fiamma Nierenstein publizierte in der Zeitschrift *Liberal* den Essay »Italienische Juden, der Revisionismus ist eine gute Sache«, in dem sie über die Rezeption von Hannah Arendt in der Kultur Israels berichtete. Die These von der »Banalität des Bösen« sei zugleich die These von der Allgegenwart des potentiellen Genozids im 20. Jahrhundert. Die Autorin ist überzeugt, daß die Vergleichbarkeit der Genozide auch im Judentum Einzug halten werde. »Auch für uns ist der Augenblick gekommen, einen großen Schritt zu tun.«[32]

Die schärfste Kritik an Sergio Romano kam im Frühjahr 1998 von Sergio L. Minerbi, einem israelischen Diplomaten, der, 1929 in Italien geboren, 1947 nach Israel ausgewandert war. Minerbi beendete seine diplomatische Karriere als israelischer Botschafter in Brüssel. Er ist seitdem mit zahlreichen Beiträgen eine prominente Stimme im italienisch-israelischen Gespräch. Minerbi publizierte im März 1998 bei dem Florentiner Verlag Giuntina sein Buch

Risposta a Sergio Romano. Ebrei, Shoa e Stato d'Israele.[33] Der Beitrag erschien als Band 71 in der Reihe »Schulin Vogelmann«. In dieser angesehenen Sammlung sind zahlreiche Arbeiten von Elie Wiesel, Helen Epstein, Walter Laqueur, Vladimir Jankélévitch, Abraham Yehoshua, George L. Mosse, Else Lasker-Schüler und anderen europäischen Intellektuellen erschienen. Romano hatte Minerbi ein Exemplar seiner Neuerscheinung mit einer freundlichen Widmung geschickt. Dieser verbat sich im Vorwort seiner *Entgegnung* jede Anrede als »Freund«. »Da ich seit vielen Jahren die Seriosität Ihrer historischen Untersuchungen kenne, bin ich überrascht [...] von der Leichtfertigkeit und den zahlreichen Ungenauigkeiten [...] Ihres jüngsten Beitrags.« Es handle sich, so Minerbi, »um ein oberflächliches Buch, voll von einer Aggressivität gegen die Juden, an die wir viele Jahre nicht gewöhnt waren«.[34]

Minerbi listete in sechs Kapiteln (Antisemitismus, die Shoa, Zionismus, der Staat Israel, die Katholische Kirche und die Juden) seine Einwände auf. Er attestiert Romano »eine völlige Unkenntnis des Judentums«[35]. »In seinem Buch attackiert Romano grundsätzlich das Judentum, ohne sich die geringste Mühe zu geben, es zu verstehen.«[36] Minerbi wirft seinem italienischen Kollegen vor, »alte Stereotypen« des Antisemitismus durch »Antizionismus« und »Anti-Israelismus« ersetzt zu haben. Sein offenbares Ziel sei, die Shoa vergessen zu machen.[37] Ganz im Gegenteil werde an die Shoa auch heute (d.h. 1998) noch viel zu wenig erinnert. In seinem Schlußwort sah Minerbi Sergio Romano in der bösen Gesellschaft erklärter Antisemiten. »Viele der von Romano benutzten Argumente sind seit vielen Jahren bekannt und werden immer wieder von revisionistischen Historikern und erklärten Antisemiten benutzt. Wir glaubten, daß es inzwischen nutzlos sei, bestimmte Thesen oder die Verächtlichmachung der jüdischen Religion zu diskutieren, aber offenbar ist das nicht der Fall. Romano hat der Geschichtswissenschaft einen miserablen Dienst erwiesen, indem er einen mehr von Mißgunst und Gehässigkeit als durch seriöses Faktenstudium geprägten Text geschrieben hat. [...] Wer behauptet, es werde zuviel über die Shoa gesprochen, dem antworte ich, daß es notwendig ist, den Jugendlichen in ganz Europa die industrialisierte Ermordung der Juden zur Kenntnis zu bringen. Denn dies ist vielleicht die einzige Impfung, die sie vor der Geisteskrankheit des Antisemitismus bewahren kann.«[38]

Fünf Jahre nach diesen Polemiken erschien, wiederum im Verlag Longanesi, eine zweite, textlich unveränderte Auflage von *Lettera a un amico ebreo*, zu der der Autor ein langes neues Vorwort beisteuerte, in dem er sich mit seinen Kritikern auseinandersetzte.[39] Dieses neue Vorwort ist in dem vorliegenden Band mit aufgenommen (S. 171-202).

Romano bekräftigt darin seine Ansicht, daß zwischen dem traditionellen religiösen Antijudaismus der christlichen Kirchen und dem seit dem Ausgang des 19. Jahrhunderts propagierten rassistisch geprägten Antisemitismus markante Unterschiede bestünden. Die lineare Fortschreibung der Judenfeindschaft in Europa vom Mittelalter bis zum 20. Jahrhundert setze die Gesamtgeschichte des Christentums in Europa unter Rechtfertigungszwang. »Ich beschränke mich auf die Feststellung, daß sich die christliche Wahrnehmung der Juden je nach den geschichtlichen Umständen wandelt und daß das Judentum im Laufe der Zeit verschiedene Konnotationen erhält. Daher kann man unmöglich von einem immergleichen christlichen Vorurteil sprechen. Es gibt kein ungeschichtlicheres Argument, als Christentum und Judentum wie zwei unwandelbare Größen aufzufassen und den Judenhaß als ein Krebsgeschwür der Christenheit zu betrachten, das immer weiter wächst, bis es als letzte Metastasen die Gaskammern hervorbringt.«[40]

Romano betrachtet mit Besorgnis eine wachsende Tendenz in den westlichen Ländern, sich in Sachen Antisemitismus einem ständigen Kontroll- und Rechtfertigungszwang zu unterwerfen. Im Umfeld der katholischen Kirche zeigt er dies am Beispiel der Päpste Pius IX., Pius XI. und und Pius XII. Sie alle gelten im Urteil jüdischer Kritik als »Antisemiten«. »In dieser Verwendung hat das Wort ›Antisemitismus‹ eine ähnliche Schlagkraft wie ›Faschismus‹: Es gleicht einem unanfechtbaren Urteil, es spricht jeden schuldig, der immer noch darauf besteht zu differenzieren.«[41] »Heute«, so schrieb Sergio Romano 2002, »habe ich darüber hinaus den Eindruck, daß an die Stelle des Heiligen Offiziums eine jüdische Inquisition getreten ist, die den Antisemitismus in den christlichen Gesellschaften untersucht und quantifiziert, ein ständig tagendes Antisemitismustribunal, vor das weltweit jeder zitiert werden kann, von dem man Rechenschaft über seine Worte und Gefühle verlangt.«[42] Im Jahr 2004 erschien eine weitere Neuausgabe von *Lettera a un amico ebreo*, diesmal als Taschenbuch.[43]

Auch zu diesem Text hat Romano ein Vorwort beigesteuert, in dem er seine Überlegungen bis in die Gegenwart fortführt. Seine Besorgnisse erscheinen ihm zunehmend berechtigt. Wie wir wissen, kam es 2004 in Frankreich zu verbreiteten Attacken auf jüdische Einrichtungen und zu antisemitischen, vor allem von den islamischen Minderheiten begangenen Ausschreitungen. Der israelische Premierminister Scharon hatte die französischen Juden aufgefordert, »ihre Koffer zu packen« und nach Israel zu kommen. »Der Antisemitismusvorwurf gegen Frankreich und gegen Europa insgesamt ist im Lauf der letzten Jahre wohl zum brisantesten Thema der europäischen und der euroamerikanischen Diskussion geworden.«[44] Romano sah in dieser Debatte ein Thema aufkommen, das er schon in früheren Veröffentlichungen angesprochen hatte: die doppelte Loyalität der europäischen Juden gegenüber ihrem jeweiligen Heimatland und Israel sowie die privilegierte Stellung, »die das Land der Unterstützung durch die jüdischen Gemeinden in aller Welt verdankt«.[45] Die jüdischen Lobbys in den USA und in anderen Teilen der westlichen Welt agieren aus Romanos Sicht wie eine Art »Paralleldiplomatie«[46]. Das sei eine Anomalie, die der Außenpolitik des Staates Israel zahlreiche Vorteile gebracht habe, die *à la longue* aber auch Nachteile produzieren und sich als Bumerang erweisen könne. Gehe es auf die Dauer an, daß der Staat Israel jeden Juden weltweit als potentiellen Bürger seines eigenen Gemeinwesens betrachte? »Es gibt oft Augenblicke in der Geschichte, da ein Vorteil, der bis zum äußersten ausgenutzt wurde, in sein Gegenteil umschlägt.«[47] Dieser Augenblick ist nach Ansicht Sergio Romanos mit Beginn des neuen Jahrtausends gekommen.

1998/2006

ANMERKUNGEN

1 Sergio Romano, *Lettera a un amico ebreo*, Milano 1997.

2 *Storia d'Italia.* »Annali 11«, *Gli ebrei in Italia*, hrsg. von Corrado Vivanti, 2 Bde., Torino 1996/97.

3 Mario Toscano (Hg.), *Integrazione e identità. L'esperienza ebraica in Germania e Italia dall'Illuminismo al fascismo*, Milano 1998.

4 Klaus Voigt, *Zuflucht auf Widerruf. Exil in Italien 1933-1945*, 2 Bde., Stuttgart 1989, 1993.

5 Karl Löwith, *Mein Leben in Deutschland vor und nach 1933. Ein Bericht*, Stuttgart 1987.

6 Ursula Hirschmann, *Noi senza patria*, Bologna 1992.

7 Ingrid Warburg-Spinelli, *Il tempo della coscienza. Ricordi di un'altra Germania 1910-1989*, Bologna 1994.

8 Angelo Bolaffi, *Il sogno tedesco. La nuova Germania e la coscienza europea*, Roma 1993, S. 23.

9 Die politischen Beiträge Primo Levis finden sich in: Primo Levi, *Conversazioni e interviste*, Torino 1997 [Primo Levi, Gespräche und Interviews, hrsg. von Marco Belpoliti. Aus dem Ital. von Joachim Meinert, München 1999].

10 *Libro della memoria. Gli Ebrei deportati dall'Italia (1943-1945)*, hrsg. von Liliana Picciotto Fargion, Milano 1991.

11 Giorgio Bocca, »Ma perche l'orrore di Auschwitz non dovrebbe ripetersi?«, in: *L'Espresso*, 8. Mai 1997.

12 Zitiert bei Ferdinando Camon: »Primo Levi, l' incubo del rifiuto«, in: *La Stampa*, 23. Dezember 1996.

13 Genaue Nachweise in: Jens Petersen, »Die Reflexionen von Sergio Romano«, in: *Mittelweg*, 7. Jg., Heft 3 (Juni/Juli 1998), S. 51.

14 Furio Colombo, »Il nuovo popolo della memoria«, in: *La Repubblica*, 7. Mai 1997.

15 Sergio Romano, *Il declino dell'Urss come potenza mondiale e le sue conseguenze*, Milano 1990; ders., *Giovanni Gentile*, Milano 1990; ders., *Guida alla politica estera. Dal crollo del fascismo al crollo del comunismo*, Milano 1993; ders., *L'Italia scappata di mano*, Milano 1993; ders., *Disegno della storia d'Europa dal 1789 al 1989*, Milano 1995; ders., *Lo scambio ineguale. Italia e Stati Uniti da Wilson a Clinton*, Bari, Roma 1995; ders., *Giovanni Gentile. La filosofia al potere*, Milano 1996; ders., *Le Italie parallele. Perche l'Italia non riesce a diventare un paese moderno*, Milano 1996; ders., *Giuseppe Volpi. Industria e finanza tra Giolitti e Mussolini*, Venezia 1997.

16 Sergio Romano, *I falsi protocolli. Il »complotto ebraico« dalla Russia di Nicola a oggi*, Milano 1992.

17 Ibidem, S. 46.

18 Ibidem, S. 141.

19 Romano, *Lettera* (wie Fußn. 1), S. 135; hier S. 157.

20 Ibidem, S. 31; hier S. 39f.

21 Ibidem, S. 32; hier S. 41.

22 Ibidem, S. 137; hier S. 160.
23 Ibidem, S. 137; hier S. 160.
24 Ibidem, S. 139; hier S. 162.
25 Indro Montanelli, »I doni della diversità rovinati dal fascismo«, in: *Corriere della Sera*, 12. November 1997.
26 Arrigo Levi, »Ma il nostro popolo non può rinunciare alla memoria«, in: *Corriere della Sera*, 12. November 1997.
27 Gad Lerner, »Shoah, un colpo all'occidente«, in: *La Stampa*, 29. November 1997.
28 Dan Vittorio Segre, »L'oblio della storia e inevitabile, ma sarebbe doloroso uccidere il ricordo«, in: *Il Foglio*, 4. Dezember 1997.
29 Mario Pirani, »Genocidio. Uno vale l'altro?« in: *La Repubblica*, 31. Januar 1998.
30 Ibidem.
31 Edgardo Bartoli, »Che cosa rimane del sogno sionista«, in: *Il Sole 24 Ore*, 18. Januar 1998.
32 Fiamma Nierenstein, »Ebrei italiani: Il revisionismo fa bene«, in: *Liberal*, Januar 1998, S. 44-46.
33 Sergio I. Minerbi, *Risposta a Sergio Romano. Ebrei, Shoah e Stato d'Israele*, Firenze 1998.
34 Ibidem, S. 7.
35 Ibidem, S. 10.
36 Ibidem, S. 8.
37 Ibidem, S. 15 u. S. 61.
38 Ibidem, S. 72.
39 Sergio Romano, *Lettera a un amico ebreo*, 2. Aufl., Milano 2002.
40 Hier S. 181.
41 Hier S. 173.
42 Hier S. 184.
43 Sergio Romano, *Lettera a un amico ebreo*, 3. Aufl. Milano 2004 (Tea Storica, Band 57).
44 Hier S. 203.
45 Hier S. 161.
46 Hier S. 202.
46 Ibidem.

EDITORISCHE NACHBEMERKUNG

Sergio Romanos *Lettera a un amico ebreo* erschien erstmals 1997 im Verlag Longanesi (Mailand). Die deutsche Fassung folgt der 2004 bei TEA (Mailand) erschienenen und um zwei Vorworte erweiterten Taschenbuchausgabe.

SERGIO ROMANO, geboren 1929 in Vicenza, trat 1954 in den diplomatischen Dienst ein, war Botschafter bei der NATO und zuletzt, von 1985 bis 1989, Botschafter in Moskau. Romano hat in Florenz, Sassari, Berkeley, Harvard, Pavia sowie einige Jahre an der Università Bocconi (Mailand) unterrichtet und ist Kolumnist beim *Corriere della Sera* und beim *Panorama*. Er publizierte zahlreiche Sachbücher zur italienischen und europäischen Geschichte.

MARTINA KEMPTER, geboren 1961, studierte Germanistik, Italianistik und Geschichte in Freiburg i. Br. sowie in Bologna. Seit 1987 übersetzt sie wissenschaftliche und belletristische Texte, u. a. von Carlo Ginzburg, Gianni Vattimo, Leonardo Sciascia, Alberto Savinio.

JENS PETERSEN, geboren 1934, ist Historiker. Er war Mitarbeiter des Deutschen Historischen Instituts in Rom und von 1988 bis 1998 dessen Vizedirektor. Sein Beitrag ist die erweiterte Fasssung seines Aufsatzes »Die Reflexionen von Sergio Romano. Der Ort des Holocaust in der Geschichte«, in: *Mittelweg 36*, Jg. 7/1998, Heft 3.

PERSONENREGISTER

Kursive Seitenzahlen verweisen auf Angaben in der Bibliographischen Notiz.

Abdul Hamid II. *Sultan d. Osmanischen Reiches* 49f.
Abramowicz, Léon 192f.
Accattoli, Luigi 146, 148, *167f.*
Adenauer, Konrad 60, 190-92
Ahmadinedschad, Mahmoud 8
Ahtisaari, Martti 198
al-Husseini, Haji Amin 58
Alijew, Gajdar 102f., 104, 117
Altalena *s. Jabotinsky*
Andreotti, Giulio 103
Annan, Kofi 198
Anselmi, Tina 184
Arafat, Jassir 130
Arendt, Hannah 97, 224
Avni, Dan 20

Balfour, Arthur J. 57, 63
Barrès, Maurice 31, 108
Bartoli, Edgardo 224
Bassani, Giorgio 213
Battista, Pierluigi 10
Baumann, Zygmunt 216
Bea, Agostino Kardinal 146
Begin, Menachem 60, 129-31, 132, 137, 196
Ben Gurion, David 61, 129, 161, 193
Benedikt XV. *Papst* 29
Berenson, Bernard 93
Bergier, Jean-François 187
Berlusconi, Silvio 218
Bernadotte, Graf Folke 130
Bernstein, Eduard 31, 179
Birnbaum, Nathan 49
Bismarck, Otto von 177, 178
Blair, Tony 207
Blanqui, Louis-Auguste 113, *166*
Bleichröder, Gerson von 178
Blum, Léon 179
Bocca, Giorgio 215
Bolaffi, Angelo 214
Bolognini, Mauro 124
Boulanger, Georges 108, 114
Brecht, Bertolt 134
Breschnew, Leonid 102
Brown, Dave 206
Browning, Christopher 216
Bruck, Edith 128, *166*
Brzezinski, Zbigniew 34
Buren, Martin van 44
Burg, Avraham 102, 104

Burrin, Philippe 216
Bush, George H. W. 194

Calimani, Riccardo 88, 89, 92f., 95, *166*
Carafa, Gian Pietro *s. Paul IV.*
Carter, Jimmy 131
Chagall, Marc 117
Chamberlain, Houston Stewart 55, 108
Charmatz, Richard 94
Chirac, Jacques 208
Chlodwig I. *König der Franken* 51
Chruschtschow, Nikita 120
Churchill, Winston 33, 56
Claudius *Röm. Kaiser* 80
Codignola, Ernesto 80, 81
Cohen, Giacomo 75
Colombo, Furio 160, 217
Conquest, Robert 34f.
Cottier, Georges 148f., *168*
Crémieux, Adolphe 114
Crispi, Francesco 218

D'Amato, Alphonse 104
Dalyell, Tam 207
Darwin, Charles 108
Dayan, Moshe 64
Desbuquois, Gustave 140, 141
Donato, Riccardo Di 68, 70, 71, 80, *165*
Donno, Alfredo Di (Abramo Levi) 76, *165*
Dreyfus, Alfred *Oberst* 31, 46, 55, 69, 96, 109, 113, 114, 115, 118, 208
Dreyfuss *Oberrabbiner von Belgien* 90
Drumont, Edouard 46, 55
Duisenberg, Gretta 207

Eagleburger, Lawrence 194
Edwin *König von Northumbria* 51
Eisner, Kurt 116, 180
Eliot, T. S. 112
Elkann, Alain 85f.
Epstein, Helen 225
Esther *Königin aus dem AT* 89
Etchegaray, Roger Kardinal 149
Ethelbert *König von Kent* 51

Felice, Renzo De 138, *167*
Ferdinand II. / V. *König von Sizilien bzw. Kastilien* 87
Ferid Pascha *Großwesir d. Osmanischen Reiches* 50
Ferretti, Giovanni *s. Pius IX.*
Finkelstein, Norman G. 38, *164*
Flug, Noach 192
Forattini, Giorgio 206
Fould, Achille 114
Foxman, Abe 9
Frankel, Jonathan 18
Franz Ferdinand *Erzherzog von Österreich-Ungarn* 56
Freud, Sigmund 94

Friedman, Michel 207
Friedman, Milton 17

Galilei, Galileo 152
Garibaldi, Giuseppe 40
Gasperi, Alcide De 125
Gaulle, Charles de 64
Gibbon, Edward 81
Gibson, Mel 204f.
Gilbert, Martin 65
Ginzburg, Natalia 213
Giolitti, Giovanni 218
Gobineau, Graf Joseph-Arthur de 55, 107, 108
Goebbels, Joseph 38
Goldfish, Samuel *s. Goldwin*
Goldhagen, Daniel Jonah 9, 38f., *164*
Goldmann, Nahum 191f., 193
Goldwin, Samuel (Samuel Goldfish) 16
Goluchowski d. J., Graf Agenor von *Außenminister von Österreich-Ungarn* 50
Gorbatschow, Michail 103, 117
Gregorio, Oreste 75
Gromyko, Andrej 118
Guillet, Amedeo 21
Gundlach, Gustav 140, 141
Günzel, Reinhard 207

Hambro, Joseph 178
Healy, Bernardine 198, 200f.
Heine, Heinrich 92, 93, 114, *166*
Herzen, Alexander 53
Herzl, Theodor 11, 45-47, 49-54, 55, 62, 63f., 95, 101, 116, 118, 137, *164*, 196, 203, 220
Hilberg, Raul 25, *164*, 216
Hirschmann, Ursula 214
Hitler, Adolf 98, 101, 108, 109, 110, 128, 140, 145, 171, 175, 187, 189, 191, 214
Hochhuth, Rolf 139, 140, 167
Hohmann, Martin 207
Husserl, Edmund 153

Irving, David 8
Isabella I. *Königin von Kastilien* 87, 172, 173

Jabotinsky, Wladimir Zeev 59f., 129, *165*, 196f.
Jagoda, Genrich G. (Herschel Jehuda) 117
Jakob 96
James, Henry 112
Jankélévitch, Vladimir 225
Jaurès, Jean 115
Jemolo *Familie d. Nachf.* 124f.
Jemolo, Arturo Carlo 124, 125, *167*
Jesurum, Stefano 127, *166*
Jesus von Nazareth 96, 206
Johannes XXIII. *Papst* 8f., 146
Johannes Paul I. *Papst* 147, 156
Johannes Paul II. *Papst* 141, 145, 146, 147-49, 152, 154, 155, 173, 178, 220

Johnson, Paul 88, 89, 120, *166*

Kafka, Franz 97
Kaganowitsch, Lasar Moissejewitsch 117
Kahan, Arcadius 18
Kahane, Meir 133
Kamenew, Lew B. 116, 117
Karl Albert *König von Sardinien-Piermont* 78, 125
Karl V. *Kaiser d. Hlg. Röm. Reiches dt. Nation* 87
Karsli, Jamal 207
Katharina von Medici 25
Kertzer, David 173f.
Kissinger, Henry 130
Klee, Ernst 216
Koerber, Ernest von *Österr. Ministerpräsident* 50
Kolbe, Maximilian 152
Kozal, Michael 152
Kraus, Karl 94
Kun, Béla 116

Labriola, Arturo 59
LaFarge, John 140, 141
Laqueur, Walter 216, 225
Lasalle, Ferdinand 178
Lasker-Schüler, Else 225
Last, Hugh Macilwain 80
Lattes, Dante 71
Lawrence, T. H. (Lawrence von Arabien) 57
Lenin, Wladimir I. 115, 179, 182
Leo X. *Papst* 87f., 138
Lerner, Gad 132, 133, *166*, 223
Leskow, Nikolai 44, *164*
Levi, Abramo *s. Donno, Alfredo Di*
Levi, Arrigo 222f.
Levi, Carlo 213
Levi, Primo 84, 127-29, 132-33, 137, *166*, 213, 214, 216, 220
Leviné, Eugen 116
Löwith, Karl 214
Louis Philippe 176
Luciani, Albino *s. Johannes Paul I.*
Lueger, Karl 106
Lustiger, Jean-Marie Kardinal 109
Luther, Martin 161
Luxemburg, Rosa 116

Macharski, Franciszek Kardinal *Erzbischof von Krakau* 151
Magiera, Maria *Karmel-Oberin* 152
Magnani, Anna 206
Magris, Claudio 216
Malvano, Giacomo 55
Mann, Golo 218
Maritain, Jacques 141f., 145
Marr, Wilhelm 107
Marrus, Michael R. 23, 24, 38, *163*
Marx, Karl 94, 113, 114, 178

Mastella, Clemente 8
Mattioli, Vitaliano 157, *167*
Maurras, Charles 108
Mayer, Arno 216
Mayer, Rupert 152
Mazzini, Giuseppe 196
Mearsheimer, John 9
Medici, Giovanni de' *s. Leo X.*
Meir, Golda 119, 129, 192
Mendelssohn, Moses 95f., 116, *166*
Mendès-France, Pierre 179
Merkel, Angela 8
Merry del Val, Rafael Kardinal *Kardinalstaatssekretär* 50
Michoels, Solomon 117f.
Milano, Attilio 71, 73
Milošević, Slobodan 190
Minerbi, Sergio L. 50f., *167*, 171, 224-26
Mita, Ciriaco De 217f.
Modigliani, Giuseppe Emanuele 179
Molinari, Maurizio 126, *167*
Möllemann, Jürgen 207
Molotow, Wjatscheslaw M. 118f.
Momigliano *Eltern d. Nachf.* 69
Momigliano, Arnaldo Dante 67-72, 73, 76-82, 83, 84, 125, 128, *163*, *165*, 220
Momigliano, Marco 78f., *165*
Momigliano, Riccardo 69
Montanelli, Indro 20, 218, 222
Montefiore, Moses 43f., 45, 46, 49, 50, *164*, 174
Moravia, Alberto 213
Morgenthau, Hans Joachim 15
Morgenthau, Henry Jr. 33
Mortara, Edgardo 109, 174f.
Moses 91
Mosse, George L. 31, 225
Moynes, Lord *Brit. Militärgouverneur* 130
Mussolini, Benito 58, 60, 70, 109, 172

Napoleon (I.) Bonaparte *Kaiser der Franzosen* 125, 176
Napoleon III. *Kaiser der Franzosen* 29, 174, 176
Nasser, Gamal 130
Nierenstein, Fiamma 224
Nikolaus I. *Zar von Rußland* 45, 164
Nikolaus II. *Zar von Rußland* 178
Nordau, Max 47, *164*
Nudel, Ida 124, *167*

Ogata, Sadako 198
Orano, Paolo 73, *165*
Ottolenghi, Giuseppe 69
Ovazza, Ettore 73f., 75, 77

Pacelli, Eugenio *s. Pius XII.*
Palmerston, Henry John Temple 44
Pansa, Gianpaolo 127, *166*
Paul III. *Papst* 88
Paul IV. *Papst* 88

Paulus *Apostel* 142f., 145
Péreire, Emile und Isaac 178
Pergola, Sergio Della 11f.
Periale, Giovanni 21
Pétain, Philippe 108
Philipp II. *König von Spanien* 87, 91
Pinochet, Augusto 190
Pirani, Mario 223f.
Pius VII. *Papst* 172, 176
Pius IX. *Papst* 172f., 174, 176f., 179, 227
Pius X. *Papst* 50
Pius XI. *Papst* 140, 153, 172f., 180, 227
Pius XII. *Papst* 8f., 139, 140f., 172f., 175, 180, 210, 227
Plehwe, Wjatscheslaw K. von *Russ. Innenminister* 50
Pobedonoszew, Konstantin 110
Pot, Pol 36
Popper, Karl 94f., *166*
Pound, Ezra 112, *166*
Prato, David 76
Preziosi, Giovanni 108
Priebke, Erich 134, 190
Princip, Gavrilo 56
Prosperi, Adriano 87f.
Proudhon, Pierre-Joseph 113f., *166*
Puschkin, Alexander 110
Pulitzer, Joseph 178

Quackenbush, Chuck 194f.
Quaroni, Pietro 58f., *164*

Rabin, Yitzhak 64, 129, 134
Rapoport, Louis 117, 119, 167
Rathenau, Walther 7, 78, 95
Ratti, Achille *s. Pius XI.*
Ravenna, Felice 76
Renan, Ernest 107f.
Reuter, Paul Julius 178
Robinson, Mary 198
Roncalli, Angelo *s. Johannes XXIII.*
Roosevelt, Franklin Delano 33, 182
Rosenberg, Alfred 108, 110
Rossi, Pellegrino 177
Roth, Joseph 97, *166*
Rothschild, James de 114
Rothschild *Haus* 178
Rothschild, Lionel Walter 57
Ruegger, Paul 200

Saba, Umberto 93, 213
Sadat, Mohammed Anwar 60
Samuel *Bruder von Paulina Schemtschuschina* 119
Sapieha, Adam 141
Scharon, Ariel 64, 132, 196, 203, 227
Schemtschuschina, Paulina 118f.
Schnitzler, Arthur 94
Schtscharanski, Anatoli 111
Segev, Tom *165*
Segre Familie 18f.
Segre, Giuseppe 76
Segre, Vittorio 18-22, 49, 59, 128, *163*, 223

Serri, Mirella 10
Shakespeare, William 94
Sietz, Henning 60
Sieyès, Emmanuel-Joseph 185
Sinowjew, Grigori J. 116, 117
Sofsky, Wolfgang 216
Solovjov, Wladimir 154f., *168*
Sommaruga, Cornelio 198, 200f.
Speer, Albert 7
Spielberg, Steven 217
Spinelli, Altiero 214
Spinoza, Baruch 92, 96, 97
Sraffa, Piero 67
Stalin, Josef W. 35, 116-20,
Stein, Edith (Teresia Benedicta) 109, 152-54, 168, 174f.
Stein, Rosa 154
Steinsaltz, Adin 103f.
Sternhell, Zeev 113, 114, *166*
Svevo, Italo 213
Swerdlow, Jakow M. 116

Ternon, Yves 35, *164*
Toaff, Elio 65, 85, 86, 90f., 98, *165*
Treves, Claudio 179
Trotzki, Leo 116, 117, 180
Tuchatschewski, Michail 180

Vidal-Naquet, Pierre 216
Viktor Emanuel II. *König von Italien* 176
Viktor Emanuel III. *König von Italien* 50
Viktoria *Königin von Großbritannien* 43
Vital, David 54
Vivanti, Corrado 87, *165f.*
Voigt, Klaus 214
Volpi, Giuseppe 218
Volterra, Vito 82

Wagner, Richard 108
Waldheim, Kurt 134, 135, 167
Walt, Stephen 9
Warburg-Spinelli, Ingrid 214
Weill (Weil), Alexander 114
Weil, Simone 153
Weininger, Otto 93
Weiss *Eltern des Nachf.* 16f.
Weiss (Weißburg), Roger 15-18, 21f., *163*
Weissburg, Béla 17
Weissburg, Lili 17f.
Weizmann, Chaim 56f., 58f., 61, 64, 129
Welichow, Ewgeni 103
Wells, Walter 208
Wiesel, Elie 24, 163, 225
Wiesenthal, Simon 135, *167*
Wilhelm II. *Dt. Kaiser* 50
Will, Gary 141
Wilson, Harold 220
Wladimir I. *Großfürst von Rußland* 51

Yehoshua, Abraham 225

Zoller, Israel 109
Zukor, Adolph 16

Landt Verlag, Buchgewerbehaus Wilhelmstraße 118, 10963 Berlin.
Gestaltung: Pauline Schimmelpenninck Büro für Gestaltung, Berlin.
Satz: Stefan Orendt †, Berlin.
Gesetzt aus Bembo.
Druck und Bindung: Offizin Andersen Nexö, Leipzig.

Zweite, verbesserte Auflage.

Printed in Germany.
ISBN 978-3-938844-07-6

www.landtverlag.de